I0645774

L'OMICIDIO DELLA SERENITÀ

LA SERIE LUCA MYSTERY

DAN PETROSINI

DAN PETROSINI
MYSTERY & SUSPENSE AUTHOR
www.danpetrosini.com

Copyright © 2025 L'omicidio Della Serenità di Dan Petrosini

Tutti i diritti riservati. Nessuna parte di questa pubblicazione può essere riprodotta, memorizzata in un sistema di recupero o trasmessa, in qualsiasi forma o con qualsiasi mezzo, elettronico, meccanico, fotostatico, di registrazione o altro, senza il previo consenso scritto dell'editore.

Il romanzo è un'opera di pura fantasia. Qualsiasi somiglianza con persone reali, vive o defunte, è puramente casuale. Per richieste, informazioni e altro, contattare Dan Petrosini all'indirizzo danpetrosini@gmail.com.

ISBN cartaceo: 978-1-960286-68-0

Naples, FL, USA

RINGRAZIAMENTI

Un ringraziamento speciale a Julie, Stephanie e Jennifer per il loro affetto e sostegno, e un grazie al sergente di squadra Craig Perrilli per la sua consulenza sul mondo reale delle forze dell'ordine. Mi aiuta a essere fedele alla realtà.

1

GIDEON BRIGHTHOUSE

S ENTII LO YACHT INVERTIRE I MOTORI MENTRE MANOVRAVA per attraccare e mi alzai dalla sedia a sdraio. Camminando fino in fondo alla terrazza che circondava la casa, volevo essere sicuro che fosse Marilyn. E infatti, eccola scendere sul molo, seguita da due marinai in uniforme bianca, carichi del bottino della giornata. La sua dipendenza dallo shopping era l'unica cosa che non era cambiata dal giorno in cui ci eravamo conosciuti.

Sapendo che la sua euforia temporanea si sarebbe affievolita una volta messo via tutto, mi immersi ancora per un minuto nella bellezza di Keewaydin Island prima di dirigermi verso la casa principale. Mentre percorrevo a passi felpati il sentiero di pietra, osservai il mio angolo di paradiso; era l'unico posto in cui mi sentivo in pace da quando erano iniziati gli attacchi di panico. Non mi dispiaceva passare le giornate da solo qui; anzi, lo adoravo. Durante il giorno ascoltavo musica in terrazza, sfogliavo libri d'arte e alternavo tuffi in piscina a nuotate nel golfo scintillante. Le giornate volavano via e, quando il sole cominciava a calare sull'orizzonte, cenavo in terrazza prima di andare a passare il tempo nell'edificio dedicato all'arte.

Era un'esistenza appagante e, a dire il vero, non avevo mai avuto un attacco di panico a Keewaydin in tutti gli anni in cui ci avevo vissuto, neanche dopo l'infarto. Tuttavia, una volta lasciata l'isola, tutto poteva succedere. Pregai che la serie positiva rimanesse intatta quel giorno, con lo stress di dover affrontare Marilyn.

La casa principale, soprannominata Serenity House, era un edificio azzurro a due piani in stile Key West. Era sormontata da un tetto di metallo grigio-argento e sfoggiava ampi portici su ogni livello. Negli ultimi cinque anni avevo passato sempre meno tempo a Serenity House. Alla fine, avevo smesso di dormirci, trasferendomi nella dépendance a bordo piscina, quando le cose con Marilyn erano peggiorate, circa due anni fa.

Riflettendo sulla nostra relazione, potevo onestamente dire di non sapere come fossimo passati dall'essere felicemente innamorati all'odiarsi a vicenda. Non ero stato io, almeno all'inizio, a mandare tutto all'aria. La mia carriera come consigliere senior del senatore White era al suo apice quando io e Marilyn ci conoscemmo. Mi ci era voluto un po' per trovare qualcosa di soddisfacente da fare al di fuori del mondo dell'arte. Sebbene la politica e l'arte siano due universi distinti, riuscii a usare la mia creatività durante la campagna elettorale e feci rapidamente carriera.

La combinazione di potere e accesso era una droga che dava energia alla nostra relazione. Mentre entrambi ci godevamo il flusso infinito di eventi, feste e cene di Stato alla Casa Bianca, all'epoca non mi resi conto che quello fosse il fulcro del nostro matrimonio. Quando il senatore White inciampò in uno scandalo durante la sua corsa per la rielezione, Marilyn prese le distanze da me. Inizialmente interpretai male la cosa, credendo che fosse solo delusa e che le sarebbe passata. Tuttavia, man mano che i sondaggi mostravano White in svantaggio rispetto allo sfidante emergente, lei divenne sempre più irritabile e si trasformò in una regina di ghiaccio prima ancora che fossero scrutinate le ultime schede. Non ci riprendemmo mai veramente.

Salii le scale fino al portico dove, all'ombra e complice una costante brezza proveniente dal golfo, c'erano venti gradi in meno. Nonostante la formalità e la ricchezza della famiglia Boggs, la casa aveva un'atmosfera accogliente e rilassata. Era stata proprio quell'atmosfera a convincermi a far trasferire Marilyn da Port Royal all'isola. All'inizio si era opposta, ma in seguito accettò, dicendo che era per farmi piacere, ma io sapevo che a convincerla era stato il fatto che nessun altro vivesse sulla propria isola privata. Usò la carta dell'isolamento per giustificare l'acquisto di un attico da quindici milioni su Gulf Shore Boulevard e aggiunse un appartamento sulla Fifth Avenue da tre milioni. Era eccessivo e a tratti disgustoso, ma non c'era dubbio che fosse stato comodo e tremendamente divertente per un po'.

Marilyn era in cucina a dare istruzioni a Shell, una domestica. Era un martedì. Il personale di servizio aveva il mercoledì libero, poiché Marilyn voleva la casa vuota per i suoi intermezzi infrasettimanali. Mi fermai ad ammirare l'opera di Jasper Johns appesa sopra il camino di calcare bianco. Il dipinto, noto come *Map*, era un'espressione vibrante e riccamente lavorata che definiva il passaggio di Johns dall'astratto a cose più concrete. Fu una delle prime opere che consigliai di acquistare, e il suo valore era aumentato come tutte le altre, fornendomi una piccola spada per difendere la mia cosiddetta pigrizia.

Prima che potessi assorbire appieno un estroso dipinto di fiori di Murakami, Ruby, un'altra domestica in uniforme nera e scarpe con la suola in crêpe, scese le scale. Sapendo che il nostro saluto avrebbe allertato Marilyn della mia presenza, entrai in cucina. A metà frase, Shell annuì e se ne andò.

Di spalle, Marilyn indossava un completo sportivo blu scuro che aderiva alla sua figura esile. Il silenzio fu rotto quando accese la sua ultima ossessione, un estrattore di succo di lusso. Questo mi diede trenta secondi per riconsiderare la cosa, e dovetti fare un passo avanti per impedirmi di andarmene.

Una volta che le verdure furono debitamente liquefatte, si voltò e disse: «Ma guarda, cosa c'è, si è rotta l'aria condizionata nella casa a bordo piscina?»

«Dobbiamo parlare.»

«Di cosa?»

«Di noi.»

Infilò una cannuccia nella zuppa verde e ne prese un sorso prima di dire: «Non è un buon momento. Ho una lezione di yoga con Gerard tra pochi minuti.»

«Andiamo, Marilyn, sappiamo entrambi che non funziona.»

Con gli occhi verdi che mi fulminavano, disse: «Forse se ti dedicassi a un'attività utile invece di gironzolare per la proprietà come un pazzo, le cose potrebbero andare meglio.»

«Non è giusto. Sai quanto sia difficile per me lasciare Keewaydin.»

Mormorò: «Che comodo e patetico.»

Avrei voluto ficcarle il bicchiere in gola. «Credi? Be', hai mai considerato che gli attacchi di cui soffro sono iniziati subito dopo la prima volta che mi hai tradito?»

«Quindi, è colpa mia se sei un disadattato?»

«Ti prego, non voglio litigare.»

«Per me va bene.»

Marilyn prese un lungo sorso, posò il bicchiere e uscì, dicendo: «Devo andare.»

La seguii. «Andiamo, Marilyn. Non possiamo discuterne?»

«Questa situazione non piace a me più di quanto piaccia a te, Gideon.»

Spalancò la porta di uno studio con le pareti a specchio e si diresse verso uno scaffale pieno di tappetini colorati. Ne afferrò uno rosso e lo srotolò mentre io dicevo: «Okay, okay. Perché non negoziamo un accordo di divorzio?»

Mettendosi le mani sui fianchi, disse: «Cosa vorresti in un cosiddetto accordo, Gideon?»

Non riuscivo a guardarla negli occhi e sbirciai oltre la sua testa, verso le nostre infinite immagini riflesse nello specchio. Sentii una morsa stringermi il petto.

Sorridendo, disse: «Dimmi, sono così curiosa di capire cosa desidera il mio amato Gideon. Non si tratta certo di sesso, vero?»

Aveva ragione. Mi faceva un tale ribrezzo che non facevamo sesso da tre anni.

«Non so perché devi essere sempre così, così... crudele». Mi mancava l'aria. «Lascia perdere».

«Non scappare adesso, Gideon. Hai cominciato tu, quindi finiamola».

Inspirando profondamente, dissi: «Non voglio nient'altro che il diritto di vivere qui e alcune delle mie opere».

«Le tue opere? Intendi i pezzi pagati dal trust?» Rise.

«Non credo proprio. E per quanto riguarda l'isola, è assolutamente fuori discussione».

Avevo la bocca completamente secca. «Quindi, preferiresti continuare a vivere così?»

«Accetterò il colpo e acconsentirò al divorzio, ma otterrai solo ciò che l'accordo prematrimoniale prevede. È tutto ciò a cui hai diritto, e non ti darò un dollaro di più, specialmente a te».

Il suo paparino, Martin Boggs, aveva fondato la terza società di fondi comuni d'investimento più grande d'America e aveva accumulato un patrimonio multimiliardario, protetto meglio del codice nucleare. Il trust da sei miliardi di dollari andava a beneficio di Marilyn e dei suoi due fratelli e conteneva clausole che permettevano al vecchio di controllare i figli dalla tomba. Sapeva, a ragione, che i matrimoni sbagliati rovinavano vite — e patrimoni — e aveva inserito una clausola che comportava una penale del dieci per cento in caso di divorzio e una paralizzante riduzione del cinquanta per cento se l'accordo prematrimoniale richiesto fosse stato violato.

Scalare il Kilimangiaro a piedi nudi con una giraffa sulla schiena sarebbe stato più facile che smuovere Marilyn dalle sue posizioni.

«Io... immagino che lasceremo le cose come stanno».

Scosse la testa. «Temo che non sarà possibile».

«Cosa vuoi dire?»

«Chiederò il divorzio, Gideon. È quello che entrambi vogliamo, e tu dovrai lasciare l'isola».

Con la gola che si chiudeva, mi aggrappai al bancone mentre la voce di Marilyn cominciava a svanire. La mente annaspava nel panico crescente, mentre cercavo di ricordare le istruzioni che mi aveva dato il mio coach. Cos'era?

Una bambola, sì: fare come una bambola di pezza, una bambola di pezza floscia.

Inclinai la testa in avanti, lasciai cadere le spalle e inspirai profondamente con l'addome. Trattenni il respiro contando fino a cinque, poi lo espirai lentamente dal naso. Mentre cominciavo a ripetere il processo, la voce di Marilyn tornò a fuoco e la sentii dire: «Sei patetico, lo sai?»

Un fiotto di bile mi schizzò in fondo alla gola. La odiavo da anni e avevo pensato infinite volte di ucciderla. Era finalmente giunto il momento di farlo.

2

La Barnet Wines and Spirits si estendeva su tre vetrine dei Waterside Shops. Era una posizione insolita per un'enoteca, una scommessa per compensare l'affitto astronomico con la vendita di vini d'élite e per entrare nel fiorente circuito degli eventi di beneficenza di Naples. Nessuna spesa era stata lesinata per l'allestimento dei locali del negozio. Nel tentativo di farsi un nome tra gli ambienti filantropici, era stato dotato di una "cave" per degustazioni private e piccoli eventi, oltre a un lussuoso spazio di vendita che sembrava la cantina di un collezionista di fama mondiale.

John Barnet chiuse la porta del suo ufficio e smistò la posta. Un buon quarto della pila era costituito da solleciti di pagamento, a conferma del fatto che aveva puntato sul cavallo sbagliato. Ne sfilò due dei più vecchi e compilò degli assegni postdatati di una settimana. Fiducioso che avrebbe trovato una via d'uscita, si alzò dalla sedia con i suoi quasi due metri di statura e si diresse in bagno per darsi una rinfrescata prima del suo appuntamento.

Barnet si stava passando un pettinino sul pizzetto

quando Marilyn bussò alla porta. Indossava una gonna bianca e una camicetta rossa ed era coperta di gioielli; risollevò subito il morale di Barnet.

«Signora Boggs. È un vero piacere rivederti.»

Le chiuse la porta alle spalle e le accarezzò il viso. Spostandole indietro i capelli cortissimi, la baciò con foga. Marilyn ricambiò l'affetto, ma si tirò indietro quando Barnet le fece scivolare una mano sotto la gonna.

«Non fare il birichino, Johnny. Non è questo il posto.»

Barnet sorrise. «Sempre valido per stasera?»

Marilyn annuì in silenzio, sporgendo le labbra.

«Mi è appena arrivato un meraviglioso champagne di un piccolo produttore. È molto contingentato, ma so che lo adorerai. Non ce l'ha nessuno al di fuori di New York.»

«Sembra speciale.»

Barnet le prese la mano. «Non quanto te. Non vedo l'ora di vederti più tardi.»

«Facciamo all'attico. Sarò in centro per una riunione della Fondazione per la Leucemia. Lo sapevi che quest'anno presiedo il gran ballo?»

«Molto bene. Sarà di nuovo al Ritz?»

Lei annuì.

«Sai che non permettono fornitori di bevande esterni.»

«È solo un evento, John.»

«Lo so, ma non è giusto. E poi servono vinaccio di seconda scelta, e per di più a prezzi folli. Lo sai meglio di me: se vuoi che la gente apra il portafoglio devi organizzare un evento di prima categoria. Potrei preparare qualcosa di unico per te, magari un bel mix di Bordeaux d'annata e vini di culto di Napa che farà parlare dell'evento per un mese.»

«Probabilmente hai ragione. Parlerò con loro.»

«Pensi che accettino?»

Lei sorrise. «Stai dubitando di me, Johnny?»

«Neanche tra un milione di anni, tesoro.»

Guardò l'orologio. «Ho un trattamento al viso alle due, quindi passiamo in rassegna l'evento della St. Matthew House.»

«Certo.»

Barnet tirò fuori un fascicolo e si sedette accanto a Marilyn, che disse: «Spero che ti sia ricordato che la maggior parte dei partecipanti non è, diciamo, sofisticata come al solito.»

«Ti dimentichi che faccio questo lavoro da un po'? Non ti preoccupare, ho messo insieme una bella selezione, niente di esagerato, che si adatta al pubblico. Persino le selezioni di formaggi sono di fascia medio-alta.»

«Sembra perfetto. Hai previsto il bar delle mimose, giusto?»

«Sì. Anche se penso che sarebbe una bella idea aggiungere un vassoio di cioccolatini a ogni tavolo.»

«Ma il pacchetto dell'Hyatt include il dessert.»

«Ti daranno solo una banale torta rettangolare. Avere dei cioccolatini di prima qualità è un tocco di classe che ricorderanno.» Schioccò le dita. «Mi è appena venuta un'idea: perché non dare a ogni partecipante una piccola scatola, niente di grande, diciamo una selezione di quattro cioccolatini?»

«Mi piace, ma non voglio dare l'impressione che stiamo spendendo troppi soldi per la festa.»

«Lascia fare a me. Farò stampare sulle scatole qualcosa come: "Per gentile concessione della Fondazione Boggs", o qualcosa del genere.»

«Questa idea mi piace. Quanto pensi che venga a costare?»

«Mi chiedi il prezzo? Che c'è, all'improvviso hai un budget limitato?»

«Certo che no, sono solo curiosa.»

«Non ti preoccupare, ci penso io.»

«Grazie, Johnny. Devo proprio andare.»

«Per caso hai portato un assegno con te? Non vorrei dare ai miei dipendenti l'impressione di non seguire le procedure aziendali.»

Annuendo, Marilyn tirò fuori dalla borsetta un libretto degli assegni di Hermès coordinato. «Di quanto hai bisogno?»

«Ehm, facciamo cifra tonda: quindicimila.»

Il profumo di Marilyn era ancora nell'aria quando lui convocò la direttrice del negozio nel suo ufficio.

«Che c'è, John?»

Barnet le porse l'assegno di Marilyn. «Porti subito questo in banca.»

«Nessun problema.»

Bridgette prese l'assegno ma non se ne andò.

Barnet disse: «Era tutto ciò di cui avevo bisogno.»

«Posso chiederle una cosa?»

«Certo.»

«È una cosa personale, ma non ho un fratello o qualcuno a cui chiedere un parere.»

«Stia tranquilla, che succede?»

«Beh, c'è questo tizio, Gary, e non mi lascia in pace. Viene sempre a casa mia e mi mette a disagio.»

«Ha avuto una storia con questo tizio?»

«No, mai. Mi mette i brividi. Praticamente mi perseguita. E non so che fare. Cosa dovrei fare?»

Barnet si appoggiò allo schienale della sedia. «A Los Angeles, c'era questo tipo che faceva il predicatore e che bazzicava davanti al mio negozio di Cienega Boulevard. Cercava di dire agli ubriaconi di smettere di bere e continuava a infastidire i clienti. Gli ho detto di smetterla, ma lui era lì con il sole o con la pioggia, e le vendite hanno iniziato a risentirne.»

«Accidenti, e cos'ha fatto?»

«Parcheggiava nel piazzale del Randy's Donuts, e una sera l'ho aspettato al buio e non è più tornato.»

«Che cosa gli ha detto per farlo smettere?»

«Non abbiamo parlato molto, ma ho sentito dire che ha passato un paio di settimane in terapia intensiva.»

3

Barnet era stato nell'attico sulla Quinta Strada un paio di dozzine di volte. Parcheggiò sotto l'edificio, mettendo la sua Porsche bianca accanto alla Bentley celeste di Marilyn. Il garage era più bello del suo primo appartamento a Los Angeles, ma, mentre le porte dell'ascensore si chiudevano, non poté fare a meno di pensare che i prezzi dei posti come quello fossero ridicoli. Si controllò i capelli nel riflesso delle porte cromate appena prima che si aprissero sul suo spazioso appartamento.

Accolto da Simon e Garfunkel che cantavano a tutto volume, Barnet si diresse dritto alla console audio della cucina e abbassò il suono. Come al solito, Marilyn non era mai pronta in orario. Sapeva che lei coglieva ogni opportunità per dimostrare di essere migliore del resto del mondo. La vita era fin troppo facile per lei, pensò. Mai lavorato un giorno in vita sua. Marilyn era nata con la camicia, sì, e la sua era di platino, non d'argento.

Non capiva quanto fosse fortunata, pensò Barnet, osservando l'attico di circa seicentocinquanta metri quadrati che era l'esatto opposto di Keewaydin Island. Il designer qui aveva usato una combinazione audace di stili di Miami, New York e Los Angeles che ti faceva sentire come se non sapessi dove fossi. A Barnet piaceva l'atmosfera del posto e adorava il fatto di poter scendere al piano di sotto e passeggiare lungo la Quinta Strada quando arrivava al limite della sopportazione di Marilyn.

Prese un secchiello del ghiaccio in vetro da un'elegante credenza nel bar, ci mise lo Champagne e lo riempì di ghiaccio. Prendendo una bottiglia di Aubert Chardonnay dalla cantinetta, si ricordò che l'appuntamento settimanale era fondamentale per tenere insieme i pezzi. Notando che il vino proveniva dal vigneto Ritchie, Barnet stappò la bottiglia. Dopo un'annusata profonda e un sorso, se ne versò un bicchiere abbondante.

Una leggera ebbrezza era ciò di cui aveva bisogno per superare la serata. Sorseggiando il vino, fece il giro della stanza, apprezzando l'arte contemporanea che ne adornava le pareti. Si chiese quanto valessero quelle opere, meravigliandosi di come si adattassero perfettamente al luogo. Finito il secondo bicchiere, Marilyn fece il suo ingresso.

«Inizi senza di me?»

Barnet le mise un braccio intorno alla vita e la baciò.

«Lascia che stappi lo Champagne. Questo è qualcosa di speciale. Ti piacerà.»

«Cos'è?»

Mentre toglieva la stagnola e la gabbietta dal tappo, disse: «Le Mont Benoit Extra Brut. È quello che si definisce uno Champagne di viticoltore. Emmanuel Brochet è il produttore e il viticoltore, e i suoi Champagne sono fatti solo con uve del suo vigneto. La maggior parte degli Champagne, come il Moët e persino il Dom Pérignon, compra uve da tutta la regione e le assembla. Assemblano anche Champagne di diverse annate per creare un prodotto che si adatti allo stile per cui sono noti. I viticoltori non lo fanno; producono Champagne che rappresentano la proprietà e il clima di quell'anno.»

«Sono più costosi?»

Fece saltare il tappo, dicendo: «A volte, e dovrebbero esserlo. Voglio dire, se il tempo è cattivo, si giocano tutto. È rischioso, e a me piace questo tipo di impegno. Tieni, assaggia.»

«È buono.»

«Senti com'è fresco? È incredibile.»

«Credo di sì.»

«Brochet è un genio, e la tenuta è completamente biologica.»

«Ottimo. Forse dovremmo comprare un'azienda vinicola.»

«Sarebbe bello, ma non si può fare in Florida.»

«Perché no?»

«Il clima. Comunque, cosa c'è per cena?»

«Gemma ci ha preparato pollo al rosmarino e verdure grigliate.»

———

DOPO CENA, Barnet stappò un Brunello Biondi Santi e se ne versò un bicchiere.

«Ne vuoi un po'?»

«Non ora, non riesco a starti dietro.»

«È uno che ho procurato per te.» Alzò il bicchiere. «Ed è delizioso.»

«Sono contenta che ti piaccia.»

«Devo dire che adoro le opere d'arte qui. Specialmente quella rosa.»

«È di un artista tedesco. Non ricordo il nome. Credo sia Richter o qualcosa del genere.»

«Dove l'hai trovata?»

«L'ha presa Gideon a un'asta di Sotheby's.»

«Davvero molto bello. Ha preso anche gli altri?»

«Sì, tutti. È un grande appassionato d'arte.»

«Ha fatto un lavoro straordinario. Non ne avrei comprato nessuno, se avessi avuto i soldi da spendere in arte, ma qui stanno benissimo.»

«È l'unica cosa in cui è bravo di questi tempi.»

«Beh, in questo ci ha azzeccato.»

«Gideon ha detto che vuole il divorzio.»

«E allora? Perché no?»

«Il fondo fiduciario ridurrà i miei benefici se divorzio.»

«Caspita. Quindi, paparino continua a dettare legge da sotto due metri di terra.»

«Lo so, è pazzesco, ma cosa posso fare? Voglio allontanarmi da lui, ma mi costerà caro.»

«Forse Gideon potrebbe sparire.»

«Cosa? Cosa stai dicendo, John?»

«Proprio così. Se dovesse sparire, saresti libera da lui e non ci rimetteresti. È una bella soluzione, non trovi?»

4

GIDEON BRIGHTHOUSE

Più ci pensavo, più l'idea cresceva, come un'erbaccia. Dovevo trovare un modo plausibile per uccidere Marilyn, uno che non mi implicasse. Ecco, l'ho detto, e non mi ha fatto sentire in colpa. In fondo, non era colpa mia; è lei a forzarmi la mano. Non ho altra scelta.

Se ci fosse un altro modo per uscire da questo matrimonio che mi permettesse di restare sull'isola, lo coglierei al volo. Non sono i soldi, davvero. Naturalmente, la gente lo penserebbe, ma si sbaglierebbe. La maggior parte delle persone non capisce cosa debba sopportare uno come me. Il panico è paralizzante. Niente riesce a passare. Potrebbero sparare un colpo di pistola vicino al mio orecchio e non sentirei altro che il sangue che mi martella nelle tempie. Posso solo immaginare cosa dicano quando mi assale.

Qualunque metodo scelga, non potrà essere violento, niente come spararle, a meno che non riesca a farlo sembrare una rapina. Ha un'enorme quantità di gioielli ed è negligente, anzi, stupida, al riguardo. In sostanza, perdeva sempre le cose, o forse il suo amante le rubava qualcosa quando si vedevano. A parte un pezzo o due che le aveva regalato suo padre, a Marilyn non importava se qualcosa andava perso o veniva rubato; lo avrebbe semplicemente rimpiazzato.

E se fosse sembrato che a entrare fosse stato un tossico fuori di testa? Ce ne sono ovunque, ma avrebbero bisogno di una barca per arrivare qui. E se fosse successo in città? Ma come avrei potuto fare? Lasciamo perdere. Ripresi in mano la biografia di da Vinci che stavo leggendo.

Un'enorme formazione di nuvole grigie si precipitò da sud, oscurando ogni cosa mentre il vento si alzava. Continuai a leggere finché non sentii una goccia e mi diressi dentro la pool house proprio mentre il cielo si apriva. La TV trasmetteva a tutto volume delle assurdità da uno di quei ridicoli programmi tribunalizi e cambiai canale con il telecomando, fermandomi su un episodio di *American Crime Story*.

Rimasi in piedi, libro in mano, a guardare un marito che diceva di essere riuscito a farla franca dopo aver ucciso sua moglie. Il tizio sembrava un uomo qualunque e parlava come se avesse a malapena finito le superiori. Il programma passò all'immagine di un sito ancora fumante; l'unico indizio che si trattava di una casa era il comignolo in mattoni ancora in piedi. Mi avvicinai lentamente allo schermo mentre un attore ricreava il crimine.

L'attrice che interpretava la moglie usciva di casa nel pomeriggio, e il marito, da cui era separata, si introduceva di soppiatto e andava nello studio dove lei guardava la televisione ogni sera. Spiegò che la lampada davanti alla quale si trovava si accendeva automaticamente ogni notte alle ventitré come luce di sicurezza. Tolse la lampadina dalla lampada, se la mise in tasca e la sostituì con una di un wattaggio decisamente superiore. Il narratore spiegò che la lampada era omologata per un massimo di 100 watt e che il marito l'aveva sostituita con una lampadina da 200 watt.

Sostituita la lampadina, il marito prese un paio di fazzoletti dal bagno e li posò sulla nuova lampadina, assicurandosi che, se la lampadina inappropriata non avesse causato un incendio, il calore avrebbe dato fuoco ai fazzoletti mentre sua moglie dormiva. Non potevo crederci quando il narratore menzionò che quasi trentamila case all'anno venivano danneggiate da incendi di natura elettrica. Decine di migliaia di incendi avrebbero fornito un'ottima copertura.

Mentre il marito usciva di casa, il programma staccò su un'intervista con un esperto di scientifica che ipotizzava che fossero stati i fazzoletti a prendere fuoco, dubitando che il sovraccarico fosse la causa dell'incendio che aveva ucciso la moglie. L'esperto disse che il calore aveva reso impossibile determinare la causa e che, se il marito non avesse confessato, il caso sarebbe stato archiviato come un incendio accidentale. Fu allora che una scarica di adrenalina mi percorse. Feci un paio di respiri profondi e mi sedetti.

Chiusi gli occhi e ricordai com'era l'illuminazione intorno a mezzanotte a Serenity House. Le luci del portico brillavano dal tramonto all'alba, ma erano a LED; ne ero sicuro. Poiché Marilyn odiava il colore dei LED, sapevo che tutte le lampade e l'illuminazione per le opere d'arte erano a incandescenza. Dannazione, l'arte! Non potevo ridurre tutti quei meravigliosi pezzi in un cumulo di cenere. Anche con l'assicurazione, semplicemente non si potevano rimpiazzare. Non potevo farlo. Un incendio di natura elettrica era da escludere. Avrei dovuto trovare un altro modo.

Dopo la doccia, cercai *American Crime Story* su Netflix e iniziai a guardare la prima stagione. Non c'erano omicidi tra coniugi e la maggior parte dei casi riguardava l'allontanare i sospetti dall'assassino nascondendo il corpo. Però, un suggerimento lo colsi: far sembrare che fosse stato qualcuno in particolare.

Mi diressi verso la dépendance, dove vivevo ormai da più di due anni, per cenare. L'umidità era alta mentre il sole della sera assorbiva i resti della pioggia. La maggior parte delle persone non sopporta l'umidità, ma a me non ha mai dato fastidio. Mi piaceva il modo in cui mi scioglieva. Passando accanto alla piscina, notai che il livello dell'acqua era alto a causa dell'acquazzone. L'idea di annegare Marilyn mi inondò la mente.

Farlo in piscina sarebbe stato difficile: troppa gente nella proprietà durante il giorno. Raramente andava in piscina di notte, ma ogni tanto entrava nel golfo e faceva yoga su una tavola da wakeboard. Le tavole erano abbastanza dure da farti perdere i sensi se le colpivi nel modo giusto, ma il golfo era calmo. Avrebbe dovuto sembrare che fosse caduta e avesse battuto la testa contro una roccia o qualcosa del genere per renderlo plausibile. Avrei ricontrollato la mattina, ma non mi risultava che ci fosse nulla al largo della spiaggia che potesse avere un senso.

Lo stress di cercare di decidere come ucciderla senza implicarmi mi stava logorando. Volevo che Marilyn sapesse che ero io a ucciderla. Le idee mi vorticavano in testa e avevo bisogno di staccare. Non avrei dovuto mischiare alcol con i miei farmaci, ma avevo bisogno di qualcosa e mi versai un bicchiere di cognac. Bruciava mentre scendeva, ma il calore che si diffondeva era rilassante. Afferrando la bottiglia, mi sedetti su una poltrona reclinabile e accesi la TV, cercando di scacciare Marilyn dalla testa.

―――

«Signore, signore, va tutto bene?»

Faticai ad aprire gli occhi. Shell, la governante, mi stava scuotendo la spalla. «Uh, sì, devo essermi addormentato.»

Shell mi aiutò a mettermi a sedere. «Ne è sicuro, signore?»

«Sto bene.»

«So che non sono affari miei, signore, ma non può continuare a bere con quelle medicine che prende.»

Shell si alzò e non potevo credere ai miei occhi. Il tavolino da caffè era rovesciato e c'erano vetri ovunque. Una lampada John-Richard giaceva in pezzi vicino alle porte scorrevoli. Trattenendo il respiro, controllai le pareti, espirando quando mi parve che tutte le opere d'arte fossero intatte, a differenza dell'ultima volta. L'odore di cognac guidò i miei occhi verso la bottiglia di Courvoisier in frantumi, sparsa sulla mensola del camino.

«Non si alzi, signor Brighthouse. Aspetti che Le prenda delle scarpe.»

Cos'era successo? Era la terza volta in due mesi che avevo perso i sensi, lasciando una scia di distruzione e nessun ricordo del mio comportamento violento.

5

B ARNET ERA SEDUTO ALLA SUA SCRIVANIA E OSSERVAVA LE
riprese delle telecamere del suo negozio. L'afflusso intermittente e sporadico di clienti lo preoccupava. Trascinandosi
giù dalla sedia, uscì dal suo ufficio e iniziò a girare per il
negozio vuoto. Forzando un sorriso ai quattro commessi
che stavano chiacchierando, si ripromise di ridurre il personale a due all'avvicinarsi dell'estate.

La realtà di un ulteriore rallentamento con l'avvicinarsi
della fine della stagione costrinse Barnet a ritirarsi di nuovo
nel suo ufficio. Forse era ora di concentrarsi sulle vendite
online. I concorrenti online stavano intaccando le sue
vendite, e passare al contrattacco avrebbe portato nuovi
ordini. Pensò che l'idea di organizzare una campagna che
mettesse in risalto l'unicità del suo negozio avesse del
potenziale.

Accedendo a Winesearch.com, passò in rassegna file di
offerte. Come diavolo facevano quei tizi a guadagnarci
qualcosa? I margini che vedeva erano minuscoli. Barnet
credeva che il business consistesse nel dare suggerimenti,

nel presentare e convincere i clienti a provare nuove regioni e varietà. Stare alla larga dall'aspetto commerciale di massa, gestito dai grandi operatori, non solo era molto più interessante, ma offriva anche la possibilità di avere un ritorno decente su ogni bottiglia.

Andò verso il frigo e prese una bottiglia di Red Juice Press. Mentre svitava il tappo, notò una bottiglia vuota di Château Margaux del 2000. Ricordando i frutti rossi e di bosco presenti in quel vino prestigioso, ebbe un'illuminazione. Bevve una sorsata di succo e premette il pulsante dell'interfono.

«Bridgette, posso vederti un momento?»

Prima che finisse un altro sorso della bevanda di un rosso scuro, la direttrice generale del negozio entrò.

«Che succede?»

Barnet era disgustato dal rotolo di grasso che le cingeva la vita. «Siediti. Vorrei dare una vera e propria spinta al business dei futures».

«Bordeaux, giusto?»

«Naturalmente. Ci aiuterà a superare l'estate».

«È una buona idea. Ci sono un sacco di collezionisti da queste parti e, se facciamo le cose per bene, ci accaparreremo una bella fetta del mercato».

«Per quanto ne so, Jacques di Bleu Provence ha il programma di futures più solido, ma tu sei qui da molto più tempo di me».

Lei annuì. «Sì, Bleu Cellar lo fa da un po' e hanno la maggior parte dei clienti di Port Royal».

«Immaginavo. Senti, mi conosci, non voglio mai svendere nulla, ma per questa volta posizioniamo i nostri prezzi al di sotto di tutti i principali operatori. A questo punto, si tratta di farci strada nel mercato dei collezionisti e il flusso di cassa non farà male».

«Abbiamo una discreta lista di email su cui possiamo fare marketing».

«È un ottimo strumento. Dovremmo far fare un paio di striscioni per il negozio e vorrei fare delle pubblicità su Facebook che abbiano come target i bevitori di vino e soprattutto i francofili. E faremo anche un paio di annunci sul *Daily News*».

«È una buona idea, ma riusciremo a ottenere Margaux, Haut-Brion e Pétrus?»

Barnet annuì. «Perché non dovremmo?»

«Abbiamo avuto… uhm… un problema l'anno scorso, se ricordi».

«Si è risolto tutto, ma se non vogliono stare al gioco, che si fottano. Non abbiamo bisogno di loro, comunque».

«Non ne sarei così sicura, John. Dobbiamo stare attenti. Molti acquirenti piazzano tutti i loro futures con lo stesso rivenditore».

Barnet sapeva che non avere quelle cantine avrebbe eliminato una grossa fetta di potenziali acquirenti, ma disse: «In quanto tempo riesci a mettere in piedi una campagna?»

«In fretta. La grafica non è un problema. Diciamo entro una settimana. Ma dovremo definire i produttori e stabilire i prezzi».

«Scopri a quanto vendono Bleu Cellar, ABC e Total Wine e mettiti il cinque per cento sotto il più basso di loro».

«Questo attirerà di sicuro un po' di attenzione, ma ho davvero bisogno di sapere per Margaux, Brion e Pétrus. Hai intenzione di vedere se ce li venderanno questa stagione?»

«Dai per scontato che lo faranno. Se ci faranno

problemi, sventolerò loro sotto il naso la pila di ordini che riceveremo».

«Sei sicuro?»

«Al cento per cento. Ora, mettiti al lavoro».

Barnet sapeva che le prestigiose cantine non gli avrebbero mai venduto, ma aveva bisogno del flusso di cassa che i futures avrebbero generato. I diciotto mesi che mancavano all'arrivo del vino gli avrebbero dato il tempo di esplorare altri modi per aumentare le vendite e ridurre i costi. Quanto agli acquirenti di futures scontenti, se ne sarebbe occupato a tempo debito.

———

Uscito dal suo negozio, Barnet svoltò a sinistra, superò le fontane danzanti e Lululemon, ed entrò nel corridoio che ospitava gli uffici della Forbes Company. Sapeva che l'incontro con i proprietari di Waterside Shops sarebbe stato difficile. Prima di aprire la porta con le lettere dorate, si ricordò di mettere da parte l'orgoglio.

Gli uffici della direzione erano spartani, in netto contrasto con l'atmosfera opulenta del centro commerciale all'aperto. Rimase in piedi ad aspettare finché Albert Chesny, il direttore generale, non fu pronto.

In linea con la filosofia di massimizzare lo spazio di vendita, l'ufficio di Chesny era più piccolo della maggior parte delle isole da cucina di Port Royal.

Si strinsero la mano sopra una scrivania d'acciaio piena di fascicoli.

«È un piacere vederti, John».

«Anche per me, Al».

«Ehi, grazie per la raccomandazione che mi hai dato su quel Cabernet».

«Piacere mio, sono contento che ti sia piaciuto. Ne abbiamo un paio di nuovi e ottimi dallo Stato di Washington che dovresti provare».

«Mia moglie organizza una cena la prossima settimana. Passerò a prendere qualche bottiglia».

«Posso occuparmene io per te. È quello che facciamo da Barnet's».

«Grazie, ma non facciamo nulla di che, quindi niente di elegante. Cosa posso fare per te?»

Barnet si mosse sulla sedia. «Le cose stanno rallentando davvero presto quest'anno. Sono sicuro che tutti qui risentono del calo».

«In realtà, l'afflusso di persone è aumentato di quasi il sei virgola cinque per cento questo mese».

«Davvero? Sembra che tutti in città si stiano lamentando.»

«Noi non ci concentriamo sul resto della città, John. Waterside è un'esperienza di shopping unica.»

«È speciale, ecco perché ho rischiato aprendo il mio negozio qui.»

«E apprezziamo il voto di fiducia. Hai preso la decisione giusta.»

«Lo spero. È una posizione insolita per un negozio di bevande.»

Disse Chesny: «Barnet's è più di un semplice negozio di bevande. Tu vendi un'esperienza. Ecco perché eravamo entusiasti di averti nella famiglia di Waterside.»

«Credo ancora che Waterside abbia il giro di clienti e il prestigio di cui abbiamo bisogno, ma non ho intenzione di girarci intorno, Al: i costi di gestione sono alle stelle.»

«Crediamo che la nostra struttura dei prezzi sia commisurata alla visibilità e al flusso di clienti che i nostri affittuari ricevono. Lo sai che siamo i migliori sulla piazza, John.»

«Non metto in discussione l'unicità di Waterside, ma ci sta volendo più tempo per far decollare la nostra attività. Mi piacerebbe che prendessi in considerazione una riduzione del nostro affitto. Sarebbe temporanea, solo per superare questo momento difficile.»

Chesny scosse la testa. «Mi dispiace, ma non possiamo accogliere la tua richiesta, John.»

Barnet si sporse in avanti. «Avremmo davvero bisogno di un piccolo aiuto, Al. Sai com'è l'estate.»

«Sono sicuro che capisci che non è così semplice modificare i contratti di locazione. Comprendo la tua situazione e ho un'idea che probabilmente riuscirò a far approvare da tutti.»

Barnet si spostò sul bordo della sedia. «Ti sono davvero grato per il tuo aiuto.»

«Attualmente, occupi tre locali commerciali sul lato sud. Perché non prendi in considerazione l'idea di restituircene uno, o anche due? Sono sicuro che riusciremmo a trovare un accordo per una deroga alla modifica del contratto, e potresti tagliare le spese di un terzo o addirittura di due terzi.»

Barnet si lasciò ricadere sulla sedia. «Non posso farlo. Sarebbe il bacio della morte.»

«Ridimensionare è una mossa intelligente, John. Credo che dovresti pensarci.»

6

GIDEON BRIGHTHOUSE

Serrai forte le palpebre, massaggiandomi delicatamente le sopracciglia prima di tornare allo schermo. Un paio di idee interessanti erano emerse durante le tre ore di ricerca, dandomi molto su cui riflettere. L'idea più intrigante riguardava un pesce velenoso. Era folle che la gente potesse anche solo considerare di mangiare un pesce palla, ma per i giapponesi era una prelibatezza. A Marilyn piaceva il sushi, quindi era plausibile che l'avrebbe provato, soprattutto perché era così costoso e le avrebbe dato modo di vantarsene.

Ogni anno si verificavano numerosi decessi, principalmente in Giappone, a causa del veleno del pesce palla. Sembrava perfetto, perché a meno di avere uno chef altamente qualificato che sapesse come sfilettare correttamente un pesce palla, saresti morto. Bastava una minima quantità di veleno per uccidere un essere umano e non esisteva un antidoto conosciuto. La morte sopraggiungeva rapidamente per insufficienza respiratoria. Scacciai dalla mente l'immagine di Marilyn che ansimava e ripresi la mia ricerca.

Una ricerca su Google di ristoranti giapponesi produsse un breve elenco. La maggior parte erano locali di sushi thailandese che costellavano Naples, ma nessuno di loro offriva il pesce palla. Non c'era nessun posto che lo facesse né nella Contea di Collier né in quella di Lee. Il più vicino si trovava a Miami, e non sarebbe andato bene. Forse c'era un modo per una contaminazione incrociata. Caspita, quello avrebbe depistato la polizia.

Annotando che il veleno del pesce palla era la tetrodotossina, continuai le ricerche e scoprii che anche i polpi dagli anelli blu la contenevano. Marilyn mangiava sempre polpo alla griglia; diceva che aveva pochissime calorie e un sacco di nutrienti. Non sarebbe stato ironico?

Digitai «veleno mortale» nella barra di ricerca e fui sorpreso dal lungo elenco che comparve. Polonio? Che diavolo è? È duecentocinquantamila volte più letale del cianuro di idrogeno? Ritrassi le mani dalla tastiera. È una qualche sostanza radioattiva. I due successivi erano gas che dovevano essere inalati, il che li rendeva inaccettabili. E questo cianuro di idrogeno? Ah, è un altro gas.

Ecco di nuovo il veleno del pesce palla. Era un bene vederlo al sesto posto della lista, ma sapevo già che era un'ottima scelta. Poi c'era l'amatossina, un veleno che si trova nei funghi. Sembrava perfetto e immaginai di infilare i funghi nel suo estrattore. Dopo averlo ingerito, Marilyn avrebbe avuto le vertigini, il fiato corto e mal di testa. Poi il fegato e i reni avrebbero smesso di funzionare e lei sarebbe caduta in coma, morendo qualche giorno dopo. Inizialmente, credevo di cercare qualcosa di immediato. Ma soppesando l'idea – il fatto che ci volessero alcuni giorni, il coma, il collasso degli organi – mi resi conto che forniva una certa copertura.

Quando qualcuno muore inaspettatamente, tutti iniziano a fare domande, e questo è pericoloso. Se Marilyn avesse manifestato dei sintomi e fosse rimasta in vita per qualche giorno, la situazione si sarebbe fatta più confusa. Sarebbe stato interessante scoprire se il veleno si fosse dissipato mentre lei era in coma. Normalmente succedeva così, no? Il suo corpo sarebbe stato ancora in funzione, elaborando il veleno. Avrebbe fornito una sorta di mimetizzazione in caso di autopsia. Mi appoggiai allo schienale: poteva essere la soluzione giusta.

LO RILESSI. Com'era possibile che fosse così facile? Tutto ciò che c'era da sapere su come uccidere qualcuno era disponibile con una ricerca su Google. Questo era pericoloso. E c'erano un sacco di informazioni su come nascondere il fatto di averlo fatto. Feci un'altra ricerca e fissai lo schermo, scioccato. Contai: c'erano undici fonti per acquistare i funghi velenosi.

Il primo risultato era Xiamen Enterprises e avevano un sito web simile a un bazaar che offriva un assortimento di articoli da quattro soldi in vendita stile eBay. L'ultima cosa di cui avevo bisogno era un finto veleno, quindi abbandonai la pagina e scorsi fino a metà, a un link dall'innocuo nome Beatrice Solutions. Apparve una scarna pagina web in russo. Cliccai sull'icona della bandiera britannica e il testo fu convertito in inglese. Il titolo vantava la loro riservatezza e mostrava una foto di Edward Snowden. Offrivano un lungo elenco di sostanze chimiche in vendita, e mi misi a cercarle.

Bingo. Offrivano l'amatossina a cinquecento dollari al decimo di milligrammo. Sembrava costoso. Aprendo un'altra finestra, controllai la quantità letale di cui avevo bisogno, che era di 0,7 milligrammi. È una quantità minuscola: la pillola più piccola che prendevo per l'ansia era da dieci milligrammi, e questa era quindici volte più piccola. Possibile che bastasse così poco?

7

GIDEON BRIGHTHOUSE

ERANO PASSATE DA POCO LE CINQUE QUANDO MI DIRESSI verso la spiaggia per una passeggiata. Era uno dei miei momenti preferiti della giornata; il sole era a mezz'aria e la sua intensità era diminuita. Osservai una coppia di pellicani planare al largo, studiando l'acqua scintillante in cerca di opportunità per la cena. All'improvviso, uno di loro si tuffò in picchiata sotto la superficie. Dopo che riemerse, cominciai a riflettere sull'intera situazione.

Dovevo essere assolutamente certo che non ci fosse altra via d'uscita. Per quanto disprezzassi Marilyn, ucciderla era decisamente fuori dall'ordinario. Servivano consigli sull'arte contemporanea? Ero il consulente giusto. Consigli di politica? Beh, il Partito Democratico della Florida mi considerava il suo uomo di riferimento, ma questo prima che il senatore White venisse sconfitto da un perfetto sconosciuto.

Ma quella non era stata colpa mia, e i media non si erano resi conto che era in corso una rivoluzione. La gente era stanca delle solite facce che parlavano di grandi piani, ma erano così concentrate sui propri interessi che non si concludeva mai niente. White non aveva mai avuto una possibilità, non che se la meritasse. Dopo due mandati, non aveva nemmeno un singolo provvedimento legislativo da potersi attribuire. Dodici anni di cosiddetto servizio pubblico e non aveva mai nemmeno proposto un'ordinanza per un parcheggio. Poi arrivarono le accuse di corruzione, e le carriere di entrambi erano finite.

A dire il vero, la cosa non mi mancava, ma a Marilyn sì, eccome. Le piaceva da matti stare vicino ai potenti e, se c'era un centro di potere in America, quello era Washington, DC. Il profilo della sua famiglia era già di alto livello, quindi la combinazione che formavamo come coppia ci aprì molte porte, e fummo invitati a numerosi eventi alla Casa Bianca. La famiglia elargiva denaro a destra e a manca, e questo mantenne Marilyn sulla scena sociale per un po' dopo la sconfitta di White, ma soffiava un vento contrario al settore finanziario e i politici evitavano i loro finanziatori in pubblico.

Era difficile accettare che fosse stata così superficiale, ma, a ripensarci, non sembrava esserci alcun dubbio. Quando ebbi l'infarto, una settimana dopo il giuramento del nuovo senatore, Marilyn si fece forza, restando con me tutta la notte al NCH. Avevo quattro ostruzioni gravi, e Marilyn pretese che per l'angioplastica venisse chiamato il primario di cardiologia.

La convalescenza fisica fu rapida, ma mentalmente ero un disastro. I medici dissero che la depressione era comune dopo un infarto. Non solo ero a terra, ma ero anche spaventato da morire. Non so perché, ma all'improvviso avevo paura di stare con la gente, soprattutto nei luoghi affollati. Ricevere visite in ospedale e poi nella casa di Port Royal mi faceva sudare. Mi era impossibile parlare, se non ripetere a pappagallo che stavo bene.

L'ansia che provavo diminuì drasticamente quando ci ritirammo a Keewaydin Island. Quando spiegai a Marilyn che mi sentivo sereno grazie a Keewaydin, lei liquidò la cosa, dicendo che erano le medicine a farmi sentire rilassato. La sua teoria fu messa alla prova meno di due settimane dopo, quando andammo a Boston per una riunione degli azionisti.

Partecipare all'assemblea annuale era un'altra condizione che suo padre aveva imposto nel fondo fiduciario, così salimmo in barca. Una volta sulla terraferma, entrammo in un'auto con i finestrini oscurati e, non appena la portiera si chiuse, avvertii il bisogno di aprire un finestrino.

«Chiudi il finestrino, Gideon», disse Marilyn.

«Ho bisogno di un po' d'aria.»

«L'aria condizionata è accesa. Chiudilo, prima che il vento mi rovini i capelli.»

Tirai su il finestrino con una mano e con l'altra regolai la bocchetta, dirigendo il flusso d'aria sul mio viso. Mentre mi sporgevo in avanti, Marilyn disse: «Cosa c'è adesso?»

«Non lo so. Ho sentito solo qualcosa; forse ho solo un po' caldo.»

Chiusi gli occhi, implorando me stesso di calmarmi.

Dieci minuti dopo entrammo all'aeroporto di Naples e ci dirigemmo verso l'hangar dove ci aspettava il nostro aereo della Flexjet. Il Learjet argentato aveva la scaletta abbassata e, mentre ci avvicinavamo per salire a bordo, dissi: «Questo jet sembra più piccolo del solito».

«Immagino che l'abbia organizzato Robert, visto che siamo solo noi due.»

Dovetti chinarmi per passare attraverso il portello e, non

appena lo feci, il cuore cominciò a battermi all'impazzata e mi bloccai per un secondo prima di tornare indietro sulla scaletta. Cercai di controllare il respiro affannoso mentre Marilyn diceva: «Gideon! Che diavolo succede?»

«Ehm, aspetta un minuto.»

«Sali! Stiamo per decollare.»

«Dammi un minuto.»

«Sbrigati, dannazione! Siamo già tirati con i tempi.»

Feci tre respiri profondi e, con gli occhi fissi sui piedi, mi trascinai a bordo. Mentre mi accomodavo su un sedile, frugai nella borsa in cerca delle cuffie.

«Stai bene?»

«Sì, solo un po' di claustrofobia.»

«Cosa? Adesso sei claustrofobico?»

«Non so cosa mi stia succedendo, Marilyn. Mi è venuto così, dal nulla.»

«Sei patetico.»

Come poteva dire una cosa del genere? «Sei crudele, lo sai?»

Marilyn sospirò pesantemente e tornò alla sua rivista di *Cosmopolitan* mentre il portellone della cabina si chiudeva. A occhi chiusi, mi concentrai nel tentativo di sentire ogni singolo violino che suonava *Le Quattro Stagioni* di Vivaldi, ma mentre aspettavamo l'autorizzazione al decollo, la paura mi risalì dallo stomaco fino alla gola. Stavo per strapparmi di dosso la cintura di sicurezza quando il jet ebbe uno scossone in avanti e ci dirigemmo verso la pista. La mia ansia diminuì man mano che il rombo del motore si faceva più forte. Aprii gli occhi solo quando venni schiacciato contro il sedile dalla forza di accelerazione.

Dopo l'atterraggio, una stretta al petto mi assalì mentre salivamo le scale verso l'area degli imbarchi. I miei «mi scusi» si fecero più bruschi mentre ci facevamo largo fino all'area di prelievo passeggeri del Logan. Anche se era buio e deprimente, fu una bella sensazione uscire e salire su un'auto che ci aspettava. Due minuti dopo, Marilyn salì in macchina, dicendo: «Non so cosa ti stia succedendo, Gideon, ma devi darti una calmata».

«Sto bene.»

«Davvero? Hai attraversato il terminal di corsa come se fosse in fiamme.»

«Io... io avevo bisogno di un po' d'aria.»

«Devi tenere questa cosa sotto controllo, e in fretta. E non provare a farmi fare brutta figura stasera.»

«Non preoccuparti, stasera e domani andrà tutto bene.»

«Domani puoi restare in albergo. Di' che sei malato o quello che vuoi, ma sai che stasera è importante.»

Forse avrei accettato la sua proposta. L'indomani sarebbe stato un manicomio, con centinaia di azionisti e una marea di giornalisti per tutto il giorno. E cavolo, se sarebbe stata una giornata lunga. La serata all'Intercontinental era per la famiglia, un paio di azionisti importanti e gli amministratori che supervisionavano il fondo fiduciario Boggs, che controllava una bella fetta delle azioni della società. In sostanza, era un'occasione per la famiglia di tastarsi il polso a vicenda ed era un altro dei modi del vecchio per tenere d'occhio le cose dal cimitero.

Capivo cosa avesse cercato di fare, e forse avrei fatto lo stesso se non fosse stato per un paio di cose, come il non permettere a mia moglie di prendere il mio cognome, il che era sciocco. Persino la combinazione generalmente accettata di Boggs e Brighthouse era proibita, a meno che non si volesse rinunciare a una parte del reddito, e Marilyn diceva che era stupido essere penalizzati. Avrei dovuto combattere quella e molte altre cosiddette linee guida, e forse oggi non saremmo al punto in cui siamo.

All'inizio, l'avevo attribuito alla ricchezza e a una certa stravaganza, finché non persi un buon amico.

Ero nel mio ufficio quando entrò Mark Simone, e mi alzai di scatto.

«Ehi, Mark. Che bella sorpresa.» Aggirai la scrivania e allungai una mano che rimase a mezz'aria.

Mark Simone, che lavorava per il *Sentinel*, si lasciò cadere su una sedia. «Sono dei fottuti mostri.»

«Chi? Che sta succedendo, Mark?»

«Come se tu non lo sapessi.»

«Non ho idea a cosa ti stia riferendo.»

«Mi hanno licenziato per colpa della fottuta famiglia di tua moglie.»

Mi si strinse lo stomaco. «Cos'è successo?»

«Sai che stavo scrivendo quella serie di articoli sul settore dei fondi comuni d'investimento.»

«Certo.»

«Beh, Dio non voglia che io abbia menzionato quello screzio con la SEC.»

«Per il materiale di marketing?»

«Sì.»

«Ma la questione si è risolta senza multe né ripercussioni.»

«Lo so, non era niente. Tutto ciò che cercavo di fare era mostrare quanto fosse regolamentato il settore, tutto qui. Non stavo cercando di colpire i Boggs.»

«Certo, ma cos'è successo?»

«Un attimo dopo, il mio redattore mi è saltato addosso per aver menzionato la famiglia Boggs, anche se era stato lui ad approvare l'articolo. Stava cercando di coprirsi le spalle e, subito dopo, le risorse umane mi hanno convocato e mi hanno dato il benservito.»

«Sei sicuro che sia stato per quello?»

«Ci conosciamo da molto tempo. Fidati, è andata così.»

«Lascia che veda cosa posso fare.»

«Amico, ma ti rendi conto di quanto sei ingenuo? Pensi di riuscire a fargli cambiare idea?»

«Ma se l'hanno fatto per questo motivo, è ingiusto e senza fondamento.»

Mark scosse la testa. «*Se* l'hanno fatto? Amico, sei cieco.»

Appena Mark se ne andò, chiamai l'ufficio di famiglia. Sento ancora Peter Gerey dirmi che era una questione di famiglia e non era soggetta a discussione. Mi ci vollero due settimane per trovare il coraggio di dire a Mark che non ero riuscito a influenzare la situazione. Mi riattaccò il telefono in faccia e da allora si è sempre rifiutato di rispondere alle mie chiamate.

I Boggs erano presbiteriani, ma sembravano più mormoni. Una percentuale fissa veniva donata in beneficenza, e loro richiedevano ai figli di svolgere due anni di servizio sociale prima di lavorare per l'azienda. Marilyn svolse il suo servizio alla St. Matthew's House a Naples, ma non lavorò mai veramente per l'azienda di famiglia. Diceva di non essere interessata agli affari e di preferire aiutare gli altri, ma poco dopo esserci conosciuti mi resi conto che non si sentiva abbastanza intelligente. I suoi fratelli avevano degli MBA di Harvard ed erano brillanti, anche se condiscendenti. Quando ci incontrammo la prima volta, la sensazione che non mi rispettassero era chiara, ma riuscii a ribaltare momentaneamente la situazione quando le opere d'arte che avevo consigliato loro di acquistare aumentarono di valore.

Alla fine della fiera, erano tutti falsi. Mi sono spesso chiesto se Marilyn fosse peggio dei suoi fratelli o se fossero tutti uguali, ma conoscevo meglio Marilyn e la odiavo di più. Ero certo che non avesse fatto parola delle difficoltà della nostra relazione con nessuno in famiglia e altrettanto certo che sarei diventato persona non grata e cacciato anche dall'isola, se la notizia fosse trapelata.

———

AVENDO PRESO un Valium in più, credevo che un altro tentativo di discutere con Marilyn avesse buone possibilità di successo. Era seduta sul terrazzo con il suo caffè mattutino e trasalì quando feci scorrere la porta per aprirla.

«Scusa.»

«Maledizione, Gideon. Mi hai quasi fatto rovesciare il caffè. Che vuoi adesso?»

«Speravo che potessimo discutere un modo amichevole per porre fine al nostro matrimonio.»

«Non ce n'è bisogno, l'accordo prematrimoniale stabilisce tutto.»

«Lo capisco, ma so che percorrere quella strada avrebbe conseguenze finanziarie negative per te. Non possiamo trovare un'altra soluzione?»

Lei posò la tazza e sorrise. «C'è un'altra soluzione.»

Tirai fuori una sedia e stavo per sedermi. «Fantastico. Qual è?»

«Non vuoi saperlo.»

«Certo che lo voglio.»

Mi guardò dritto negli occhi. «John ha suggerito che potrebbe farti sparire. Questo risolverebbe le cose, no?»

Afferrai lo schienale della sedia. «Cosa? Cosa dovrebbe significare?»

«Prendila come vuoi. Ma dato che sei un invalido, deciderò io cosa succederà.»

In quel preciso istante decisi che Marilyn doveva essere eliminata prima che mi uccidessero. Appena fossi tornato a casa avrei ordinato il veleno dei funghi.

8

QUALCUNO BUSSÒ ALLA PORTA DEL SUO UFFICIO, SPINGENDO Barnet a controllare il monitor. Sorrise quando le immagini della telecamera rivelarono che si trattava di Marilyn. Aveva evitato le sue telefonate per tre giorni di fila e il fatto che si fosse presentata di persona faceva proprio al caso suo. Premette il pulsante per farla entrare e si alzò per accoglierla.

«Marilyn. Non ti aspettavo.»

«Non mi hai richiamata. Cominciavo a essere preoccupata per te.»

Barnet la baciò, ma evitò di abbracciarla.

«Sto bene, è solo che lavoro ventiquattro ore su ventiquattro, cercando di mandare avanti la baracca.»

«Perché? Che succede?»

«Oh, lascia perdere. Non vuoi saperlo.»

«Certo che voglio saperlo. Cosa sta succedendo?»

«Non preoccuparti. Troverò una soluzione.»

«Trovare una soluzione a cosa? Dimmi cosa sta succedendo, John.»

Barnet si lasciò cadere sulla sedia. «La bassa stagione ci sta uccidendo. Non so perché questa volta le cose vadano così male, ma è così.»

«Le cose miglioreranno, succede sempre.»

Barnet si strinse nelle spalle. «Forse.»

«Perché sei così giù di morale?»

«Non voglio trascinarti in tutto questo.»

«Non fa niente, davvero. Voglio essere coinvolta. Forse posso aiutarti in qualche modo.»

«Be', sai che abbiamo puntato molto sui futures e stiamo facendo delle vendite, ma devo anticipare metà dei soldi per tutti questi ordini e, come se non bastasse, ho investito un sacco di soldi nel settore del catering e le cose non sono andate esattamente come avevo previsto.»

«Pensavo che la tua idea del catering fosse buona. Devi solo darle tempo.»

Barnet esalò un sospiro di sconforto. «Il tempo è una cosa che non ho. Quei bastardi hanno avuto la sfacciataggine di notificarmi un preavviso di sfratto. Riesci a crederci?»

«Sfratto? Possono farlo?»

Barnet allargò le braccia. «E siamo solo in ritardo di due settimane con l'affitto. È una follia.»

«Quanto devi pagare?»

«Quarantamila.»

«Davvero? Quarantamila? È carissimo.»

«A chi lo dici!»

«Potrei aiutarti un po'.»

«Davvero? Non voglio coinvolgerti, Marilyn, ma non so proprio cosa fare. Se potessi aiutarmi, sarebbe incredibilmente generoso da parte tua.»

«Sai che sarei felice di aiutarti, John. Ti presterò diecimila.»

«Oh, questo aiuterà un po'.»

———

Prima di sedersi alla scrivania, Barnet tracannò due bottiglie d'acqua, nel tentativo di placare i postumi di una leggera sbornia. Ne mise un'altra sulla scrivania e controllò le ricevute del giorno prima. Gettando di lato il conteggio, aprì una cartellina rossa con l'etichetta "Futures".

Dopo aver scorso le due pagine al suo interno, Barnet si alzò e spalancò la porta del suo ufficio.

«Bridgette! Dov'è Bridgette? Ho bisogno di lei. Ora!»

Sbatté la porta e camminò avanti e indietro per la stanza per un minuto, finché non bussarono alla porta.

«Avanti!»

«Ehi, John, avevi bisogno di qualcosa?»

«Che diavolo sta succedendo con i futures?»

«Cosa vuoi dire?»

Afferrò la cartellina e la sventolò.

«Questo. Ecco cosa voglio dire. È uno scherzo.»

Bridgette lanciò un'occhiata alla cartellina. «Mi dispiace, ma non capisco.»

«Sono questi tutti gli ordini?»

«Sì. A meno che non sia arrivato qualcosa stamattina.»

«Mi stai dicendo che abbiamo solo venti miseri ordini?»

«C'è molta concorrenza in giro, John. E poi, un sacco di gente è fuori città in questo periodo dell'anno.»

«Hai mai sentito parlare del telefono? Possiamo prendere un dannato ordine per telefono!»

«Abbiamo... abbiamo parlato e mandato email ai nostri clienti target. Non stiamo andando così male, John.»

«Mi prendi in giro? Sai quanto mi costa la pubblicità? Che senso ha tutto questo?»

«Io... io...»

«Torna di là e vendi del dannato vino! Ho un sacco da fare.»

Barnet si lasciò cadere sul divano e aveva appena chiuso gli occhi quando gli squillò il cellulare. Lo tirò fuori dalla tasca. Era Marilyn. Rifiutò la chiamata, mise i piedi sul tavolino e cominciò a rovistare in un archivio di idee che aveva accumulato per tenere a galla il negozio. Dopo venti minuti di esame di coscienza, si alzò, aprì il portatile, andò sul sito di Amazon e cominciò a navigare.

9

Q<small>UATTRO</small> <small>GIORNI</small> <small>DOPO</small>, M<small>ARILYN</small> <small>CHIUSE</small> <small>LA</small> <small>PORTA</small> dell'ufficio di Barnet e disse: «Come hai potuto farmi questo?»

«È stato un errore, tutto qui.»

«Sono così in imbarazzo che non so cosa fare.»

«Non dovresti. Non è stato niente, solo un semplice errore di calcolo.»

Marilyn si mise le mani sui fianchi. «È in gioco la mia reputazione, John.»

«È una follia. Con i tuoi soldi, cosa pensano che tu stia facendo, rubando?»

«Certo che no. Ma penseranno che io sia un'incapace, e questo è peggio che rubare. Il mondo della filantropia si basa sulla fiducia. I nostri donatori contano su di noi per essere buoni amministratori del loro denaro. Qualsiasi voce o anche solo un sentore di irregolarità, intenzionale o meno, e scapperanno a gambe levate.»

«Vuoi smetterla di fare l'allarmista?»

«Per te è facile dirlo, ma questa è la mia vita, John.»

«Cosa? Stai dicendo che non mi importa di te? È assurdo.»

«Lo so, ma John, questa cosa mi fa fare davvero una brutta figura. È un sacco di soldi, e sono sicura che la gente ne sta parlando.»

«Farò in modo che Bridgette stacchi un assegno oggi stesso.»

«Ho già rimborsato la St. Vincent de Paul.»

«Davvero? Se vuoi il mio parere, penso che avresti dovuto aspettare.»

«Dovevo risolvere subito la questione.»

«Capisco, ma non mi piace come apparc la cosa.»

«Cosa vuoi dire?»

«Mettiamola così: hai rimborsato il sovrapprezzo prima di rivolgerti al fornitore. Potrebbe sembrare un po' sospetto.»

«Oh no, dici sul serio?»

«Non impazzire, Marilyn. Sto solo pensando ad alta voce.»

«Vedi, vedi come potrebbe essere tutto frainteso?»

«Non succederà. Loro hanno riavuto i loro soldi, e tu hai la tua versione da raccontare sul sovrapprezzo.»

«Versione?»

«Andiamo, Marilyn, sai cosa intendo.» Barnet si alzò e si diresse verso la cantinetta. «Stai tranquilla. Andrà tutto bene. Beviamoci un bicchiere di Borgogna bianco. Mi è appena arrivato questo delizioso Burg dal Domaine Leroy. Ti piacerà da matti.»

———

LA MATTINA SEGUENTE, Barnet si stava godendo il sole su una panchina fuori dal suo negozio. Salutò il corriere della UPS, che stava trasportando una pila di scatoloni nel negozio. Un paio di minuti dopo, il direttore del negozio uscì con una piccola scatola in mano.

«Su questo c'è il suo nome, John. È per il negozio?»

Barnet prese il pacco di Amazon. «No, è mio. Ho ordinato un nuovo disco rigido esterno.»

«Ottima idea. Devo fare il backup del mio portatile. Non mi fido di questa storia del cloud.»

«Neanch'io. Prima o poi subiranno un attacco hacker come tutti gli altri.»

«È solo questione di tempo. Devo andare. Il camion della Southern Wine è sul retro con una consegna.»

Barnet si godette altri dieci minuti di sole prima di rientrare nel negozio. Andò dritto nel suo ufficio e chiuse la porta a chiave. Accomodò la sua alta figura su una sedia e aprì il pacco. Toccando il minuscolo dispositivo, Barnet si meravigliò di quanto fosse più piccolo di quello che aveva usato in precedenza. Infilò l'unità, grande quanto un pollice, e il cavo di ricarica nel taschino della giacca e gettò l'imballaggio nel cestino, dopo averlo strappato in piccoli pezzi.

Accarezzandosi il pizzetto, Barnet ripercorse mentalmente la sua idea per guadagnare tempo. Soddisfatto che non ci fossero falle, decise che prima agisse, meglio era. Era venerdì e, come al solito, più tardi avrebbe visto Marilyn. Quella sarebbe stata la notte giusta.

MARILYN SI STRUSCIÒ CONTRO BARNET, FACENDOGLI scivolare una mano lungo le cosce. Quando lui non reagì, lei si raddrizzò.

«Che succede, John?»

«Non lo so, non mi sento in vena, credo.»

«Hai bevuto di nuovo troppo?»

«No, è la prima bottiglia.»

Si alzò dal divano. «Oh, be', allora forse dobbiamo solo aprirne un'altra.»

«O forse ci serve solo un po' di pepe per ingranare, sai, un piccolo aiuto per darci la carica.»

«Spero proprio che tu non stia parlando di droghe di alcun tipo, John. Sai bene che non mi presto a questo genere di attività.»

«Niente affatto; sai che l'unica droga per me è il vino.»

«Allora di cosa stai parlando?»

«Non è niente di cui preoccuparsi. Quindi, non arrabbiarti o altro.»

Marilyn incrociò le braccia. «Non mi piace come suona, John.»

«Allora lascia perdere.»

«Ora che hai tirato fuori l'argomento, devi dirmelo.»

«Be', pensavo solo, sai, a qualcosa che accendesse la scintilla per farmi partire.»

«Sono offesa che tu abbia bisogno di qualcosa di più di me per partire, John. Francamente, è avvilente.»

«È proprio questo il punto, non è niente di più di te.»

Marilyn si sedette accanto a John e gli passò una mano tra i capelli ricci. «Sei così dolce. Allora, a quale... diciamo... ispirazione ti riferisci?»

John si frugò nella tasca posteriore dei pantaloni e tirò fuori il cellulare. Tenendolo in orizzontale, premette play e un video prese vita. Quando Marilyn si vide nuda con le caviglie in aria, urlò: «Oh mio Dio! Che cosa hai fatto?»

«Non è niente, solo-»

Marilyn balzò in piedi dal divano. «Niente? Quella sono io. Noi... noi... è una cosa privata. Come hai potuto farmi questo?»

«Stavo solo-»

«Solo cosa? Mi hai filmata senza il mio permesso!»

Barnet si strinse nelle spalle. «Sapevo che avresti detto di no.»

«E quindi l'hai fatto lo stesso? E dovrei farmelo andare bene?»

«Pensavo che l'avresti apprezzato, una specie di ricordo. Credo che il nostro tempo insieme sia speciale.»

«Lo era; ora non ne sono più così sicura.»

«Andiamo, Marilyn, ne stai facendo una tragedia. Lo fanno tutti.»

«Pensavo sapessi che Marilyn Boggs non è una qualunque.»

«Lo so. Sei molto speciale per me.»

«Voglio quel video, John, e lo voglio adesso. Deve essere cancellato. Se dovesse mai finire nelle mani sbagliate, sarei distrutta e la famiglia cadrebbe in disgrazia.»

«Okay, okay, ho capito. Senti, lo cancello subito se ti fa sentire meglio.»

«Sì, mi farebbe sentire meglio.»

«Sei sicura di non volerlo vedere tutto? C'è una parte molto bella un po' più avanti.»

«Che ti prende, John Barnet? Distruggi quella maledetta cosa adesso o tra noi è finita.»

«E va bene. Pensavo solo... ma lascia perdere. Non è stata una buona idea, immagino.»

«È assolutamente offensivo. Non posso credere che tu l'abbia fatto.»

«Mi dispiace, davvero, stavo solo cercando di... non so, pensavo potesse essere divertente.»

«Divertente? Stai perdendo la testa, John?»

Lui chinò la testa. «Credimi, non volevo turbarti, Marilyn. È stato un errore. Ora me ne rendo conto, e ti chiedo scusa per averlo fatto.» Barnet prese il telefono e premette cancella. «È sparito. Puoi perdonarmi?»

11

GIDEON BRIGHTHOUSE

Sono rientrato da una lunga passeggiata sulla spiaggia. C'era una tale pace che mi ero dimenticato del gran caldo che faceva. Una nuotata in piscina sarebbe stata perfetta. Ho deciso di prendere un asciugamano e fare un tuffo.

Facendo scorrere una porta per aprirla, ho visto un pacco sulla mia scrivania e mi sono rianimato. I taccuini di Jasper Johns che avevo acquistato all'asta di Sotheby's erano arrivati. Era meraviglioso poter fare le mie offerte online senza dovermi presentare di persona.

Avvicinandomi alla scrivania, ho visto il pacco di Sotheby's, ma cos'era l'altro involucro? Sollevando il pacco, mi è sembrato vuoto. Ho afferrato un paio di forbici e ho tagliato la parte superiore della busta di plastica. All'interno c'era un contenitore di plastica più rigida. Quando ho visto la scritta in russo, ho lasciato cadere il pacco e ho scrutato l'area circostante.

Rabbrividendo alla consapevolezza che i funghi erano arrivati, ho cominciato a camminare avanti e indietro per la stanza. Tenerli nell'armadio come avevo pianificato non mi sembrava più la cosa giusta. Poteva essere tossico anche solo respirarci vicino? Ci si poteva fidare del fatto che i russi li avessero imballati correttamente? Probabilmente non gliene importava nulla. Avrei dovuto cercare su Google se questi funghi emettono fumi nocivi. Era sicuro anche solo toccarli senza guanti?

In che diavolo mi ero cacciato? Avrei dovuto sbarazzarmene prima che fosse troppo tardi. Oh, cavolo, a cosa stavo pensando? Non ce l'avrei mai fatta a portare a termine questa cosa. Inspirando profondamente, mi sono detto di calmarmi. Stavo per sprofondare sul divano quando mi sono reso conto di essere sudato e sono salito di sopra per farmi una doccia.

A metà delle scale, ho fatto dietrofront e sono sceso. Prendendo uno strofinaccio dalla cucina, vi ho avvolto il pacco dei funghi. Dopo averlo infilato nel mobile sotto il piano cottura, sono tornato di sopra.

Mentre facevo la doccia, ho passato in rassegna un sacco di nascondigli. Mi serviva un posto dove le donne delle pulizie non l'avrebbero trovato. Tenerlo fuori casa aveva senso, ma non potevo rischiare che la squadra di manutenzione lo scoprisse.

Ogni posto che prendevo in considerazione aveva dei difetti. Asciugandomi, ho setacciato mentalmente un'idea dopo l'altra, scartandole tutte mentre mi vestivo e scendevo al piano di sotto.

Seduto al tavolo della cucina, mi sono ricordato di un programma televisivo in cui un assassino teneva il veleno nel suo portaspezie in cucina. Era una mossa audace, ma mi piaceva e avevo deciso di tenerlo in bella vista, quando un fattorino ha bussato e ha fatto scorrere una porta per aprirla. Stava portando la composizione floreale settimanale per la dependance della piscina.

Ha posato un grande vaso triangolare traboccante di enormi steli di uccelli del paradiso ed è uscito. Ammirando il contrasto tra i fiori arancioni e il vaso nero, mi è venuta un'idea e sono andato alla galleria d'arte.

Accendendo le luci, l'edificio ha preso vita, mettendo in risalto la sua illuminazione speciale. Adoravo questo posto. Quante notti ci avevo dormito prima che il giusto mix di farmaci contenesse la mia ansia? Anche dopo che le cose si erano calmate, avevo considerato di trasferirmi qui, ma non era pratico. Con solo un bagno di servizio e nessuna cucina, avrebbe complicato inutilmente la vita, una cosa di cui avevo meno bisogno della maggior parte delle persone.

C'erano un sacco di posti dove nascondere il sottile pacchetto. Poteva essere fissato con del nastro adesivo sotto una delle panche, assicurato dietro un quadro o persino lasciato cadere all'interno di una scultura. A parte qualche perito o rappresentante dell'assicurazione, qui non entrava nessuno tranne me. Era perfetto.

Girando per la stanza, ho pensato che il posto migliore sarebbe stato sotto una delle panche di velluto, il cui tessuto verde pallido aveva qualche centimetro di sporgenza, fissandolo con il nastro adesivo. Le ragazze delle pulizie non l'avrebbero mai visto. Ho scelto una panca di fronte a un'opera di Richard Prince intitolata *Even Lower Manhattan*. Scura sia nel colore, il rosso, sia nell'atmosfera, l'opera presentava sul bordo del dipinto un pezzo di carta di giornale illeggibile che Prince aveva inserito. Il mistero dell'opera mi catturava ogni volta. Volevo entrare nel quadro, tirare fuori il giornale e leggere di cosa si trattasse.

L'aria condizionata si è accesa, interrompendo la mia

concentrazione. Avrei dovuto aspettare che il personale se ne andasse per nasconderlo.

———

Dov'è il nastro adesivo? Mi serviva quello resistente. Non potevo fidarmi dello scotch per una cosa del genere, e non potevo chiederlo ai ragazzi della manutenzione. Dopo aver controllato tutti i cassetti della cucina, mi sono diretto alla mia scrivania. Sulla scrivania c'era una scatola di Microsoft. Il mio nuovo portatile era finalmente arrivato. Tirando il nastro adesivo, ho aperto la scatola ma ho strappato anche uno strato di cartone. Mi sono bloccato. Non volevo assolutamente che succedesse la stessa cosa con la confezione dei funghi; avrei potuto avvelenarmi. Se l'avessi messo in un sacchetto di plastica, la plastica si sarebbe strappata quando l'avrei tolto, ma l'imballaggio originale sarebbe rimasto intatto.

Lasciando la scatola del portatile, ho frugato nel cassetto più basso in cerca di nastro adesivo e mi sono fermato quando ho trovato una vecchia foto di me e Marilyn. Era stata scattata l'anno stesso del nostro matrimonio, a un evento per commemorare il primo anniversario dell'elezione del senatore White.

La Sala da Ballo del Ritz Grand era gremita. Dissi a Marilyn: «Avrei dovuto aumentare la donazione minima per entrare stasera».

Lei sorrise. «Hai fatto benissimo, tesoro. C'è sempre un modo per raccogliere di più quando ce n'è bisogno».

Un fotografo si inginocchiò davanti a noi mentre un giornalista del *Wall Street Journal*...

Si avvicinava. Misi un braccio intorno a Marilyn e

sorrisi per la foto. Il giornalista disse: «Buonasera, signora Boggs. Le dispiace se le rubo suo marito per una breve intervista?»

«Niente affatto. Ci vediamo dopo, Gideon.» Mi diede un bacio sulla guancia e si diresse dritta verso Pam Biondi, la procuratrice generale della Florida.

«È un bell'evento che ha organizzato, signor Brighthouse.»

«Alla gente piace sostenere il senatore.»

«Cosa può dirci dei piani del senatore?»

«Il senatore White sta lavorando a un piano bipartisan con il senatore Blalock per risolvere la situazione di stallo sull'immigrazione.»

«È un argomento difficile da affrontare, ma sono interessato a sapere quali sono i suoi piani per una carica più alta.»

Le voci che avevano cominciato a circolare mi fecero fremere, ma dovevo essere cauto. «Il senatore è concentrato sul secondo anno del suo mandato di sei anni.»

«È nobile, ma c'è un coro crescente che dice che il senatore dovrebbe candidarsi alla presidenza.»

«Sebbene sia una proposta lusinghiera, il senatore è impegnato a servire i bravi cittadini della Florida e intende portare a termine il suo intero mandato.»

«E se il movimento crescesse? Il senatore prenderebbe in considerazione una corsa alla Casa Bianca?»

Marilyn stava ballando con l'anziano patriarca della famiglia Collier e sorrise mentre passava ancheggiando.

«Sono tutte speculazioni interessanti, ma vorrei tornare da mia moglie prima che il vecchio Collier me la porti via.»

Mi diressi verso Marilyn e scambiai due chiacchiere con Collier prima di sussurrarle all'orecchio: «La voce si è sparsa. Il *Journal* non voleva parlare d'altro che della candidatura di White alla Casa Bianca.»

Mi strinse. «Oh, Gideon, riesci a immaginare? Sarebbe meraviglioso.»

«Lo so, sarebbe fantastico, e noi faremmo in modo che accadesse.»

Gettai di nuovo la foto nel cassetto, chiedendomi come eravamo arrivati al punto in cui lei aveva delle tresche e io la volevo morta.

———

RAGGIUNGEMMO un punto di rottura tre anni fa, a marzo. Il senatore White teneva un comizio al Naples Grand Resort che io avevo organizzato, e Marilyn non si era presentata. La chiamai diverse volte, ma non rispose mai. La nostra campagna era costantemente sulla difensiva da quando era scoppiato uno scandalo per uno scambio di favori. White aveva promosso una legge sull'agricoltura che avrebbe concesso benefici sproporzionati al suo più grande finanziatore. Il contraccolpo fu feroce. White non riusciva a far passare i suoi messaggi, costringendoci a raddoppiare gli sforzi per promuovere la sua linea politica.

Quella sera, nella sala da ballo, non c'era la minima energia. Era il quinto evento scialbo di una lunga settimana. Ero stanco e non avevo nessuna voglia di trattenermi per la valutazione post-evento. Non appena White salì in camera sua, salutai tutti, dicendo che Marilyn non si sentiva bene, e tornai a casa in auto.

La vedo ancora sulla chaise longue in camera da letto, intenta a leggere. Entrando in camera, chiesi: «Dove sei stata? Avevo bisogno che ci fossi. Mi stai facendo fare una brutta figura.»

Lei scosse la testa. «Non capisci, vero?»

«Cosa dovrei capire, Marilyn?»

Lei riprese in silenzio il libro e si rimise a leggere.

«Vuoi smetterla di fare questi giochetti?»

Senza mai staccare gli occhi dal libro, disse: «Stai sprecando il tuo tempo con White. È finito.»

Odiavo quel suo modo sprezzante. «Di cosa stai parlando? Abbiamo appena iniziato la campagna elettorale.»

«Stai parlando come uno stupido, Gideon. Lo stanno abbandonando tutti.»

«Non è vero.»

Posando il libro in grembo, disse: «Davvero? Quanto era affollato il tuo evento?»

Aveva ragione. La sala da ballo era piena solo per un terzo. «È andato bene, torneranno a farsi vivi.»

Rise. «Aspetta di vedere l'editoriale di domani.»

Cosa ne sapeva? Come aveva potuto non informarmi? «Di cosa stai parlando?»

«Diciamo solo che si può tranquillamente affermare che non gli sono rimasti molti amici.»

«Beh, se lo abbandonano al primo segno di difficoltà, tanto per cominciare non erano suoi amici. Dov'è la loro lealtà?»

«È qui che ti sbagli di nuovo. Devi scappare al primo sentore di marcio.»

«Non è così che agisco io.»

«È questa la differenza tra te e me, Gideon. I Boggs non si associano mai al fallimento.»

Fu un pugno verbale allo stomaco, una rivelazione terribile che esemplificava la differenza nel nostro DNA. Sperai che non fosse permanente, ma quando mi svegliai sul divano la mattina dopo, la realtà che le cose erano cambiate mi perseguitava.

Cercai di ricucire lo strappo, ma il rapporto continuò a erodersi, sebbene a un ritmo più lento. Poi arrivò il mio infarto e ciò che restava della relazione si disintegrò rapidamente in un completo sfacelo.

12

RAUL SANCHEZ

MENTRE SALIVO LE SCALE PER L'APPARTAMENTO DI Alejandro, sentivo le gambe pesanti. Perché ero così stanco? Il caldo qui non era peggio che in Messico. Il mio lavoro a Keewaydin era fisico, ma niente di pazzesco. Tutti dicono che è per lo stress del cancro di mamma. Forse. Ma che dire dello stress di rigare dritto con così tante occasioni di fare soldi facili?

L'appartamento di Alejandro era al terzo piano. Un altro scemo che puliva uffici di notte e tagliava prati di giorno. Un gatto mi passò accanto correndo. Cercai di dargli un calcio, poi bussai alla porta.

«Ehi, Raul.»

«Che ha detto il dottore?»

Alejandro si acciglò. «È più debole. Il dottore dice che tua mamma ha bisogno di più dialisi.»

«E quando la farà?»

Scosse la testa. «Hanno detto che la Medicare non pagherà per altre sedute.»

«Cosa?»

«Hanno detto che riceve quello che ricevono tutti gli altri.»

«Ma ha detto che ne ha bisogno di più, no?»

«Sì.»

«E quindi, che si fa adesso?»

Alejandro si strinse nelle spalle. «Ha detto che potresti pagare tu, ma sono tipo seimila dollari al mese.»

———

«Raul, prendimi un'altra cassetta.»

Tolsi l'ultima cassetta di begonie dal carrello e la portai a Pedro, chiedendogli: «Quanta gente avranno?»

«Non lo so, amico.»

Dissi: «Non posso credere che stiamo strappando queste viole del pensiero. Chi viene, il fottuto presidente?»

«Charlie ha detto qualcosa riguardo a un evento di beneficenza.»

«Beneficenza? Con tutta la roba che buttano via da queste parti?»

«So cosa vuoi dire, amico. Ma questi hanno i soldi.»

«Non è giusto, specialmente quando buttano il cibo.»

Pedro piantò un'altra begonia e disse: «Un giorno ho chiesto al jefe se potevamo avere gli avanzi, ma ha detto di no.»

«Anch'io, a me ha detto di farmi gli affari miei.» Mi asciugai la fronte. «Pena non ha le palle, amico.»

«Nell'ultimo posto dove lavoravo, ci davano sempre il cibo quando facevano le feste.»

«È un fottuto spreco.»

«È così che vanno le cose, amico.»

«Ce lo stanno sbattendo in faccia.»

«Lo so. Ehi, amigo, vai a prendere altri fiori.»

Spingendo il carrello, mi diressi lentamente verso il molo. Se non fosse stato per mamma, avrei mandato tutto a fanculo. Mi sarei preso quello che potevo. Aveva bisogno di me, era malata. E ora le servivano un sacco di soldi per la dialisi. Cavolo, l'unico modo che conoscevo per fare soldi seri era fare quello che mi aveva messo dietro le sbarre.

Se mi avessero beccato di nuovo, sapevo cosa sarebbe successo. Io potevo cavarmela in galera, ma per mamma sarebbe stata la fine. Quando ero rinchiuso in Messico, veniva ogni settimana, ma ogni volta sembrava molto più vecchia. Se fossi tornato dentro, il cancro ai reni l'avrebbe uccisa prima. Doveva esserci un modo per trovare i contanti per aiutarla.

Caricai il carrello, pensando a quanto non fosse facile rimanere onesto. Un enorme yacht, con la musica a tutto volume, sfrecciò via. Cavolo, certa gente se la passava facile, proprio come la Boggs. È nata con la camicia e quella stronza pensa di aver fatto chissà cosa. Ha più soldi di Dio. Sai, lei potrebbe risolvere questa merda in fretta. Le metterò un po' di pressione. Come può dire di no?

————

La terrazza aveva più sedie di un hotel. Cercai punti da ritoccare, tenendo d'occhio le porte scorrevoli. Di solito lei usciva di casa dopo pranzo. Spostando una poltrona, la vidi alla finestra vicino al lavandino. Afferrai il barattolo di vernice e mi avvicinai alla finestra.

La Boggs mi vide. Sorrise, e io alzai un dito, facendole cenno di avvicinarsi. Il suo sorriso scomparve e indietreggiò. Le mostrai il pennello e lei si rilassò, aprendo la porta scorrevole. Un'ondata d'aria fredda mi investì.

«Come posso aiutarla?»

«Mi scusi, signora. Ma io... ho bisogno di chiederle una cosa.»

Si scostò dalla porta ma non disse nulla.

«Uhm, vede, si tratta di mia mamma.»

«Lei è Raul, corretto?»

Annuii. «Lavoro con il signor Pena.»

Lei sorrise. «Mi dica. Cosa succede a sua madre?»

«Vede, ha il cancro ai reni.»

La Boggs si accigliò. «Mi dispiace tanto.»

«Lo so, ed è grave, molto grave.»

«Deve essere difficile per Lei.»

«Lo è.»

«Come posso aiutarla? Vuole che chieda al signor Pena di darle del tempo per stare con sua madre?»

«Ha bisogno di dialisi. Più dialisi.»

«Raul, sono sicura che se è ciò che il medico prescrive, non c'è nulla di cui avere paura.»

«Ma non può farla.»

Stava quasi per prendermi la mano. «So che fa paura vedere sua madre affrontare tutto questo, ma la dialisi, per quanto seria, è ciò di cui ha bisogno e non dovrebbe averne paura.»

«La vogliamo, ma non abbiamo i soldi.»

Un orecchino di diamante apparve mentre la Boggs inclinava la testa. «Non ha un'assicurazione?»

«Ha la Medicare, ma le passano solo una seduta a settimana, e il dottore dice che mamma ne ha bisogno di più.»

«Capisco. C'è una procedura di appello quando a qualcuno vengono negate le cure.»

«Per allora sarà già morta.»

Strinse le labbra. «Vedo. Forse c'è qualcosa che possiamo fare per sua madre. Mi lasci parlare con l'ufficio per vedere cosa si può organizzare.»

———

La barca lasciò me e il resto della squadra di manutenzione sulla terraferma. Salii in macchina, sbattendo la portiera. Erano passati un paio di giorni e quella stronza non mi aveva risposto. Ma chi cazzo si credono di essere, queste persone?

Feci schizzare la ghiaia lasciando il parcheggio e mi diressi a est. Avevo bisogno di una birra, così mi fermai a un Seven Eleven. Comprai una confezione da sei, scolandomi mezza lattina prima di risalire in macchina. Guidando in giro, cercai di chiarirmi le idee. Ma a parte quella volta, avevo rigato dritto, e a cosa mi era servito?

Quando arrivai al nostro buco di merda, c'erano cinque lattine schiacciate sul pavimento. Strappando la linguetta dell'ultima birra, non riuscivo a scrollarmi di dosso la sensazione che la Boggs mi stesse prendendo in giro.

Aveva persino avuto la sfacciataggine di dirmi la stronzata che le dispiaceva per la malattia di mamma. Quasi le avevo creduto, ma era solo un gioco. Non avrebbe dovuto scherzare con me. Quella puttana non sapeva con chi cazzo aveva a che fare. Svuotai l'ultima lattina, guardando Alejandro che trascinava i bidoni della spazzatura sul marciapiede. Lo sfigato stava portando fuori la spazzatura di tutto l'edificio. Scesi dalla macchina.

«Ehi, Alejandro. Ti va di fare il mio giro?»

«Ehi, Raul. Dobbiamo parlare.»

«Di cosa?»

«Di tua madre.»

«Che cos'ha?»

«Non sono buone notizie. Il dottore è preoccupato.»

«Per cosa?»

«Qualcosa che riguarda il suo sangue. Ha detto che avrebbe proprio bisogno di più dialisi.»

«Allora quegli stronzi dovrebbero semplicemente fargliela.»

Lui si strinse nelle spalle. «Lo so.»

«È tutto un fottuto casino, amico.»

«Dobbiamo fare qualcosa.»

«Me ne occupo io.»

«Che vuoi dire?»

«Ne parliamo dopo, Alejandro.»

Mentre tornavo a casa, mi dissi di usare la testa. C'erano soldi facili da fare, un sacco di soldi. Erano lì, pronti per essere presi, ma non dovevo essere avido. Ci sarei andato piano, avrei preso solo una parte per vedere come sarebbero andate le cose.

Esitai prima di aprire la zanzariera, cercando di capire se la mamma fosse sveglia. Quella era una delle notti in cui speravo che dormisse. La TV era accesa, ma la mamma dormiva sulla sua poltrona reclinabile. Abbassai il volume e lei si mosse appena.

«Raul?»

«Torna a dormire, mamma.»

Cercò di alzarsi. «Ti preparo... qualcosa.»

Le misi una mano sulla spalla ossuta. «Rimani qui, mamma, riposa.»

Ricadde sulla poltrona. «Sono così stanca.»

«Va tutto bene, mamma. Andrà tutto bene.»

«I dottori dicono... che ho bisogno di più...»

«Lo so, mamma. Te la procurerò io. Non preoccuparti.»

Dopo averle dato un bacio sulla guancia, le sistemai la coperta e le augurai la buonanotte.

Andai nella mia minuscola stanza. Afferrai uno zaino e ci infilai dentro una maglietta nera e un paio di pantaloni chino neri. In piedi sul letto, allungai la mano sul retro della mensola dell'armadio e tirai giù un borsone. Assicurandomi che le tapparelle fossero chiuse, lo svuotai sul letto.

Il piccolo mucchio luccicò alla luce della lampada. Afferrai la mia preferita, una Colt .45 nera corvina, e la puntai contro lo specchio incrinato. Era una potenza di fuoco eccessiva per un lavoretto così leggero, ma bisognava essere pronti. Stando con i Latin Kings, avevo imparato che non si ha mai troppa manforte.

Infilai la pistola e un coltello nello zaino e rimisi le altre armi nell'armadio.

13

GIDEON BRIGHTHOUSE

GENERALMENTE, IL MERCOLEDÌ STAVO ALLA LARGA DALLA casa principale. Era il giorno in cui Marilyn portava sull'isola il suo amichetto, al momento il suadente John Barnet. Barnet non mi era piaciuto fin dal principio, e all'inizio avevo cercato di impedire a Marilyn di fare affari con lui. Era un vero uomo di spettacolo, e immaginavo fosse per questo che alla fine ne era rimasta affascinata. Chi mai avrebbe aperto un'enoteca a Waterside Shops? A parer mio, non c'era modo che ci facesse soldi.

Mi avevano sempre detto che il settore del vino era difficile. La gente del mestiere diceva che era con la birra che si facevano i soldi per pagare le bollette, e credetemi, nessuno va a Waterside per comprare una confezione da sei, neanche se si tratta di birra artigianale. Barnet aveva speso una fortuna per allestire il locale che ospitava il suo negozio. Da dove li aveva presi, quei soldi? Quando Marilyn aveva iniziato a fare affari con lui, avevo chiesto al family office di fare delle indagini discrete sul suo passato. Non c'era molto.

Veniva da Los Angeles, aveva un paio di negozi di liquori dove i commessi stavano dietro a un pannello di plexiglas e i prodotti più venduti erano le bottiglie di Jim Beam.

Barnet portava sempre una spilla, anche quando non indossava la giacca, per indicare che era un sommelier. Urlava insicurezza e mi aveva insospettito. L'ufficio aveva verificato che aveva frequentato la National Wine School di L.A., ottenendo la certificazione più bassa possibile. C'erano quattro livelli di certificazione, e per ottenere una spilla ne serviva una di terzo livello. Lo avevo fatto presente a Marilyn, ma lei mi aveva accusato di essere geloso. In parte aveva ragione; invidiavo la sua conoscenza del vino. Volevo vederlo messo alla prova su quel campo, ma dato che quasi tutti ne sapevano meno di lui, non succedeva mai.

Conoscere il vino e farci soldi, almeno nei quartieri di Los Angeles in cui lui faceva affari, erano due cose diverse. Era un rompicapo su cui avevo sprecato energie perché vedevo come avesse stregato mia moglie, e credevo che li avesse spillati a qualche altra donna ricca.

Mi sentivo bene riguardo al mio piano. Un vantaggio secondario sarebbe stato il non vedere mai più Barnet. Se quei due avessero saputo cosa stava per succedere, non se ne sarebbero andati in giro a spassarsela. Sapevano che ero sull'isola, ma facevano finta di essere soli. Ero stanco di essere preso per scemo. Avrebbero cambiato musica se avessero saputo che la loro tresca si sarebbe interrotta bruscamente quel fine settimana.

Il sabato c'era solo una governante, e si occupava sempre della dépendance all'incirca all'ora in cui Marilyn finiva la sua lezione di yoga. Avrei messo il fungo nel suo estrattore quando fosse andata a prendere il latte di cocco, e sarebbe finita lì.

Un'ondata di eccitazione mi percorse il corpo e sorrisi. Non mi sentivo così bene da prima dell'infarto. Credendo che avrei dovuto farla fuori un anno prima, mi alzai e mi diressi verso la casa principale. Per qualche ragione volevo vederli insieme; forse era la mia coscienza che esigeva un rinforzo.

In lontananza si vedevano i campi da tennis. Avevano una superficie blu in Har-Tru, e l'immagine di me e Marilyn che giocavamo lì nei nostri completi bianchi da tennis si trasformò in quella delle infermiere che si prendevano cura di lei quando sarebbe entrata in coma. Nessuna delle mie letture stabiliva il tempo che avrebbe passato in coma prima di morire. La media sembrava essere di tre giorni. Speravo che sarebbe stato più breve, ma di certo non istantaneo.

Salendo le scale a due gradini alla volta, sentii delle voci che sembravano litigare e provenivano dal salotto. Rallentai. Non c'era bisogno di annunciare la mia presenza; volevo sorprenderli. Entrando di soppiatto dalla porta principale nell'atrio rivestito in legno sbiancato, mi fermai davanti a uno specchio di Ralph Lauren che rifletteva la coppia. Bicchieri di vino in mano, Marilyn era sul divano Chesterfield beige e, di fronte a lui, Barnet era seduto sulla panca blu davanti al pianoforte a coda.

Barnet indossava pantaloni azzurri e una camicia di lino bianca che faceva sembrare la sua abbronzatura profonda troppo scura. Strizzai gli occhi. Portava calzini arancioni? Aspettando che fosse nel bel mezzo di un sorso, entrai nella stanza.

«Wow. Sto forse assistendo a un litigio tra amanti?»

Barnet quasi si strozzò e si alzò, sovrastando Marilyn, che disse: «Gideon, ti ricordi di John?».

«Come potrei dimenticarlo? È il tizio che ti scopi, da quanto, più di un anno ormai?»

Barnet si irrigidì. «I-io credo sia meglio che vada».

«Ah, andiamo, John, resta. Non voglio essere io a interrompere la scopata settimanale».

Marilyn disse: «Adesso basta, Gideon!»

Barnet disse: «Senti, me ne vado».

Marilyn disse: «Non ti azzardare».

Dissi: «Di' un po', John, quella tua spilla, credo che serva più del solo corso base per guadagnarsela».

Gli occhi di Barnet si spostarono sul petto e poi disse: «La spilla da sommelier? Tecnicamente ci sono diversi livelli di certificazione. Quando gli impegni sono diventati troppi, ho smesso di seguire i corsi e mi sono fermato a metà strada».

«Davvero? A quanto ne so, hai superato solo il primo livello a L.A., che non ti dà diritto a una spilla».

«Ho frequentato altri corsi presso la loro affiliata parigina».

«Sei davvero svelto, eh? Hai la risposta pronta per tutto».

Marilyn scattò in piedi dal divano. «Maledetto, Gideon».

Barnet disse: «Mi dispiace di averti turbato, Gideon».

«Io, turbato? Perché mai il fatto che tu sia qui, nel mio salotto, con mia moglie, dovrebbe turbarmi? È la vostra routine del mercoledì, no?»

Marilyn si alzò, dicendo: «Calmati, Gideon. Ti stai rendendo ridicolo».

Risi. «Davvero? E io che per tutto questo tempo ho pensato che foste voi due a farmi passare per un povero idiota. Che stupido sono».

Barnet si rivolse a Marilyn. «È meglio se me ne vado».

Mi diressi verso la porta. «Non ce n'è bisogno. La casa è tutta vostra».

Si erano messi troppo comodi e avevano bisogno di un esame di coscienza. Vederli contorcersi entrambi, anche solo un po', prima che Marilyn uscisse di scena per sempre mi faceva sentire dannatamente bene.

14

GIDEON BRIGHTHOUSE

Le immagini di Marilyn e John Barnet che facevano sesso quel pomeriggio mi tormentavano. I dottori mi avevano detto di fare una passeggiata quando ero agitato, per calmarmi. Feci scorrere una porta, uscendo in una brezza mista a pioggia, e mi ritrassi.

Quei bastardi probabilmente l'avevano fatto nella mia vecchia camera da letto, con il piacere sessuale accresciuto dall'eccitazione dell'incontro con me. Marilyn era così compiaciuta quel pomeriggio e quel Barnet era un viscido succhiasangue, se mai ne ho conosciuto uno. Ha giocato bene le sue carte, però, per quanto odi ammetterlo. Si era offerto di andarsene due o forse tre volte? Barnet non mi aveva provocato sul momento e sembrava persino che avesse un po' di paura. Probabilmente era tutta una farsa. E che dire di quella sciocchezza parigina? Avrei dovuto controllare; probabilmente mentiva.

Perché me ne fregava di quello che facevano? In meno di tre giorni avrei avuto una tela bianca su cui dipingere la mia vita. Eppure, per quanto mi sforzassi, non riuscivo a togliermeli dalla testa, specialmente Marilyn. Mentre la rabbia montava, provai gli esercizi di respirazione e il nuovo programma di stretching, ma non funzionò nulla.

DUE DEI MIEI flaconi di pillole e un bicchiere d'acqua erano sul tavolino. Erano da poco passate le sette e mezza. La combinazione di Valium e Ativan mi aveva steso. Avevo dormito per un paio d'ore. Mi misi a sedere, bevvi il resto dell'acqua e aspettai che la nebbia si diradasse.

Quando la mente mi si schiarì, afferrai *Contemporary Art Monthly* dal tavolino e lo sfogliai fino a un articolo su Jasper Johns. A circa metà, il pezzo menzionava una serie di sue opere meno note, e fui certo che l'autore avesse sbagliato il titolo di un piccolo dipinto. Posando la rivista, abbassai lo schienale della poltrona reclinabile e mi diressi verso Serenity House. La biblioteca nella casa principale conteneva ogni libro d'arte che avessi mai posseduto, e tra gli scaffali che ricoprivano le pareti, una retrospettiva su Johns attendeva di chiarire il titolo.

Avvicinandomi, notai che non c'erano luci accese, a parte quelle automatiche. Tutte e sei le coppie di doppie finestre sopra il portico anteriore erano specchi d'ebano. A meno che non se ne fosse andata mentre dormivo, Marilyn era in casa. Forse si era addormentata dopo la sua sessione con Barnet. Pensai di urlare il suo nome per svegliarla mentre svoltavo verso la biblioteca.

Quella stanza era un altro mio santuario. Ogni centimetro della biblioteca era rivestito di scaffali in legno chiaro, dal pavimento al soffitto. Scale su ogni parete, che scorrevano su binari di nichel spazzolato, interrompevano le file di libri. Le enormi dimensioni della stanza erano mitigate da tre comode aree salotto. Afferrai la retrospettiva che stavo cercando e stavo per sprofondare nella mia poltrona preferita, quando mi resi conto che il debole suono che sentivo era quello dell'acqua che scorreva.

Mi diressi in cucina. Certo, l'acqua scorreva nel lavandino dell'isola. Aggirando l'isola, le mani mi balzarono in alto e, mentre il libro cadeva a terra, urlai: «Oh mio Dio!»

Scavalcando un rivolo di sangue, mi inginocchiai e cercai il polso sul collo di Marilyn. Era rigida e fredda. Balzando in piedi, mi guardai intorno. Un coltello da cucina insanguinato era sul pavimento a pochi passi. Scavalcai il suo corpo, chiusi l'acqua e fissai Marilyn mentre il cuore cominciava a battermi all'impazzata. Distogliendo lo sguardo da lei, cominciai a correre, calciando il libro mentre lasciavo la cucina. Quando arrivai alla dependance, afferrai le mie pillole e quasi soffocai, cercando di ingoiarne due senza acqua. Un capogiro mi pervase e cercai di combatterlo con i miei esercizi di respirazione, ma fui sopraffatto dal buio.

Quando mi svegliai, ero a terra. La testa mi martellava e avevo il polso slogato. Mi tirai su a fatica. Era stato tutto un sogno? Doveva esserlo. La coscienza può essere spietata, lo sapevo. È l'unica cosa che impedisce al mondo di sprofondare nel caos totale. Questo doveva essere un avvertimento. O no? La mia mente mi stava dicendo di non portare a termine l'omicidio di Marilyn.

Lasciai la dependance e mi diressi in punta di piedi verso Serenity. La porta d'ingresso era spalancata. Tirai fuori il cellulare ed entrai.

15

LUCA

Con le luci a illuminare la rotta davanti a sé, una motovedetta della polizia salpò dal molo di Naples City. Navigò lentamente fino a entrare nella baia di Napoli, dove aumentò considerevolmente la velocità.

Superate delle insenature d'acqua nera che conducevano a Port Royal, divennero visibili le luci che delineavano l'enclave conosciuta come Keewaydin Island. Feci un passo verso prua e dissi: «Se questi non sono privilegi... È una cosa dell'altro mondo.»

Vargas disse: «Quante persone ci vivono, Luca?»

«Sono quasi certo che ci siano solo Marilyn Boggs e suo marito.»

«Davvero? Sembra che ci siano cinque o sei edifici, come minimo. Solo per loro due?»

Annuii. «Secondo Susan, lei e suo marito sono i proprietari della "Sweet Liberty". Sei mai salito sul loro catamarano?»

«No.»

«Dovresti. È bellissimo. Comunque, ha detto che quando

i Boggs l'hanno comprata hanno costruito tre case per loro stessi. E c'è una dépendance, una pool house e, senti questa, un edificio per tutta la loro arte.»

«È esagerato. Sembra così tranquillo. Non sono mai stato sull'isola.»

«Beh, ecco un'altra cosa da fare per te. Sai, per essere un floridiano, non mi sembra che tu conosca la zona quanto me.»

«Sai com'è. Chi vive a New York non va mai a vedere la Statua della Libertà, no?»

Annuii. «Comunque sia, il settantacinque per cento dell'isola è di proprietà dello Stato della Florida. Ci ho fatto un giro in barca circa un anno fa. È davvero tranquillo, un'infinità di animali selvatici. Il giorno in cui ci sono andato, ho visto almeno una mezza dozzina di aquile calve. Keewaydin ha una spiaggia piena di conchiglie, quindi portati le scarpe da ginnastica se ci vai.»

Un paio di yacht pieni di curiosi fluttuavano a una cinquantina di metri dalla costa dell'isola. La nostra barca rallentò mentre si avvicinava al molo, manovrando per trovare posto tra quattro motoscafi ormeggiati. Due di questi erano della polizia e avevano le luci stroboscopiche accese.

Vargas chiese: «È stato il marito a trovare il corpo?»

«Sì, è stato lui a chiamare. Si chiama Gideon Brighthouse.»

«Brighthouse? Pensavo che il cognome della famiglia fosse Boggs.»

«Infatti. A quanto pare, la moglie non ha mai preso il suo cognome. Il capo ha detto che un tempo Brighthouse era un operatore politico, lavorava per uno dei senatori della Florida.»

«E poi ha trovato la cuccagna?»

«Forse. Scopriremo se si trattava dei soldi o di quella cosa sfuggente che chiamiamo amore.»

«A proposito di storie d'amore, come vanno le cose con Kayla? Mi pareva avessi detto che sarebbe venuta in città.»

«Sì, doveva venire per un paio di giorni, ma è sorto un imprevisto e ha dovuto disdire.» Non potevo dire a Vargas che pensavo che Kayla mi stesse scaricando, sarebbe stato imbarazzante, visto come avevo fatto sembrare che le cose andassero alla grande.

«Oh.»

L'ultima cosa a cui volevo pensare adesso era Kayla. Misi da parte la malinconia e mi concentrai sul nuovo caso.

«Vediamo un po' cosa abbiamo qui.»

Aiutai Vargas a scendere dalla barca su un lungo molo grigio fatto di Trex. A una decina di metri di distanza, un cancello in ferro battuto, con le punte che sporgevano sull'acqua, impediva a chiunque di passare dal molo all'isola. Era una misura di sicurezza, ma non significava che qualcuno non potesse arrivare a nuoto da una barca.

Dopo aver esaminato l'area intorno al molo, osservai la casa. Una dozzina di palme reali, splendidamente illuminate, fiancheggiavano un ampio sentiero di pietra che conduceva alla casa in stile Key West. Cavolo, non riuscivo nemmeno a immaginare una cifra per il valore di quel posto. Avrei voluto che fosse giorno. Saremmo dovuti tornare la mattina e mi sarei fatto un'idea migliore di come fosse quel posto.

Due uomini si stavano dirigendo verso di noi lungo il sentiero illuminato. Dall'abito e dall'incedere capii che uno di loro era un avvocato. Ci rivolse un cenno appena accennato e ci superò, dritto verso le motovedette della polizia.

Ci presentammo a Frank Flynn. Con scarpe da barca bianche, pantaloncini e una maglietta, Flynn era un amico di famiglia che si portava addosso una ventina di chili di troppo. Dopo avermi detto che somigliavo a George Clooney, rivelò di vivere dall'altra parte dello stretto, a Port Royal, e di essere stato convocato dall'avvocato di famiglia. Flynn disse che Gideon, il marito, era sconvolto e si trovava nella pool house. Mentre ci dirigevamo verso la casa principale, ci disse che era stato il primo ad arrivare e che aveva incontrato Gideon al molo, ma non aveva visto il corpo.

Era la prima scena del crimine a cui mi avvicinavo senza avere un microfono ficcato in faccia. Tuttavia, la differenza non si limitava a quello. Di solito c'erano un sacco di auto di pattuglia, un perimetro stabilito intorno alla scena vera e propria, e un altro più lontano per isolare l'area, impedendo ai media e al pubblico di interferire. Qui eravamo circondati dal golfo che lambiva appena la riva, sotto un cielo nero punteggiato di diamanti. Era silenzioso e, se non fosse stato per le luci delle motovedette, sarebbe stato un posto perfetto per una luna di miele.

Peter Gerey ci raggiunse dopo aver convinto le motovedette ad abbassare le luci. Serio come la morte, Gerey era l'avvocato che dirigeva gli interessi della famiglia nello Stato della Florida. Socio di un piccolo studio legale, aiutava a guidare lo zero virgola uno per cento più ricco della popolazione in materia di soldi, privacy e quel buon vecchio bene immateriale chiamato reputazione.

Con le labbra sottili, Gerey parlava nel tono sommesso di un impresario di pompe funebri.

«Detective, la famiglia apprezzerebbe discrezione per quanto riguarda la stampa. Vorremmo evitare di dover combattere voci infondate. Confido che Lei si renda conto che i Boggs sono una famiglia di spicco, che dà lavoro a centinaia di persone. Nonostante il loro profilo nella comunità, la famiglia Boggs tiene in gran conto la propria privacy.»

Alzai una mano. «Avvocato, sono qui per condurre un'indagine. Parlare con la stampa non fa parte delle mie mansioni. Sono certo che conosca un sacco di gente presso l'ufficio dello sceriffo, e Le suggerirei di rivolgere a loro la Sua richiesta. Ora, Lei non può proseguire oltre.»

«Ma...»

«Niente "ma". Questa è una scena del crimine.»

Salimmo le scale del portico e, sopra la porta, c'era un'insegna intagliata a mano con lettere d'argento: Serenity House. Pensai all'imminente contraddizione mentre firmavamo il registro dell'agente a guardia della scena.

16

LUCA

Ero nell'atrio. Era una casa magnifica, la più bella in cui fossi mai stato. C'erano molti quadri interessanti appesi con dei faretti sopra. Ma non era come se il posto fosse un museo. Era difficile da spiegare; sapevi e basta che era costosa, ma non era pacchiana. Era, mi resi conto, serena.

Beh, tutta quella serenità era stata infranta, come al solito, da un comportamento umano andato fuori dai binari. Il suono di una macchina fotografica che scattava e ronzava incessantemente mi spinse a infilarmi copriscarpe e guanti e a mettermi al lavoro.

L'agente di guardia all'ingresso della cucina disse che il medico legale era atteso entro un'ora. Si fece da parte e noi entrammo in cucina. Sembrava una di quelle cucine che si vedono sulle riviste di arredamento.

Quarzo bianco ricopriva i mobili grigi lungo le pareti, e l'isola aveva la combinazione inversa: mobili bianchi e un ripiano grigio. Il corpo non era visibile e, se non fosse stato per le divise, si sarebbe potuto pensare alle pulizie dopo un'elegante cena. Un leggero odore di caffè aleggiava nell'aria, e il mio sguardo vagò verso un mobile che ospitava macchine da caffè espresso e Keurig a incasso.

Il fotografo, un bravo ragazzo di nome Giancarlo, si alzò. Aveva finito. Gli chiesi di scoprire come accendere tutte le luci esterne e di vedere se c'erano impronte da documentare, nel caso arrivasse un temporale.

Vargas ed io scavalcammo con un passo un libro d'arte, e lì c'era il corpo.

Marilyn Boggs, una donna minuta con un taglio di capelli alla maschietta, sembrava quasi dieci anni più giovane dei cinquanta che mi avevano detto avesse. Era supina, con la testa reclinata a sinistra, e indossava gioielli che pesavano più di lei. Uno dei suoi tacchi a spillo era sfilato a metà, e la gonna era sollevata, rivelando una coscia magra. Non era il mio tipo.

Oltrepassando un rivolo di sangue, mi accovacciai. La gravità aveva cominciato a far accumulare il sangue. Era morta da più di un paio d'ore. Il suo trucco perfetto era rovinato dal rossetto sbavato e da un leggero segno sulla guancia destra. La parte superiore del corpo della donna poggiava su una pozza di rosso cremisi che stava diventando appiccicoso. Un'unica ferita da taglio nel petto, che immaginai le avesse trapassato il corpo esile, era la fonte della pozza.

Mi alzai. «Sarà alta un metro e cinquantacinque, al massimo. Dalla ferita avremo una buona idea dell'altezza dell'assassino».

Un lungo coltello seghettato con un manico d'ebano giaceva a un metro sulla destra del corpo. Tinteggiato di rosso, sembrava essere l'arma del delitto. Come c'era finita morta, questa riccona? Il coltello, insolito nei circoli della criminalità dei quartieri alti, era sconcertante. Le pugnalate erano rare; poteva trattarsi di una rapina finita male.

Lanciai un'occhiataccia a due agenti che stavano parlando come se fossero a una festa.

«Su, ragazzi!»

Vargas disse: «Perché non aspettate in corridoio, voi due?»

Gli agenti uscirono dalla cucina e Vargas disse: «Pazzesco, tutti questi soldi, e viene pugnalata come una prostituta in un vicolo».

«Soldi? Questi non sono soldi, Vargas. Questa si chiama ricchezza».

Scosse la testa. «Soldi, ricchezza, quello che vuoi. Non possono comprare la felicità o, a quanto pare, la sicurezza».

Feci il giro dall'altro lato della cucina, visualizzando come poteva essersi svolta la colluttazione. Si trovava sul pavimento vicino a uno di quei lavelli da fattoria a doppia vasca. La donna poteva essere al lavello ed essere stata sorpresa da qualcuno. Forse era entrato da una delle enormi porte scorrevoli che formavano la parete di sinistra, che dava su una zona pranzo all'aperto e una fontana.

Un bicchiere da vino solitario, delicatamente sottile e vuoto, si trovava sull'isola. Lo osservai più da vicino. Il bordo sembrava pulito e il bicchiere non mostrava segni di residui. Pochi centimetri a sinistra, una bottiglia di vino rosso, vuota per tre quarti, era appoggiata su un disco di marmo bianco.

A sinistra del bicchiere, smontato, c'era uno spremiagrumi dall'aria costosa. Lo controllai in cerca di tracce d'acqua per avere un indizio su quando fosse stato pulito.

C'era uno scomparto vuoto nel ceppo di legno sbiancato a circa mezzo metro dal lavello, che era a sua volta vuoto.

Guardando i manici, era chiaro che l'arma del delitto proveniva da lì. Come aveva fatto l'assassino a metterci le mani sopra se lei era in cucina?

«A cosa pensi, Luca?»

«La vittima era in cucina, o era fuori dalla stanza e un ladro è entrato? Poi lei lo ha sorpreso, e lui ha afferrato il coltello?»

«Non so: questo non è il posto più facile da svaligiare».

«Sono d'accordo, ma potrebbe essere stato qualcuno del personale o qualche operaio, chi lo sa? Ad ogni modo, abbiamo un sacco di interrogatori da fare. Prima cosa: scoprire chi era sull'isola, chi è venuto e chi se n'è andato, e se qualcuno ha visto o sentito una barca nelle vicinanze».

«Non hai detto che l'isola è per lo più di proprietà dello Stato?»

«Sì, esatto».

«È possibile che qualcuno sia salito sull'isola da quel lato?»

«Assolutamente».

Vargas sospirò. «Pensavo che l'isolamento di questo posto avrebbe reso le indagini facili».

«Facili? L'ultimo caso facile che ho seguito è stato... ah, già, non ce n'è mai stato uno, a meno che tu non voglia contare quella volta di un furto in cui un tizio è entrato, si è ubriacato e si è addormentato. Il marito lo ha trovato e ci ha chiamato».

«Non me l'hai mai raccontato».

«Non c'è mai fine alla follia in questo mestiere».

«Vuoi interrogare il marito adesso? È nella dépendance della piscina».

«Diamo prima un'occhiata alla camera da letto padronale. Controlleremo il resto della casa dopo aver parlato con lui».

Una scala di vetro e ferro, che conferiva un bel tocco di modernità, sfociava in un soggiorno tipo loft che serviva una serie di camere da letto sulla destra. Una zona salotto dove il corridoio si divideva portava a doppie porte, che indicavano la suite padronale.

Aspettandomi una camera da letto grande come una sala da concerto, fui sorpreso dall'atmosfera accogliente della stanza, il cui fulcro era un moderno letto king-size. Un grande quadro di un triangolo colorato che mi ricordava la copertina dell'album *Dark Side of the Moon* era appeso di fronte al letto.

Sembrava che solo un lato del letto fosse stato usato per dormirci e che la biancheria fosse stata semplicemente risistemata.

Dissi: «Sembra che qualcuno abbia dormito da solo la notte scorsa».

«Forse stavano litigando e oggi la situazione è degenerata».

«Lo scopriremo molto presto».

Controllai entrambi i comodini grigi prima che un paio di portefinestre attirassero la mia attenzione verso una terrazza sul retro. Sporgendo la testa fuori, mi chiesi quanto sarebbe stato bello svegliarsi con una vista così panoramica. I mobili della terrazza non davano alcun segno di attività, quindi chiusi la porta.

«Niente là fuori. Controlliamo il resto»

Entrammo nella sua cabina armadio, che aveva una metratura superiore a quella della camera da letto. Al soffitto erano appesi tre lampadari in stile moderno e c'era una toletta a specchio che si estendeva per almeno quattro metri e mezzo. La cabina armadio era divisa in quattro sezioni, ognuna separata da un piccolo quadro moderno: trucco, abiti appesi, scarpiere e cassettiere.

Vargas disse: «Questo è quello che la maggior parte delle donne chiama paradiso»

Passai davanti a file e file di scaffalature su misura per le scarpe. «Ci saranno duecento paia o più, qui. È una follia»

«Non se te lo puoi permettere»

Nella sezione per gli abiti lunghi c'erano più vestiti da sera che nella maggior parte dei negozi da sposa, ma non c'era molta varietà di colori. Era chiaro che la signora Boggs era un'amante del bianco, del nero e del grigio, specialmente per l'abbigliamento formale. Le sezioni per gli abiti di media lunghezza, tre quarti e corti offrivano una palette più colorata, ma nessun indizio.

Ci mettemmo mezz'ora a perquisire tutti i cassetti, ma alla fine non trovammo nulla e passammo all'armadio del marito, che era decisamente più piccolo ma comunque più che sufficiente.

«Come al solito, l'uomo ci rimette»

«Cosa?»

«È meno della metà dello spazio»

Vargas indicò un paio di ampi spazi vuoti nella zona degli abiti appesi. «Non usa nemmeno tutto lo spazio che ha»

«Scommetto che vive da un'altra parte. Forse in una delle altre case»

«Quante ne hanno?»

«Non lo so, ma puoi scommetterci che con tutta questa ricchezza hanno più di una casa»

Vargas aprì i cassetti. «Hai ragione, solo una manciata di cose»

Il bagno sfarzoso era dotato di una cabina doccia dove si poteva giocare a pallamano e di una vasca da bagno free-standing a forma di uovo. A cavallo del bordo della vasca bianca c'era un vassoio di legno progettato per contenere due flûte da champagne.

«Devo procurarmene uno»

Sulla sua toletta c'era un vassoio con un assortimento di spazzole e uno spazzolino elettrico nel suo caricatore. Togliendo il cappuccio di plastica trasparente dalla testina dello spazzolino, ci passai un dito sulle setole. Notai le goccioline d'acqua prodotte dal gesto e andai oltre.

Il ripiano del mobile da bagno maschile era vuoto. Aprii il cassetto superiore e premetti il tubetto del dentifricio. Si era indurito.

«Andiamo, facciamo due chiacchiere con il signor Boggs»

Lasciammo la casa principale mentre arrivava la squadra della scientifica.

17

LUCA

Mentre davamo istruzioni agli agenti che presidiavano la scena, Peter Gerey camminava avanti e indietro in lontananza, parlando al telefono. Ci notò e si affrettò verso di noi mentre chiedevamo agli agenti di informarci all'arrivo del medico legale.

«Ha trovato qualcosa, detective?»

«Andiamo, avvocato, sa bene che non possiamo condividere quest'informazione. È un'indagine in corso.»

«Non era un tentativo di ottenere informazioni riservate, detective. Conosco le regole del gioco. La mia preoccupazione, e quindi la mia domanda, è per la famiglia, la loro privacy e la loro reputazione.»

Certo. Non potevano essere i cinquecento dollari l'ora che uno come lui si fa pagare, pensò Luca.

«Preso atto. Vorremmo parlare con Gideon Brighthouse.»

«Certamente. Il signor Brighthouse è nella pool house.» Gerey indicò una struttura a due piani a sinistra di una piscina rettangolare, le cui luci cambiavano dal blu al viola.

Adorai la sensazione della brezza sul viso mentre ci incamminavamo. La pool house si trovava tra la casa principale e la dépendance, ciascuna ampiamente separata dall'altra da giardini e arretramenti. Dato che tecnicamente l'intero lato privato dell'isola era una scena del crimine, avevamo un bel pezzo di proprietà da setacciare. Non credevo sarebbe stato necessario, ma chi poteva dirlo? Forse avremmo dovuto perquisire persino l'acqua che circondava questo posto.

Mentre il sentiero di pietra serpeggiava fino alla piscina, le luci illuminavano una striscia di spiaggia, evidenziando linee uniformi che indicavano che era stata rastrellata. Non ero un gran nuotatore notturno, ma la piscina, ora illuminata di un colore rossastro, cominciò a sussurrarmi qualcosa mentre raggiungevamo la sua pavimentazione.

L'intero primo piano dell'edificio era una serie di porte scorrevoli alte tre metri, che davano l'impressione che il secondo piano fluttuasse sopra. Entrammo da una porta scorrevole aperta e una cascata di fruscii di palme riempì l'aria. Frank Flynn, seduto di fronte a Gideon Brighthouse, faticò ad alzarsi da un divano di pelle bianca.

Brighthouse aspettò che Flynn avesse fatto almeno cinque passi verso di noi prima di alzarsi. Strategia o pura e semplice superiorità? Gerey si fece avanti, sussurrò qualcosa al suo cliente e lo presentò.

«Detective, lui è Gideon Brighthouse.»

Gideon aveva tratti delicati e occhi di un blu velato. I suoi capelli mossi, piuttosto lunghi, sembravano prematuramente grigi, a meno che non fosse ricorso a qualche ritocco come sua moglie. Era alto, più di un metro e ottanta di sicuro, e le sue lunghe gambe spuntavano abbondantemente dai calzoncini rosa. Non porse la mano. La scelta tra superiorità e germofobia era facile, ma non sembrava uno di quei tipi altezzosi con la puzza sotto il naso.

Vargas disse: «Siamo spiacenti per la sua perdita, signor Brighthouse.»

Mentre lui annuiva, Gerey disse: «Se se la sente, Gideon, vorrebbero parlarLe, ma solo se se la sente.»

Gideon sussurrò: «Credo di sì.»

Flynn ci fece accomodare attorno a un tavolo con il piano in vetro prima che Gerey gli chiedesse di andarsene. A destra, un camino lineare emanava la giusta quantità di calore per compensare la brezza che soffiava attraverso la casa.

Vargas disse: «Di nuovo, le porgiamo le nostre condoglianze, ma dobbiamo farle alcune domande.»

Gideon guardò Gerey, che annuì.

«Può dirci cos'è successo?»

Gideon ritrasse la testa. «Successo? Non è successo niente. L'ho solo trovata, distesa lì, era... morta. Ho controllato se avesse polso o altro, ma... non c'era niente.»

«A che ora è stato?»

«Uhm, verso le sette e mezza.»

«Ne è sicuro?»

Gideon annuì.

«Dov'era prima di trovare il corpo?»

«In biblioteca. Ero entrato per prendere uno dei miei libri d'arte e... ho sentito il rumore dell'acqua che scorreva. Pensavo che qualcuno avesse lasciato il rubinetto aperto, e sull'isola dobbiamo risparmiare tutta l'acqua possibile, quindi sono andato in cucina e... oh mio Dio, era lì.»

«L'acqua scorreva?»

«L'acqua?»

«Ha detto di aver sentito l'acqua scorrere.»

«Sì, mi pare di sì. Sì, scorreva.»

«Quale lavandino?»

«Uhm, quello dell'isola.»

«Ha chiuso il rubinetto?»

Gideon guardò Gerey. «Che differenza fa tutto questo?»

Dissi: «Signor Brighthouse, può sembrare irrilevante, ma dobbiamo ricostruire gli eventi, ed è un dettaglio che potrebbe essere utile. Ha chiuso il rubinetto?»

Gideon esitò. «Onestamente non ricordo. Davvero no.»

Mi chiesi se stesse calcolando la differenza, mentre Gerey diceva: «È perfettamente normale, Gideon. È stato traumatizzato da un atto di violenza brutale e impensabile.»

Vargas disse: «Okay. Vede sua moglie a terra sanguinante e controlla i suoi segni vitali.»

Gideon annuì.

Vargas disse: «Cosa ha fatto dopo?»

Le sue spalle si afflosciarono un po'. «Io, uhm, sono corso fuori di casa.»

«Non ha chiamato i soccorsi?»

«Era morta.»

«Come poteva esserne sicuro?»

Gideon si agitò sulla sedia. «Non sapevo cosa fare. Io... il cuore ha cominciato a battermi forte. Ho già avuto un infarto, e io... dovevo solo andarmene da lì.»

Gerey disse: «Al signor Brighthouse è stato diagnosticato un disturbo d'ansia ed è sotto cura medica.»

«Capisco.»

Forse fu perché l'allarme-pipì mi vibrò addosso che dissi: «Ed è corso via dove?»

Gerey mi fulminò con lo sguardo. «Non c'è bisogno di metterla in questi termini, detective.»

«Mi creda, non c'era alcuna intenzione nel modo in cui l'ho detto. Dov'è andato quando ha lasciato la cucina?»

«Sono andato dritto a casa mia.»

«Casa sua?»

Sembrò ansimare in cerca d'aria. «Qui, intendevo la pool house.»

Tra il letto e il riferimento alla casa, non avevo bisogno che mi facesse un disegnino. Questo iniziava a sembrare un altro caso di omicidio domestico. Non volevo concentrarmi su di lui per il momento, quindi chiesi: «Ha visto qualcosa di insolito in qualsiasi momento, oggi?»

Iniziò a dondolarsi sulla sedia. «Non che io ricordi.»

Attraverso le porte aperte vidi un agente avvicinarsi. Doveva essere arrivato il medico legale. Chiesi: «E per quanto riguarda i suoni? Forse una barca? Qualche urlo?»

Fece spallucce. «Non mancano di certo le barche da queste parti, ma oggi non ce n'erano più del solito. Non ricordo nulla che mi abbia colpito.»

«Ci pensi ancora un po' e ci faccia sapere.»

Annuì. «Lo farò.»

Dissi: «Parleremo di nuovo. Il medico legale è arrivato e mi piace sempre essere sulla scena quando arriva.»

Prima di tornare alla casa principale, feci un salto in bagno. Stare seduto e aspettare di fare pipì non mi disturbava; questo era proprio un bel bagno con un sacco di cose da ammirare.

18

LUCA

«CHE DIAVOLO STANNO FACENDO?»

Corsi verso gli agenti che stavano parlando sulla spiaggia. «Ehi, ehi. Via dalla sabbia!»

Gli agenti si bloccarono, come cervi accecati dai fari.

«Questa è un'isola privata con pochissimo passaggio. Non voglio che mi roviniate la sabbia con le vostre impronte, nel caso l'assassino sia arrivato dalla spiaggia.»

Tornai da Vargas mentre gli agenti si spostavano in punta di piedi sull'erba.

«Incredibile. Sai, dovrebbero creare una squadra speciale per gli interventi sulla scena del crimine. Uno penserebbe che ormai avessero imparato, o che almeno usassero un po' di maledetto buon senso. E invece no, no, ci rendono solo il lavoro più difficile.»

«Okay, Frank, calmati.»

«Il nuovo sceriffo che abbiamo... se sa tutto quello che c'è da sapere, com'è che non ha ancora istituito una squadra d'intervento?»

«Stai esagerando.»

«Probabilmente non importa comunque. Sembra che sia stato il signor 'La-mia-merda-non-puzza'.»

«Non pensi che sia un po' presto?»

«Lo so. Hai sentito cosa ha detto di casa sua? Non dormono insieme. So che ci sono coppie che hanno letti o persino camere separate, ma il signor Puzza-sotto-il-naso vive addirittura in un'altra casa.»

«Non capisco perché pensi che questo tizio sia così snob. A me è sembrato piuttosto normale.»

«Ah, andiamo, Vargas, stai scherzando?»

«Cosa ha fatto per darti un'impressione simile?»

«Accidenti, che ne dici se cominciamo dal nome, Gideon? Voglio dire, quanti idraulici si chiamano Gideon? E poi aveva una specie di accento inglese, uno di quelli dell'alta società.»

«Accento inglese? Sai, Frank, a volte penso davvero che tu sia pazzo.»

Aveva ragione; non era un accento. Era solo il suo modo di parlare, come se scandisse molto bene le parole, o qualcosa del genere.

«Pazzo? Nah, mi piace considerarmi interessante.»

Mentre seguivamo il sentiero di travertino verso la casa principale, dissi: «Controlla con la compagnia telefonica, sia la linea fissa che il suo cellulare. Scopri quando sono state fatte le ultime chiamate e a chi. Potrebbe aiutarci a stabilire l'ora del decesso.»

«Ci penso io. Sarebbe una buona idea controllare anche l'uso delle carte di credito, non si sa mai.»

«Certo, e ho bisogno che tu rintracci le domestiche che lavorano qui e le faccia venire domattina. La casa dev'essere ispezionata a fondo per vedere se manca qualcosa. Dovremo far dare un'occhiata anche al signorino di Yale.»

«Quindi, dopotutto non ti sei ancora fatto un'idea?»

«Copriamo tutte le basi, come al solito. Dobbiamo eliminare per poterci concentrare.»

———

GEORGE SHIELDS ERA CHINO sul corpo e passava lentamente il pollice tra i capelli corti di Marilyn.

Il medico legale della Contea di Collier odiava le interruzioni e dovetti mordermi la lingua per non tempestarlo di domande. Il dottor Shields sbottonò la parte superiore della camicetta di Marilyn. Spostandomi sulla sinistra, vidi una ferita incrostata di sangue.

Shields prese ciascuna delle sue mani, le esaminò attentamente, poi le ripose lungo i fianchi. Mentre si alzava, dissi: «Ha trovato qualcosa, dottore?»

«Non sembra che ci sia stata una gran colluttazione. È stata pugnalata una volta con un coltello, probabilmente quello lì, ed è morta dissanguata. La testa ha un livido di dimensioni notevoli, ma credo sia il risultato della caduta dopo l'aggressione, mentre perdeva conoscenza.»

«Può stimare l'altezza dell'assassino?»

«Al momento, direi che era una persona alta, un metro e ottanta o più.»

«Destrimane o mancino?»

«Non posso dirlo a questo punto. Devo mettere la vittima sul tavolo operatorio.»

«E per quanto riguarda l'ora del decesso?»

«Stimerei che la morte sia avvenuta circa quattro ore fa. Ora sono le nove e venti, quindi all'incirca tra le quattro e le sei.»

Io e Vargas ci scambiammo un'occhiata.

Shields si sfilò i guanti. «Spostare il corpo su una barca richiederà ulteriori precauzioni. Non voglio che il cadavere venga sballottato durante il tragitto. Il viaggio di ritorno dovrà essere lento e senza scossoni.»

«Nessun problema, dottore. Vengo con Lei. Mary Ann, perché non prende in custodia le prove che abbiamo raccolto? Ci vediamo all'ufficio dello sceriffo.»

Prima di dirigerci al molo, diedi istruzioni che nessuno, incluso il marito, potesse avvicinarsi alla casa principale.

———

C'ERA un nuovo sceriffo in città e mi stava dando il tormento. Frank Morgan era praticamente l'opposto di Joe Liberi, che era andato in pensione anticipata quando gli avevano diagnosticato un linfoma. Liberi sapeva che avevo perso il mio partner e fece di tutto per rendere il mio trasferimento dal Jersey il più semplice possibile. Apprezzava l'esperienza che mi ero portato dietro e mi aveva nominato una sorta di mentore per i meno esperti.

Ero appena tornato al lavoro dopo la mia battaglia contro il cancro, quando a Liberi fu diagnosticato il suo. Gli era stato assicurato che il trattamento avrebbe avuto successo e gli avrebbe permesso di continuare a lavorare, ma a sessantadue anni disse che era ora di voltare pagina e scelse di andare in pensione. Con il cancro che incombeva alle mie spalle, ero più che felice che Liberi fosse ora in remissione. Forse quella rassicurazione tanto necessaria era il prezzo che dovevo pagare sotto forma di Frank Morgan.

Morgan ce l'aveva con chiunque non fosse del Sud, e specialmente con chiunque venisse dall'area metropolitana di New York. La prima volta che lo incontrai fu a un barbecue a casa di Liberi. Prima di rendere pubblici i suoi piani per la pensione, Liberi aveva organizzato una piccola riunione di quelle che considerava persone chiave per far conoscere il suo successore. Fui onorato di essere una delle sei persone invitate da Liberi, ma non potei fare a meno di pensare che fosse per via del nostro legame con il cancro.

Morgan aveva servito come capo della polizia per la città di Naples negli ultimi ventidue anni. Essendo un comune a sé stante, la città di Naples contava circa ventimila abitanti e pattugliava le proprie strade. Conoscevo un paio di agenti che lavoravano per Morgan. Dicevano che gestiva la sua squadra con il pugno di ferro e mal sopportava la crescita che aveva trasformato la città da un borgo sonnolento a una sfarzosa destinazione turistica.

Morgan era l'incarnazione del ragazzo di campagna. Indossava stivali da cowboy e quelle cravatte a cordoncino che sembrano lacci delle scarpe. Quando disse di essere nato a Naples, gli chiesi scherzando se fosse una delle dieci persone che qui erano nate davvero. Rispose: «Lo trova divertente, ragazzo? Voi nordisti venite quaggiù cercando di trasformare la mia città in una specie di Times Square. Beh, Le garantisco che non succederà finché ci sarò io». Non seppi cosa dire. Insomma, come si risponde a una cosa del genere?

Catturare Stewart per l'omicidio Gabelli una settimana prima che Morgan subentrasse mi aveva più o meno tirato fuori dalla fossa che mi ero scavato alla grigliata. Seppi da un detective che Morgan gli aveva detto di rivolgersi a me qualora si fosse trovato in un vicolo cieco con un caso. La cosa mi fece piacere, ma non contribuì a scaldare l'atmosfera tra noi. L'unica cosa a mio favore era il tempo. Morgan stesso stava per andare in pensione e sarebbe rimasto solo fino alle prossime elezioni, quando i cittadini avrebbero scelto un nuovo sceriffo.

Erano quasi le undici quando io e Vargas ci facemmo largo tra una manciata di reporter e ci dirigemmo verso gli uffici dello sceriffo al secondo piano. La porta del suo ufficio era spalancata. In piedi al telefono, Morgan ci fece cenno di entrare e si spostò dietro la scrivania.

Fu una bella sensazione ispezionare la stanza. L'unica differenza da quando l'ufficio era occupato da Liberi era il cappello da dieci galloni e la fondina appesi all'attaccapanni. Aspettammo che finisse la telefonata prima di sederci.

«Non c'è bisogno che vi dica quanto sia delicato questo caso, vero?»

Dicemmo all'unisono: «No, signore».

Morgan annuì. «Con cosa ho a che fare qui?»

Dissi: «La vittima era...»

«Un po' di buone maniere, figliolo. Questo è il Sud, dove le signore vengono ancora prima di tutto.»

Vargas disse: «Grazie, sceriffo, ma io e il detective Luca abbiamo concordato che fosse lui a dirigere questa indagine».

«Prosegua, allora.»

Dissi: «La vittima è stata pugnalata una volta ed è morta dissanguata nella cucina della casa principale. Riteniamo di aver recuperato l'arma del delitto. Non c'erano segni evidenti di effrazione, ma intendiamo controllare di nuovo la proprietà. Il marito ha detto di aver scoperto il corpo».

«Ha detto? Ha motivo di credere che stia mentendo?»

«Non esattamente. Keewaydin Island presenta uno scenario unico per un omicidio. È molto isolata, il che limita l'universo dei possibili sospetti.»

Scosse la testa. «Io e mio nonno andavamo a pescare

proprio al largo di Key Island. Già, prendevamo un sacco di pesce ai tempi in cui le uniche barche al largo delle case di Port Royal erano da pesca. Lei non ne sa nulla di tutto ciò, vero, Luca?»

Notai che Morgan aveva usato il vecchio nome dell'isola. «Temo di no, signore.»

«C'è qualcun altro sull'isola oltre al signor Brighthouse?»

«Non secondo lui. Ha detto che sua moglie dà il mercoledì libero al personale. Al momento è una persona a cui siamo molto interessati.»

«Proceda con cautela. La famiglia Boggs è una parte importante di questa comunità fin dai tempi in cui lo stato si è formato. Non possiamo puntare il dito e infangare reputazioni, mi ha capito?»

«Capito, signore. Questo è un crimine grave e condurremo un'indagine esaustiva e approfondita.»

«Bene, ma deve essere discreto. Voi ragazzi di New York sapete cosa significa questa parola, vero?»

Vargas disse: «Capiamo, signore».

«Non voglio che nessuno di voi due parli con la stampa. Là fuori stanno facendo i salti mortali per questa storia. A quelle canaglie penserò io d'ora in poi. È chiaro?»

Io e Vargas annuimmo.

«Voglio essere tenuto pienamente informato sugli sviluppi di questo caso. Ora, fuori di qui, e mi dimostri che è un detective tanto bravo quanto pensa di essere.»

19

GIDEON BRIGHTHOUSE

DOPO ESSERMI SVEGLIATO, HO INIZIATO I MIEI SOLITI QUINDICI minuti di meditazione trascendentale mentre ero ancora a letto. È stato difficile calmare la mente, ma il Maharishi aveva ragione: ripetere un mantra è una specie di magia.

Ho pronunciato il mio ultimo «om» e, sentendomi tanto equilibrato e sereno quanto potevo, considerata la situazione, sono sceso a fare colazione. Speravo che Shell mi avesse lasciato una ciotola di cereali ricchi di fibre insieme al caffè e al succo, dato che il mio corpo si era completamente bloccato.

Niente cereali, ma una ciotola colma di frutti di bosco. Il succo era di prugne. Mi sono versato una tazza di caffè, ci ho mescolato il latte scremato e ne ho bevuto un sorso. Non appena ho aperto il giornale, il sangue ha iniziato a pulsarmi nelle orecchie. Mi sono alzato, ho aperto di scatto una porta scorrevole e ho camminato avanti e indietro sulla terrazza della piscina, inspirando a fondo l'aria e godendomi la vista del golfo. Le pulsazioni sono diminuite e ho salutato con la mano Matthew, che stava rastrellando la spiaggia.

A pensarci bene, non avrei dovuto sorprendermi del titolo del *Naples Daily News* che strillava: «La socialite Marilyn Boggs assassinata in casa». Forse sono state le foto di Keewaydin scattate dall'elicottero, con le frecce che indicavano i nomi degli edifici sull'isola, a privarmi di un ulteriore strato di privacy e a farmi vacillare. Avendo bisogno di un appuntamento per parlare di tutto questo, ho chiamato il mio terapeuta e gli ho lasciato un messaggio prima di rientrare.

Spingendo il giornale all'estremità del tavolo, ho fatto colazione. Dopo essermi versato un'altra tazza di caffè, ho ripreso il giornale e ho letto l'articolo di apertura.

La socialite Marilyn Boggs assassinata in casa

La filantropa Marilyn Boggs è stata trovata morta accoltellata nella sua casa di Keewaydin Island la scorsa notte. Marilyn Boggs è la figlia di Martin Boggs, defunto fondatore dell'American Investments. La signora Boggs faceva parte del consiglio d'amministrazione di numerose organizzazioni di beneficenza nella Contea di Collier e al momento ricopriva incarichi di primo piano presso la Juvenile Diabetes Foundation e la St. Vincent de Paul Society.

Il dipartimento dello sceriffo della Contea di Collier è intervenuto in seguito a una chiamata al 911 effettuata verso le 21 della scorsa notte e ha trovato il corpo della signora Boggs nella cucina dell'abitazione principale.

Nota esponente dell'alta società, la signora Boggs viveva sul lato privato dell'isola con suo marito, Gideon Brighthouse, ex consigliere del senatore Robert White. Si ritiene che il signor Brighthouse fosse sull'isola al momento dell'aggressione mortale e non abbia riportato ferite.

Keewaydin Island è un'isola barriera al largo della costa di Naples, e per l'85% è pubblica e gestita dal Florida

Coastal Office. Lunga otto miglia, l'isola è priva di automobili e ricca di fauna selvatica.

Un portavoce dello sceriffo Morgan ha definito il crimine scioccante e inquietante e ha dichiarato che lo sceriffo ha reso la risoluzione del caso una priorità per il dipartimento.

Nata a Naples, Marilyn Boggs aveva 50 anni e non aveva figli. Le sopravvivono i fratelli, Paul e Wesley Boggs, che risiedono a Boston. Non sono ancora state annunciate le disposizioni per il funerale.

20

LUCA

Un dolore intermittente all'addome mi aveva convinto a non aspettare, e mi trovavo nello studio del mio urologo invece che a tentare di risolvere il caso Boggs. Un anno prima, avrei ingoiato una manciata di Tylenol, ma dopo aver avuto un cancro alla vescica non potevo correre rischi.

Forse era colpa dell'irritante conduttore del programma mattutino o dei miei nervi, ma nonostante il cartello che proibiva l'uso del cellulare, chiamai Vargas. Con il mento sprofondato nel petto, dissi: «Che succede, Vargas?»

«Non sei dal dottore?»

«Sì, sono in sala d'attesa. Novità?»

«Ho perlustrato la casa con il marito, ma non ha notato nulla. Continuava a sostenere che nessuno potesse tenere il conto di tutta la roba che comprava sua moglie.»

«Comunque non viveva lì. E le domestiche?»

«Sto per fare un giro con una governante di nome Shell.»

«Tienimi aggiornato. Sto impazzendo ad aspettare qui.»

«Non preoccuparti, Frank. Pensa prima a te. Il caso sarà ancora qui quando avrai finito.»

Venni chiamato proprio mentre riattaccavo e mi affrettai verso lo sportello, aspettandomi di iniziare la visita. La donna dietro il vetro mi chiese: «Signor Luca, ha visto il cartello?» Indicò il divieto di usare il cellulare.

Annuii imbarazzato e lei disse: «Ma non l'ha capito?»

A testa bassa, tornai alla mia sedia. Dopo mezz'ora, la porta si aprì e un'infermiera con una cartellina in mano chiamò il mio nome. Mi fece entrare in un ambulatorio, mi pesò e se ne andò, dicendomi che il dottore sarebbe arrivato subito.

Mentre sfogliavo *Men's Health*, arrivò un messaggio da Vargas:

«Gioielli mancanti. Ci sentiamo quando esci.»

Mentre stavo componendo il suo numero, la porta si aprì. Era il dottor Peters, con la cartella in mano.

«Come sta, signor Luca?»

«Sto bene, dottore.»

Diede un'occhiata alla mia cartella. «Sente dolore addominale?»

Annuii.

«Si tolga la camicia e si sdrai.»

Mentre me la sbottonavo dall'alto, la mia ansia aumentò. Sarebbe stato un giorno che si sarebbe impresso a fuoco nella mia memoria, o dimenticato come il caffè di ieri mattina?

La mia schiena si appiccicò alla carta sul lettino mentre Peters si chinava su di me, premendomi le dita sulla pancia. Si mosse in senso orario, con un movimento circolare, finché non toccò un'area che mi fece emettere un grugnito.

«Resti fermo, signor Luca.» Massaggiò la zona e fece una specie di pizzicotto nell'area che mi dava fastidio.

«È quello il punto. Che succede, dottore?»

«Si metta seduto.»

Mettermi seduto? Non era meglio dare le brutte notizie a qualcuno da sdraiato?

«Sembra non essere altro che del tessuto cicatriziale che ha formato aderenze sui suoi muscoli addominali.»

Fiù! «Tutto qui?»

«Credo di sì. Faremo un'ecografia per esserne sicuri.»

Uffa, adesso dovevo sudare freddo per un altro esame? «Può farla qui?»

«Abbiamo l'attrezzatura, ma dovrà prendere un appuntamento.»

Le mie spalle si afflosciarono. «Speravo che...»

«Posso capire la sua apprensione dopo tutto quello che ha passato, ma sono piuttosto certo che non abbia nulla di cui preoccuparsi.»

Mi sentii dire: «Sì, è quello che ha detto il primo dottore.»

Peters mi studiò per un secondo, controllò l'orologio e sollevò il telefono.

«Sue, devo infilare un'ecografia. La stanza quattro è libera?»

Era una delle poche volte in cui fare il saputello mi aveva portato a qualcosa, o forse no? Potevo semplicemente aver accelerato i tempi per ricevere una brutta notizia.

————

Avevo la camicia abbottonata solo a metà mentre chiamavo Vargas uscendo dalla sala d'attesa. Camminavo avanti e indietro nel parcheggio mentre lei spiegava: «La domestica ha constatato l'assenza di una collana e tre anelli da cocktail.»

«Ne è sicura?»

«Assolutamente. Ha detto che uno degli anelli mancanti era il preferito di Marilyn, un regalo di suo padre.»

«Possiamo stimarne il valore?»

«Ho recuperato diverse foto della signora Boggs che indossa i gioielli, e le porterò a Georgie per una stima. Potrebbe non essere niente, ma abbiamo anche trovato cinquantamila in contanti nel suo comodino.»

«Cinquantamila? A me sembra un sacco, ma stiamo parlando di gente straricca. Probabilmente per loro sono solo spiccioli.»

«È un po' quello che pensavo.»

Dissi: «Senti, dobbiamo allertare tutti i ricettatori e i banchi dei pegni conosciuti a Collier e Lee.»

«Già fatto, fino a Orlando.»

«Ah, chiedi a Gideon con quali gioiellieri trattava la famiglia.»

«Fatto. Ci ha detto che trattavano principalmente con Thalheimers, ma che negli anni avevano comprato cose anche da Bigham.»

Aveva pensato a tutto; era una buona cosa, ma deprimente.

«Frank, ci sei?»

«Sì. Ottimo lavoro. Ci vediamo in ufficio.»

«Com'è andata dal dottore?»

«Tutto bene, solo del tessuto cicatriziale.»

Saltando in macchina, non potevo credere che il caso avesse appena cambiato le carte in tavola. Si trattava di una rapina finita male? Come aveva fatto un ladro, e ora assassino, a entrare e uscire da Keewaydin senza essere notato? Avremmo dovuto interrogare tutti. Qualcuno doveva aver visto una barca, a meno che Gideon non fosse coinvolto. Poteva aver lasciato che qualcuno entrasse sull'isola per uccidere sua moglie e permettergli di prendere alcuni gioielli costosi come pagamento? In questo modo sarebbe sembrata una rapina e non ci sarebbe stata alcuna traccia cartacea del pagamento dell'assassino.

Mentre svoltavo su Pine Ridge, una fitta alla pancia mi riportò alla visita medica. Erano buone notizie, ma mi resi conto che il sollievo che non ci fosse nulla di grave con il mio nuovo impianto idraulico era durato al massimo un minuto. Cercai di capire perché, per quanto fossi stato spaventato prima di entrare, ora fossi così ingrato.

Fermo al semaforo per la 41, mi costrinsi a credere che fosse per via del caso, ma quando la luce divenne verde, la verità mi colpì. Sentivo che mi spettasse un lasciapassare dopo tutto quello che avevo passato. L'auto dietro di me suonò il clacson e finalmente premetti il pedale dell'acceleratore.

21

LUCA

T<small>RE GIORNI DOPO L'OMICIDIO, SCESI DAL MOLO DI</small> N<small>APLES E</small> salii su una motovedetta della polizia diretto all'isola di Keewaydin. Di solito non avrei mai acconsentito a interrogare un sospettato nel suo territorio. Tuttavia, facendo leva sui problemi d'ansia di Gideon e sulla risonanza mediatica che il caso aveva già ottenuto, l'avvocato dei Boggs ci aveva chiesto di condurre l'interrogatorio a Keewaydin. Non mi opposi. L'isola era affascinante e non vedevo l'ora di visitarla, mentre ci allontanavamo lentamente dalla banchina.

La barca accelerò mentre attraversavamo la zona in cui l'acqua, da salmastra, diventava salata. Era una giornata perfetta per stare in mare. Il Golfo del Messico era una tavola e si avvertiva appena un alito di vento. L'unico aspetto negativo era il riverbero. Nonostante indossassi i miei Maui Jim, la luce era comunque troppo intensa.

Un addetto alla manutenzione, vestito di bianco, mi aspettava al molo con una golf cart. Dissi che avrei preferito camminare e lui mi seguì fino alla dépendance della piscina. Sapevo che senza dubbio Gerey aveva preparato

Brighthouse. Che l'avvocato di una famiglia altolocata e un attivista politico si mettessero d'accordo sulla versione da dare era perfettamente logico, ma la cosa non mi aveva mai preoccupato.

Con l'addetto alla manutenzione due passi dietro di me, mi sfilai la giacca non appena misi piede sul sentiero di pietra. Oggi l'isola aveva un aspetto e trasmetteva una sensazione diversi. Forse perché non c'erano altri agenti. Rallentai il passo, poiché c'era qualcosa di speciale in quel posto. La terraferma era visibile, ma l'isola era tranquillamente remota. Se questo tizio non mi stesse facendo da balia, sarei arrivato alla dépendance della piscina procedendo a zigzag. Quando mettemmo piede sul bordo della piscina, Gerey aprì una porta scorrevole e abbozzò un sorriso.

«Lieto di vederla, detective.»

D'istinto risposi: «Altrettanto».

Lui abbassò la voce. «Le sono grato per essere venuto da solo. Gideon si sente a disagio quando ci sono troppe persone.»

«È stato fortunato: il mio partner è in tribunale.»

Appena entrammo, Gideon Brighthouse si alzò da una sedia blu. Senza calze, indossava un abito di lino beige e una maglietta rossa che sembrava macchiata di vernice. Come l'isola, anche Gideon oggi appariva diverso, ma nemmeno stavolta mi offrì la mano. Invece, con un gesto ampio del braccio indicò una sedia che sembrava fatta di corda e tornò a sedersi.

Non l'avevo notato la notte del ritrovamento del corpo, ma c'era una serie di opere multimediali che formavano una fascia sopra le porte scorrevoli. Accentuava l'effetto che le porte a vetri fossero tutte collegate. Non ero un designer, ma non avevo mai visto niente del genere. Non era il mio stile, ma davo atto a chiunque l'avesse realizzato di essere originale.

«Signor Brighthouse, so che potrebbe essere difficile, ma vorrei ripercorrere il giorno e la notte in cui ha trovato la signora Boggs nella casa principale.»

Gideon annuì, prese una bottiglia d'acqua Pellegrino e ne bevve un sorso.

«Cominciamo da subito prima di quando ha trovato il corpo. Dove si trovava e cosa stava facendo?»

«Come ho detto l'altra sera, ero qui, a leggere un articolo su Jasper Johns. Non potevo credere che ci fosse un errore nel nome di uno dei suoi quadri. Non è un'opera importante, ma comunque.» Scosse la testa, facendo una pausa. «Ero sicuro che si sbagliassero, ma prima di mandargli una lettera di fuoco volevo essere certo di avere ragione. Ho una retrospettiva del suo lavoro. È un libro magnifico e il riferimento definitivo su Johns.»

Non c'era dubbio che avesse provato il suo racconto, ma il suo modo di parlare cominciava a irritarmi. Dissi: «Capisco, continui».

«Sono andato in biblioteca per verificare il pezzo su Johns.»

«Aveva intenzione di riportare il libro qui?»

«Assolutamente no. Raramente prendo un libro, a meno che non si tratti di pura lettura. La biblioteca ha superfici di lettura adeguate. Alcuni dei libri nella mia collezione... sono piuttosto grandi.»

«Okay. Andando verso la casa, ha visto o sentito qualcosa di insolito?»

Scosse la testa. «No. Era solo... un'altra notte magnifica.»

«Quando è entrato in casa, è andato dritto in biblioteca?»

«Sì.»

«Adesso è in biblioteca: cosa è successo dopo?»

«Ogni volta che vado in biblioteca, la prima cosa che faccio... è ammirare il mio unico e solo Pissarro, *Boulevard Montmartre di notte*... L'Impressionismo al suo meglio.» Chiuse gli occhi. «È meraviglioso.»

«Ne sono certo. Cos'ha fatto dopo?»

«Ho tolto dallo scaffale la retrospettiva su Johns.»

«Ha detto di aver sentito dell'acqua scorrere e che per questo è andato in cucina. È corretto?»

«Ma certo. Stavo per dimostrare che *Art Monthly* si sbagliava... ma prima di avere l'opportunità di aprire il libro, ho sentito quella che credevo essere acqua corrente e sono andato a controllare.»

«Ha portato il libro con sé?»

«Uhm, credo di sì.»

«Quando è entrato in cucina, cos'è successo?»

«Sono rimasto sbalordito e non capivo... poi ho visto il sangue. Ho provato a vedere se Marilyn fosse ancora viva... ma non aveva polso.» Si guardò intorno. «Credo di essere andato un po' nel panico... il petto mi si stava stringendo e con i miei trascorsi... non posso correre rischi.»

«Ha detto di essere corso fuori. È esatto?»

Abbassò il mento. «Temo di sì.»

«Le porte e le finestre erano tutte chiuse?»

Lui scrollò le spalle. «Non ricordo nulla di aperto.»

«Sto cercando di avere un quadro preciso dei suoi movimenti in cucina. Lei è entrato dall'atrio, ma l'isola le bloccava la visuale. È stato mentre andava a chiudere l'acqua che ha visto la signora Boggs sul pavimento?»

«Sì.»

«Okay. Quindi si è chinato su di lei e le ha controllato il polso.»

Annuì.

«Ha chiuso l'acqua?»

«Non credo.»

Le guance di Gideon sembrarono arrossarsi di una sfumatura. *Stava mentendo? E perché?* Dissi: «È importante, perché l'agente intervenuto sostiene che nessuno dei rubinetti della cucina fosse aperto».

Gerey disse: «Forse è stato Frank Flynn a chiudere l'acqua».

«Non secondo quanto ha detto al detective Vargas. Flynn ha affermato di non essere nemmeno entrato in cucina.»

«Sono sicuro che ci sia una spiegazione pratica, detective.»

«Passiamo al personale e agli eventuali visitatori di quel giorno. Chi c'era sull'isola?»

Gideon accavallò le lunghe gambe e disse: «Nessuno del personale. Le governanti e la squadra di manutenzione hanno il mercoledì libero, ma Marilyn aveva il suo amico John Barnet... da lei, quel pomeriggio.»

Stavolta non c'erano dubbi: arrossì. «Questo John Barnet è un vostro amico comune?»

«No. È il proprietario della Barnet Wines a Waterside. Marilyn lo conobbe... durante uno dei suoi eventi di beneficenza.»

«Qual era lo scopo della visita del signor Barnet?»

«Potrebbe essere stato per via di un evento.»

«Signor Brighthouse, sua moglie aveva una relazione con il signor Barnet?»

Gerey disse: «Detective, la prego. Non c'è motivo di alludere a-»

«Andiamo, avvocato. La signora Boggs è stata trovata morta nella sua stessa cucina. Questo mi dà l'unica ragione che conta. Ora, signor Brighthouse, per favore, risponda alla domanda.»

Gideon fece una serie di respiri profondi, tenendo lo sguardo basso sul suo grembo. «Sì... ce l'aveva.»

«Da quanto andava avanti?»

Scrollando le spalle, Gideon disse: «Un anno, un anno e mezzo, forse di più.»

«Era la prima relazione extraconiugale di sua moglie?»

Gerey si sfregò le mani sulle cosce mentre il suo cliente diceva: «No... ce ne sono state un altro paio... ma nessuna è durata così a lungo.»

«Ha qualche motivo di credere che il signor Barnet volesse fare del male alla signora Boggs?»

«John Barnet si crede una persona raffinata, ed è una sanguisuga, ma non sono qualificato per valutarlo in termini di violenza.»

La cosa mi sorprese. Non sembrava volere vendetta né credere che fosse stato Barnet. Con tutti i tradimenti, potevo capire perché non provasse più niente per sua moglie. Tuttavia, la maggior parte degli uomini, compreso lui, non avrebbe saputo resistere all'opportunità di ripagarlo con la stessa moneta.

22

Luca

«Non mi piace, Vargas. Come ha potuto dimenticarsi di dirci che questo John Barnet era sull'isola il giorno in cui sua moglie è stata uccisa?»

«Non lo so, Frank. Forse quella notte era sotto shock. Non dimenticare che Gerey ha detto che Brighthouse è seguito da un sacco di medici.»

«Quindi, stai dicendo che non è stata un'omissione intenzionale?»

«No, sto solo dicendo che quest'uomo soffre d'ansia anche in una giornata normale. Trovare la moglie assassinata potrebbe aver scatenato uno shock o una sorta di blocco mentale.»

«A Morgan piacerà un sacco. La prima cosa che avrei dovuto fare sarebbe stata interrogare il capitano della barca. O il personale. Santo cielo, che mi prende?»

«Andiamo avanti, Frank.»

Abbassai il mento e la voce. «Credo di avere il cervello da chemio.»

«Non essere così duro con te stesso. Cervello da chemio... è ridicolo.»

«No, dico sul serio.»

«Davvero? Va bene, e allora il fatto che non ci abbia pensato neanch'io? Quindi siamo in due.»

«Non è solo per questa cosa, Mary Ann. Semplicemente non sono me stesso.»

«È solo nella tua testa, Frank. Sei un detective eccellente, il migliore che abbiamo mai avuto da queste parti.»

«Sono serio, Mary Ann. Sento che mi stanno sfuggendo cose che normalmente dovrei notare.»

«Frank, ne hai passate tante, ed è normale pensare che ti abbiano segnato. Ma sono la tua partner e so che non hai perso un colpo. È tutto nella tua testa.»

Era una persona speciale, più di una partner, ma non credevo a una parola di ciò che diceva. Tenevo il broncio e Vargas disse: «Per quanto riguarda Morgan, non ha bisogno di conoscere tutti i minimi dettagli.» Aggirò la sua scrivania. «Gli dirò che c'è la possibilità che abbiamo un altro sospetto, niente di più. Torno tra dieci minuti.»

«Grazie. Mentre vai, chiamo Barnet e fisso un interrogatorio.»

Barnet si mostrò collaborativo, come previsto, e acconsentì a venire la mattina seguente. Rinunciò persino al suo diritto di avere un avvocato presente. Che fosse una messinscena o che non avesse davvero nulla da temere, alla fine sarebbe venuto a galla.

Controllai di nuovo il telefono. Ancora nessuna risposta da Kayla. Le avevo mandato un messaggio due giorni prima e non mi aveva mai risposto. Che cosa stava succedendo?

Dopo aver soppesato se sollecitarla o meno, le scrissi un messaggio chiedendole se fosse tutto a posto.

LA MIA MENTE E la mia auto correvano. In ritardo per vedere una casa che secondo il mio agente immobiliare aveva del potenziale, non riuscivo a smettere di valutare gli approcci per l'interrogatorio di Barnet del giorno dopo. Il caso stava per prendere una nuova piega? Avevo sempre pensato che ci fossero due tipi di casi di omicidio: quelli in cui l'assassino era ovvio e dovevamo solo raccogliere le prove per l'accusa; e quelli tipo puzzle, spesso difficili, ed era lì che ti guadagnavi i galloni. Era davvero gratificante scavare a fondo, indagare su un caso complesso e arrestare l'assassino. In realtà, di tipi ce n'erano tre, ma a noi detective non piace parlare di quelli che rimangono irrisolti.

Per svoltare da Airport a Immokalee ci vollero ben cinque minuti, e Immokalee era bloccata fino alla I-75. Comprare qualcosa su questa strada potrebbe essere un errore, pensai, mentre avanzavamo a passo d'uomo verso Walmart. Non guardare l'orologio era una strategia che usavo per non preoccuparmi di essere in ritardo. Non appena superai il Superstore Target, mi resi conto che prendendo Logan Boulevard avrei evitato gran parte del traffico.

L'ingresso a Saturnia Falls aveva grandi massi su cui scorrevano fiumi d'acqua. Non riuscivo a decidere se fosse esagerato o meno. Come la maggior parte dei posti a Naples, Saturnia aveva preso il nome dall'Italia, in questo caso ispirandosi a un gruppo di sorgenti termali naturali vicino alla città di Saturnia.

Dopo aver ricevuto le indicazioni dalla guardia, mi feci

strada serpeggiando fino al numero 4290 di Saturnia Grande Drive. Un'orda di ragazzini andava in bicicletta nella strada senza uscita a circa sei case di distanza, a conferma che Saturnia era una comunità per famiglie a tempo pieno. L'agente stava scendendo lungo il vialetto. Potevo vedere il suo riporto. Non gli era arrivata la notizia che Bruce Willis aveva sdoganato la calvizie?

Mi porse la scheda della casa e si mise a blaterare sui servizi della comunità. Mentre parlava, sentivo un gran rumore di traffico, cosa che mi mise in guardia. Chiesi da dove provenisse, e lui disse che Logan Boulevard era subito dietro la casa, aggiungendo: «È trafficato solo a quest'ora del giorno.» Mi trattenni dal dirgli che ero un detective e che l'affermazione sull'orario aveva fatto scattare il mio rilevatore di frottole.

Dato che ero lì, diedi una rapida occhiata in giro. Aveva una bella planimetria, tutta aperta con soffitti alti. Era un po' datata, ma almeno avevano rifatto la cucina, anche se non avrei scelto piastrelle così scure. Il bagno padronale era da ristrutturare, ma l'altro bagno e mezzo erano vivibili. Uscire sulla veranda spazzò via ogni possibile giustificazione riguardo al traffico. Si potevano quasi sentire le persone parlare dentro le auto che passavano.

La casa era in vendita a quattrocentomila dollari, ma non l'avrei comprata neanche per centomila. Come dissi al signor Riporto, mi sarei fatto vivo se fossi stato interessato. La mia mente tornò al caso Boggs.

23

AVEVO FATTO ASPETTARE JOHN BARNET PER VENTI MINUTI buoni ed ero sorpreso che non si fosse seduto. Era alto, un metro e novanta abbondante, e molto abbronzato. Portava un pizzetto alla Van Dyck, era in forma e sulla cinquantina. Barnet indossava pantaloni e giacca color sabbia, con una camicia azzurra. Mi chiesi se avesse indossato una giacca sportiva per l'interrogatorio e se fosse mancino.

«Signor Barnet, sono il detective Luca. Mi scusi se l'ho fatta aspettare, ma siamo un po' presi con l'indagine.»

«Capisco. Se ha bisogno di più tempo, posso tornare più tardi senza problemi.»

Ne sono certo. «Nessun problema, sbrighiamoci. Il mio ufficio è proprio dietro l'angolo.»

Barnet spolverò la seduta e lo schienale della sedia con la mano sinistra prima di sedersi. Una spilla d'argento sul bavero rifletté la luce, e gli chiesi: «Non per farmi gli affari suoi, signor Barnet, ma la spilla, cosa rappresenta?»

Lui diede un'occhiata al bavero. «È una spilla da sommelier. Nel mio settore, c'è un'infinità di sedicenti esperti che non fanno altro che rigurgitare i punteggi dei critici enologici. Io mi distinguo, personalizzo l'esperienza per i nostri clienti e la rendo più intima con le mie opinioni.»

Immagino che dirgli che io scelgo una bottiglia in base all'etichetta e al prezzo manderebbe all'aria il suo approccio. «Sembra una buona strategia.»

«Lo penso anch'io.»

«Deve funzionare, se può permettersi gli affitti di Waterside.»

Accavallò una gamba e ne spuntò un calzino rosso. «Non è affatto semplice.»

«Immagino. Senta, vorrei registrare questo colloquio, se non ha nulla in contrario. Francamente, mi facilita le cose, dato che la mia memoria non è più quella di una volta.»

Gli occhi di Barnet si strinsero. «Registrarlo?»

«Se non si sente a suo agio, allora non lo farò.»

«Nessun problema, faccia pure se vuole.»

Colloqui e interrogatori sono partite a scacchi. Fai una mossa per costringere il tuo avversario a rispondere in un modo in cui altrimenti non risponderebbe. Barnet aveva acconsentito perché pensava che dire di no lo avrebbe fatto apparire in cattiva luce. Funziona circa il settanta per cento delle volte. A microfono acceso, sbrigai le formalità e mi lanciai nelle domande prima che potesse ripensarci.

«Lei ha fatto visita alla signora Boggs a Keewaydin Island il giorno in cui è stata assassinata.»

Barnet annuì. «Sì, è difficile credere a quello che è successo.»

«Mi risulta che Lei fornisse alla signora Boggs vini e liquori per eventi di beneficenza. Era questo il motivo della sua visita?»

«Esatto. Marilyn presiedeva l'evento delle Catholic

Charities e abbiamo esaminato un paio di dettagli in proposito.»

«Come ha conosciuto la signora Boggs?»

«La mia azienda si occupa di un buon numero di eventi nella zona, non solo di beneficenza, e se non ricordo male ci siamo incontrati a una funzione della United Way.»

«E voi due avete subito legato?»

Barnet si accarezzò il pizzetto e fece un sorrisetto. «Sì, e come sono sicuro avrà saputo, avevamo una relazione.»

Pensava di guadagnarsi la mia fiducia ammettendolo, ma doveva sapere che, persino a Naples, non c'erano abbastanza eventi di beneficenza da giustificare il vedere Marilyn ogni mercoledì.

«E da quanto andava avanti questa relazione?»

«Da poco più di un anno.»

«Come descriverebbe, ehm, la temperatura della relazione?»

Barnet sembrava aver appena morso un limone. «Temperatura? Intende il sesso?»

«L'ha incoraggiata a lasciare suo marito?»

«No, non lo farei mai. Non voglio avere un matrimonio fallito sulla coscienza.»

Sorrisi. «Lei è un vero nobiluomo.»

«Molto spiritoso, ma non è così. Io vengo da una famiglia divisa, e non è una passeggiata.»

«Andava bene anche solo avere una relazione?»

«Senta, veniamo da due mondi molto diversi. Io... cioè, noi, noi ci stavamo solo divertendo insieme. Tutto qui.»

«Solo due adulti consenzienti che si godevano la reciproca compagnia e niente di più.»

«Si potrebbe dire così.»

«La famiglia Boggs è incredibilmente ricca. Sarebbe un

bel colpo di fortuna sposarsi e mettere le mani su tutti quei soldi, eh?»

«I soldi non c'entravano niente.»

«Non era deluso che la signora Boggs non volesse piantare suo marito e sposare Lei?»

Barnet scosse il capo. «Soldi a parte, l'ultima cosa di cui avrei bisogno sarebbe lei come moglie. Sono già stato sposato due volte e non potrei immaginare di rifarlo.»

«Neanche per entrare nella famiglia Boggs?»

«No.»

«D'accordo. Ora, dato che conosceva intimamente la defunta,» non riuscii a trattenere un sorriso, «conosce qualcuno che avrebbe voluto farle del male?»

Barnet fece una smorfia. «Senta, come sono sicuro scoprirà, se non lo sa già, Marilyn era piuttosto insicura, nonostante tutti i soldi che aveva. E poteva essere arrogante e autoritaria, ma non ha fatto nulla che potesse spingere qualcuno a fare una cosa del genere. Era una brava donna. Cavolo, si faceva davvero un mazzo tanto e aiutava così tanta gente che è difficile tenerne il conto.»

«Marilyn Boggs era un personaggio in vista, il che potrebbe averla resa un bersaglio. Non le viene in mente nessuno?»

«Suo marito, Gideon.»

«Le andrebbe di approfondire?»

«Tanto per cominciare, quel giorno, il giorno in cui è stata... uccisa, Gideon è entrato in casa mentre io e Marilyn stavamo bevendo qualcosa.»

«Era solito venire quando Lei era, ehm, in visita?»

«Mai. Ma quel giorno è venuto, e sembrava turbato.»

«Non è una reazione naturale nel vedere la propria moglie con l'amante?»

Barnet si strinse nelle spalle. «C'era qualcosa di diverso. Lo conosco un po' dai tempi in cui lavorava per il senatore White. Abbiamo organizzato un paio di eventi per loro. È sempre stato, non so quale sia la parola giusta, ma accademico è quella che più si avvicina. Gideon non si arrabbiava mai, era sempre equilibrato. Immagino sia per questo che piaceva ai politici.»

«E mercoledì non lo era?»

«No. È stato volgare. Ha detto che stavamo facendo, credo, una scopata da sballo. Era completamente fuori dal personaggio, e poi ha fatto delle allusioni velenose sul fatto che fossi o meno un sommelier. È stato imbarazzante.»

«Lo immagino. Come si è concluso l'incontro?»

«Volevo andarmene, ma Marilyn ha insistito perché rimanessi; ha urlato contro Gideon e lui se n'è andato.»

«Quando ha urlato, che cosa ha detto?»

«Niente di che: gli diceva solo che doveva calmarsi e che si stava rendendo ridicolo.»

«Nient'altro? Qualcosa che potesse scatenare in lui una furia vendicativa?»

«Non credo sia stato per qualcosa che abbia detto lei, ma, come ho già detto, quel pomeriggio non era in sé.»

«C'è qualcos'altro che può dirmi?»

«Marilyn voleva divorziare da lui, ma non voleva rimetterci economicamente.»

«Non avevano un accordo prematrimoniale?»

«Sì, ce l'avevano, ma il fondo fiduciario aveva una clausola che prevedeva una penale in caso di divorzio.»

La parola *puritano* mi balenò in mente. Sembrava una follia. Suo padre doveva essere un maniaco del controllo e continuava a gestire le cose dalla tomba. Era una svolta interessante.

24

LUCA

Odiavo il servizio di parcheggiatore, ma il Ritz-Carlton non era il tipo di posto in cui parcheggiare da soli. Il porte-cochère dell'hotel era così pieno di Bentley che sembrava il piazzale di una concessionaria. Avevo sentito dire che le auto a noleggio che si prendevano al banco della Hertz dell'hotel erano più belle che in qualsiasi altro posto, un altro esempio delle attenzioni con cui il Ritz viziava i clienti per farli sentire speciali.

Un parcheggiatore si avvicinò di corsa e mi aprì la portiera. Non davo mai la mancia all'arrivo; speravo che questo tizio non si aspettasse niente.

«Salve, signore. Benvenuto al Ritz-Carlton. Deve fare il check-in?»

«No, devo solo incontrare un amico per pranzo.»

«E il suo nome?»

«Frank Luca.»

Scarabocchiò qualcosa su un biglietto, lo strappò a metà e me lo porse.

«Buon pranzo, signor Luca.»

Un tizio che mi pareva di aver riconosciuto al The Wine Loft stava suonando "I've Got You Under My Skin" sul pianoforte a coda della hall. Stava andando alla grande. Controllai l'ora, ma dovevo raggiungere il ristorante della spa. Dio non voglia che facessi aspettare Wesley Boggs.

H2O era un ristorante informale, simile a un caffè, al secondo piano, proprio accanto alla spa di prim'ordine del Ritz. Forse era una mia impressione, o forse era tutta quella gente che gironzolava in accappatoio, ma l'intero secondo piano aveva un'atmosfera che mi metteva a disagio. Quanto tempo era passato? L'ultimo massaggio che ricordavo era stato a un addio al celibato per il mio vecchio partner JJ Cremora. Dovevano essere passati almeno quindici anni da quando eravamo andati ad Atlantic City. Cavolo, mi mancava ancora da morire, e il poveretto era morto già da tre anni.

Mi diressi dritto verso la porta che conduceva a una terrazza con una zona pranzo coperta e un paio di piscine relax con delle chaise longue. Due coppie erano sedute a due dei tavoli. Mentre decidevo quale tavolo prendere, si avvicinò una cameriera.

«Benvenuto da H2O. Posso farla accomodare?»

«Devo incontrare una persona per pranzo.»

«Oh, forse è già qui. A che nome?»

«Wesley Boggs.»

Questa ragazzina si era appena raddrizzata un po'?

«Il signor Wesley è seduto proprio qui.»

Seguii la ragazzina oltre una parete di arbusti in vaso che separava il caffè dall'area della piscina. Seduto a capotavola di un grande tavolo c'era Wesley Boggs. Era al telefono. Sollevò una mano, sfoggiando un sorriso tirato. Con sette o dieci chili di troppo, il suo viso era leggermente gonfio.

Wesley non condivideva la corporatura di sua sorella né la sua passione per l'esercizio fisico. I suoi capelli bagnati, brizzolati, erano pettinati all'indietro. Lo studiai mentre finiva la telefonata; se non avessi saputo che era ricco sfondato, non l'avrei mai detto.

Si alzò e mi tese la mano. «Mi scusi. Con quello che è successo a Marilyn, ci sono così tante cose da sbrigare.»

«Capisco perfettamente, signor Boggs. La prego di accettare le mie condoglianze.»

«Grazie, signor Luca.»

Cercavo informazioni di base e mi ero accordato con Gerey, che quasi mi aspettavo di trovare qui, per mantenere un tono informale.

Ero seduto da appena un istante quando apparve la cameriera.

«Desidera qualcosa da bere?»

Mentre prendevo lo stretto menù, lei disse: «Siamo famosi per i nostri centrifugati. Sono sani e nutrienti.»

«Sembra ottimo, ma prenderò un tè freddo. Non zuccherato.»

Wesley disse: «Non ho mai capito perché non ci sia una vista sul golfo da quassù. È un peccato.»

La vista sulle piscine a me sembrava piuttosto bella. «Sarebbe un bel bonus.»

Wesley scrutò l'area e abbassò la voce. «Mi risulta che abbia delle domande da farmi.»

«Solo alcune, ma mi permetta di iniziare con la più ovvia: conosce qualche motivo per cui qualcuno avrebbe potuto fare questo?»

Scosse la testa. «Assolutamente no. Francamente, sembra surreale. Per fortuna, però, papà non è vivo per dover sopportare tutto questo. Lo avrebbe ucciso. Marilyn era la sua preferita.»

«Mi dispiace che la sua famiglia debba affrontare tutto questo.»

«Grazie.»

Mi portarono il tè freddo e dissi: «La sua famiglia è molto conosciuta e quindi potrebbe essere stata presa di mira. È possibile che non c'entri nulla con sua sorella. Potrebbero avercela avuta con la famiglia in qualche modo.»

Wesley ritrasse il mento. «In realtà non siamo una famiglia sotto i riflettori, signor Luca. Conduciamo vite tranquille e riservate. Marilyn sosteneva molte cause di beneficenza, assumendo anche un ruolo attivo in molte di esse. Tuttavia non è nello stile della famiglia. Noi svolgiamo le nostre attività filantropiche in sordina. Sa, papà ci ha sempre insegnato a mantenere un basso profilo e a vivere al di sotto dei nostri mezzi.»

Davvero? Vivere su un'isola privata possedendo altre case a dieci minuti l'una dall'altra e volare con jet privati rientra nella categoria del basso profilo?

«Quindi, non le viene in mente nessuno?»

«Assolutamente nessuno.»

«Vorrei parlare del fondo fiduciario di cui beneficiava sua sorella.»

«Il fondo va a beneficio di tutti i discendenti dei Boggs.»

«Mi risulta che contenga delle clausole insolite che, per esempio, penalizzano qualcuno in caso di divorzio.»

«Noi non le consideriamo insolite. Papà era irremovibile sulla protezione della famiglia. Non voleva che il matrimonio fosse un'impresa da prendere alla leggera, cosa che condivido. Voleva essere sicuro che venisse data la massima considerazione, e che, se si fosse scoperto di aver commesso un errore, ci sarebbero state delle conseguenze.»

Questa gente era diversa, senza dubbio. «Proibire il divorzio potrebbe bloccare una persona come Marilyn in un matrimonio in cui preferirebbe non stare.»

Wesley sbatté le palpebre due volte. «Non è proibito. Si può divorziare, se si desidera. Si avrà solo una riduzione dei benefici.»

«Posso chiederle di quanto?»

«Il fondo è un documento privato. Non credo di dover divulgare quest'informazione.»

«Giusto. Sapeva che sua sorella aveva una relazione?»

Annuì. «L'avevamo avvertita in diverse occasioni di essere discreta.»

«In una situazione come questa, con Marilyn deceduta, che ne è di Gideon?»

Inclinò la testa.

«Beneficia ancora, come dice lei, del fondo?»

«Ci sono clausole che prevedono quasi ogni situazione, ma sì, ne beneficia ancora, sebbene in misura ridotta.»

«Crede che suo cognato sia coinvolto?»

«Ho considerato la possibilità, ma Gideon non è ambizioso, almeno non da quando ha avuto problemi cardiaci. Non riuscirei a immaginarmelo, di certo non lui, a farlo di persona.»

Presi un sorso del mio tè freddo, lo ringraziai per il suo tempo e me ne andai.

Deluso che Wesley non avesse puntato il dito contro Gideon, mi avviai verso la postazione del parcheggiatore. Stavo frugando in tasca alla ricerca del biglietto quando il ragazzo dietro al podio disse: «Signor Luca, com'è andato il pranzo?»

Come diavolo fanno questi a ricordarsi?

25

LUCA

M<small>I ABBOTTONAI LA GIACCA DELL'ABITO MENTRE PERCORREVO</small> il corridoio verso la sala autopsie. Che termine terribile per una stanza dove fanno a pezzi i cadaveri. Perché non qualcosa di semplice, come stanza delle autopsie? Mi ficcai le mani nelle tasche dei pantaloni. Era facile capire perché la sala autopsie dovesse essere fredda, ma come chiunque riuscisse a lavorare in qualsiasi parte dell'edificio senza indossare un parka restava per me un mistero.

La luce sopra la porta era spenta e un'occhiata attraverso la finestrella confermò che la stanza era vuota. Fu il fatto di non dover assistere a un'altra dissezione, o quello di non dover stare in una stanza di venti gradi più fredda del corridoio, a farmi sorridere?

Il medico legale, che indossava un cardigan grigio e delle cuffie, era seduto alla sua scrivania e ticchettava su una tastiera.

«Ehi, dottore!»

Lui alzò lo sguardo verso di me e mise in pausa il suo lettore.

«Ha qualche minuto per aggiornarmi sull'autopsia di Marilyn Boggs?»

Posando le cuffie, disse: «Entri pure, Frank. Sto giusto finendo il rapporto adesso.»

«Volevo essere presente, ma ho avuto un contrattempo. Com'è andata?»

«Nessuna sorpresa. Una profonda coltellata al torace che ha reciso l'aorta, portando a un'emorragia letale. La ferita è stata inflitta da un coltello compatibile con quello trovato sulla scena. Sul coltello sono state trovate tracce di sangue della vittima.»

«Ma è stato ripulito dalle impronte, giusto?»

«Per quanto ne so, sì, ma dovrebbe verificare con la scientifica.»

«Potrebbe fare delle ipotesi sulla stazza dell'assassino?»

«L'angolazione della ferita d'ingresso suggerisce un aggressore, mancino, credo, alto tra un metro e ottanta e un metro e novantacinque. Tuttavia, dipende molto dalla lunghezza del braccio e dal fatto che la vittima si stesse o meno allontanando dal suo aggressore.»

«Uhm, qualcosa sotto le unghie?»

«Niente. Aveva un'ecchimosi alla testa, appena sotto la volta cranica, dovuta all'impatto con lo spigolo del bancone mentre perdeva conoscenza. Il polso destro della vittima era contuso, ma è probabile che ciò sia avvenuto nel tentativo di attutire la caduta.»

Annuii mentre lui continuava.

«Il contenuto dello stomaco non ha rivelato altro che vino e qualcosa di simile a un cracker o a del pane. Il tasso alcolemico nel sangue era appena sotto lo 0,09. Con il suo peso, la vittima probabilmente aveva bevuto due bicchieri di vino.»

«Di quanto le sarebbero state alterate le capacità?»

«Dipende dalla sua tolleranza, ma probabilmente era eccessivamente rilassata, con la percezione della profondità e la visione periferica leggermente compromesse.»

«Potrebbe aver contribuito a un'incapacità di percepire un attacco?»

«Difficile dirlo con certezza, ma un ritardo nel tempo di reazione è probabile.»

«C'è altro che può dirmi?»

«La vittima ha subito un'isterectomia tra cinque e sette anni fa.»

La cosa non sembrava significare nulla, ma mi spinse a chiedere: «Qualche segno di attività sessuale?»

«Nessuno. Direi che l'ultimo rapporto risale a circa cinque giorni fa.»

————

DIRIGENDOMI A NORD MENTRE RIPRENDEVO CALORE, fui lieto di vedere che la Goodlette Frank Road era deserta. Mentre attraversavo Golden Gate, Vargas rispose alla mia chiamata.

«Ciao, Frank. Novità dall'autopsia?»

«No, non ho saputo niente di nuovo. È morta per la coltellata e l'arma corrisponde a quella sulla scena. La scientifica ha detto che il coltello era stato decisamente ripulito dalle impronte.»

«Davvero?»

«Dovevi aspettartelo. Nessun assassino lo lascerebbe lì se non l'avesse fatto.»

«Ma lasciarlo lì è comunque un rischio.»

«Senza dubbio.»

«Qualche indizio su come sono andate le cose?»

«Nessun segno di una vera colluttazione. Sembra che sia stata sopraffatta rapidamente. La ferita da taglio indica un mancino, uno alto, almeno un metro e ottanta. La coltellata le ha reciso l'aorta. È morta dissanguata in fretta, in un minuto o due.»

«Ci sono già i risultati della tossicologia?»

«Non ancora l'analisi completa, ma gli esami del sangue indicano un basso livello di alcol che solleva una domanda.»

«In che senso?»

«Il dottore ha detto che il suo tasso alcolemico equivaleva a circa due bicchieri di vino.»

«E quindi?»

«Nella bottiglia di Pinot sulla scena ne era rimasto solo un quarto; c'era un solo bicchiere, ed era pulito. Non può aver bevuto da sola. Quindi, chiunque fosse lì si è portato via il suo bicchiere.»

«Oppure stava bevendo, o stava per bere, da una bottiglia che era già aperta.»

«Scommetto che Marilyn non era il tipo da accontentarsi di un fondo di bottiglia.»

«Forse, ma ti sorprenderesti: anche ai ricchi piace risparmiare.»

«Non ne dubito, ma ricorda che se la faceva con Barnet, un esperto di vini. La sua influenza si sarebbe fatta sentire.»

«Stai andando da lui. Perché non glielo chiedi e basta?»

«Non ancora. Se è coinvolto in qualche modo, dovrò tenermi qualche asso nella manica.»

«Un altro proverbio di Luca?»

«Mi piacerebbe prenderne il merito, ma era un detto del mio vecchio partner. Ci vediamo quando torno da Waterside.»

———

BARNET, facendo roteare un bicchiere, era nella cantinetta sul retro del negozio. C'erano due donne al tavolo con lui. Mi avvicinai di qualche passo, prendendo una bottiglia di Barolo come diversivo. Barnet inclinò il bicchiere su un lato e lo fece rotolare avanti e indietro con il palmo della mano. Le donne al tavolo si scambiarono un'occhiata e sorrisero. Barnet risollevò il bicchiere e vi immerse profondamente il naso. Chiuse gli occhi e il suo petto si espanse. Espirando, portò il bicchiere alle labbra e ne prese un sorso. Mosse le labbra e il suo pomo d'Adamo ondeggiò.

Annuendo, Barnet posò il bicchiere e versò il vino alle donne. Le donne giocherellarono con i bicchieri, spostandoli da un lato all'altro, ridendo quando uno schizzo fuoriuscì da un bicchiere. Barnet tamponò il tavolo con un tovagliolo e disse: «Credo sia meraviglioso: un'ottima sensazione al palato, buona acidità. È un vino molto equilibrato. Mi interessa sentire cosa ne pensate voi.»

Le due donne sorseggiarono e annuirono l'una verso l'altra.

«Mi piace. È morbido, come ha detto lei.»

«Sì, senza spigoli. Che cibi consiglia di abbinarci, John?»

«È una delle cose che adoro di questo vino. È così versatile. Si abbina bene con pollo, vitello e maiale.»

«Quanto costa una cassa?»

«È un ottimo affare. Credo che il *Wine Spectator* l'abbia inserito tra i suoi migliori acquisti un mese o due fa.»

«Oh, wow.»

«Costa ottantanove e novantacinque dollari a bottiglia e sta vendendo più in fretta di quanto mi aspettassi. Credo che ci siano rimaste solo tre casse. Devo dire a Bridgette di preparare una cassa per ognuna di voi?»

Aveva appena detto novanta dollari a bottiglia? Ma quella gente non aveva mai sentito parlare di Costco? Rimisi il Barolo sullo scaffale mentre le donne accettavano di prendere una cassa a testa. Quella si poteva considerare una vendita soft o una vendita aggressiva?

Barnet prese la bottiglia e stava rabboccando i loro bicchieri quando entrai nella cantina.

Una delle donne disse: «Oh, John, sembra che sia arrivato il produttore di Bordeaux.»

Barnet si girò di scatto e sbiancò in volto. «Oh, salve. Sono subito da lei.» Si rivolse di nuovo alle sue ospiti. «Non è Francois, ma devo andare. Sono sicuro che apprezzerete il vino, signore. Grazie della visita.»

Si alzò dal tavolo e mi strinse la mano. «Andiamo nel mio ufficio.»

Barnet chiuse la porta e scivolò dietro la scrivania. Spostò una grossa bottiglia con una firma in oro in un angolo, mentre io mi accomodavo su una sedia.

«Non sapevo che sarebbe passato, detective.»

«Ero in zona e avevo un paio di domande da farle. Ho pensato che sarebbe stato più semplice piuttosto che farla venire in commissariato.»

«Oh. Grazie per avermi risparmiato il viaggio.»

«Nessun problema. Devo dire che con loro ha fatto un bel lavoro di vendita.»

Barnet si accarezzò il pizzetto e scosse un dito. «Io non la considero una vendita. In realtà si tratta di presentare e istruire. Considero importante, anzi, fondamentale, spostare la percezione che le persone hanno del vino da semplice bevanda a esperienza. Dipingere per loro una storia dei vigneti, della cantina e del produttore, in modo che possano essere trasportati altrove quando bevono un vino. Rende il fattore costo irrilevante, come dovrebbe essere.»

Trasportati? Se continua a parlare così, lo trasporteranno in manicomio.

«Capito. Come le dicevo, ho un paio di domande su Marilyn Boggs, quindi veniamo al dunque, che ne dice?»

Barnet si appoggiò allo schienale e annuì.

«Quando le ha fatto visita il pomeriggio della sua morte, avete bevuto vino o altre bevande alcoliche?»

«Marilyn stava davvero iniziando a capire e apprezzare il vino. Le piaceva soprattutto un bicchiere di Viognier francese durante il pomeriggio, e ogni mercoledì portavo un produttore diverso da assaggiare. Era a scopo didattico. Stavo cercando di farle scoprire i diversi modi in cui il terreno e i microclimi di ogni vigneto influenzano il vino.»

Divertente? A me sembrava un lavoro. «Quanto ha bevuto quel giorno?»

«Credo che possa aver bevuto due bicchieri.»

«Le piacevano altri tipi di vino?»

Barnet aggrottò la fronte. «Le piacevano il Sauvignon Blanc della Valle della Loira e gli chardonnay francesi.»

«Quindi, solo vino bianco?»

«Principalmente. Stavo cercando di farle conoscere il Barolo e i vini di Bordeaux, ma immagino avesse i suoi limiti.»

«Non le piacevano il Chianti o il pinot nero?»

Lui scosse la testa. «Ogni tanto beveva il pinot», rise, «ma forse era perché continuavo a dirle che i migliori vini del mondo, secondo me, venivano dalla Borgogna.»

«Borgogna?»

«I rossi della Borgogna, in Francia, sono fatti con uve di pinot nero. Sono meno fruttati e più complessi di quelli californiani.»

«Sembra interessante. Dovrò provarne un po'.»

«Gliene sceglierò uno da provare prima che se ne vada. Offro io.»

«Grazie, ma non posso accettare regali. Lo pagherò, ma resti sotto i trenta dollari.»

«Ne ho un paio in mente.»

«Okay. Come descriverebbe la fase in cui si trovava la sua relazione con Marilyn Boggs?»

«Cosa intende?»

«La relazione andava avanti da un bel po' di tempo. C'era ancora la passione?»

«Oh, all'inizio è stata un po' come una cotta liceale.» Fece un sorriso. «Ma poi le cose si sono assestate in una piacevole routine.»

«Routine? A me sembra noioso.»

«Non intendevo dire che fosse noioso. Solo che quando abbiamo iniziato a... a vederci, cercavamo ogni occasione possibile. Ecco perché ho detto che era come al liceo. Ma poi abbiamo trovato un nostro ritmo, tipo ogni mercoledì pomeriggio e quasi tutti i venerdì sera.»

«Chi era il più, diciamo, entusiasta?»

«Entrambi non vedevamo l'ora di vederci, ma, si ricordi, io gestisco un'attività che mi porta via molto tempo, mentre Marilyn, be', lei aveva un sacco di tempo libero.»

«Una sua amica ha detto di aver pensato che la relazione stesse per finire.»

«No, non è vero.»

«Ma si era raffreddata?»

«Come ho detto, le cose si erano assestate.»

«Voi due litigavate spesso?»

«Non userei la parola litigare, detective. Avevamo dei disaccordi a volte? Certo, quale coppia non ne ha?»

«Sembra che qualcosa turbasse la signora Boggs nelle settimane precedenti il suo omicidio. Ha idea di cosa le passasse per la testa?»

Barnet si accarezzò il pizzetto. «Credo che possa avere a che fare con la situazione con suo marito.»

«Intende la relazione che stavate avendo?»

«No, no. Il matrimonio era finito. Non aveva nulla a che fare con me. Probabilmente sa che aveva avuto una o due relazioni prima che ci conoscessimo. Voleva davvero divorziare da lui, ma c'erano alcune clausole nel fondo fiduciario di cui viveva che l'avrebbero penalizzata.»

Barnet conosceva i dettagli del fondo fiduciario? «Interessante. *Cosa intendeva fare?»*

Si mosse sulla sedia. «Probabilmente stava scherzando, ma ha detto qualcosa a proposito di farlo sparire.»

«Intende pagandolo per farlo sparire?»

«Potrebbe essere, ma io l'ho inteso come, sa, farlo uccidere.»

«Pensa che Marilyn Boggs avrebbe potuto organizzare l'omicidio di suo marito?»

«So che sembra folle, ma le sto dicendo che è quello che ha detto.»

Stavo elaborando il pensiero quando Barnet aggiunse: «Deve ricordare che i Boggs sono una famiglia molto potente.»

26

LUCA

«Non mi piace, Vargas. Perché diavolo non ce l'ha detto? Questo tizio, Gideon, è il nostro principale sospettato al momento.»

«Forse si vergognava, Frank. Non è così facile dire a qualcuno, specialmente a un uomo, che sua moglie lo tradiva, per di più a casa di quel poveraccio.»

«Sono contento di averti qui, Vargas. Ogni tanto ne dici una giusta.»

Vargas appallottolò un foglio di carta e me lo lanciò.

«Sei incredibile. Per quanto tempo hai intenzione di lasciarlo a cuocere nel suo brodo?»

«Altri venti o trenta minuti.»

«Ne sei sicuro? Questo tizio si agita in fretta e non ha senso far incazzare Gerey.»

«Wow.» Mi alzai. «Due osservazioni giuste in un solo giorno. Andiamo a fare quattro chiacchiere con Gideon.»

Prima di entrare nella sala interrogatori numero due, controllammo il video proveniente dalla stanza. Gideon roteava la testa come se stesse guardando una partita di tennis e si scostava la camicia dal petto con le dita ogni cinque secondi.

«Ci dispiace averLa fatta aspettare, signor Brighthouse. Il capitano ci ha convocati per un altro caso.»

«Okay.» Fece un respiro profondo. «Okay.»

«Si ricorda del mio partner, il detective Vargas?»

Annuì e si alzò a metà dalla sedia quando Mary Ann disse: «Va bene, Si sieda. Desidera qualcosa da bere?»

«Ehm, no. Sto... bene.»

Dopo aver dettato le formalità dell'interrogatorio, dissi: «Le abbiamo chiesto di venire qui perché sia la sua dichiarazione originale la notte dell'omicidio di sua moglie, sia quella in un interrogatorio successivo ci hanno lasciati perplessi.»

Gideon si sfregò le mani sulla coscia. «In che modo? Io... non volevo confondere nessuno. Può, può starne certo, non era assolutamente intenzionale.»

«Come mai ha omesso di dirci che ha affrontato sua moglie e John Barnet proprio il pomeriggio del giorno in cui è stata trovata morta?»

Le spalle di Gideon si afflosciarono. «Io... io non lo so.»

Vargas chiese: «Lo trovava imbarazzante da raccontare?»

«No.»

Questo tizio era pazzo. «No? Sua moglie ha una relazione e incontra l'amante a casa vostra e questo non La infastidiva?»

«Se proprio vuole saperlo, non era la prima volta. Posso avere un bicchiere d'acqua?»

Vargas premette il pulsante dell'interfono mentre Gideon si dimenava come un bambino di sei anni in attesa di entrare in un parco divertimenti.

«Non c'è bisogno di agitarsi, signor Brighthouse. Risponda onestamente alle nostre domande e andrà tutto bene.»

La testa di Gideon dondolò mentre la porta si apriva e gli veniva porto un bicchiere d'acqua. Lo prese con la mano sinistra, sollevandolo troppo in fretta, e delle gocce d'acqua scurirono la sua camicia marrone chiaro. Si tamponò l'angolo della bocca, mormorando un ringraziamento.

«In quante relazioni extraconiugali è stata coinvolta sua moglie?»

«Quattro.»

«Quando è iniziato tutto?»

«Io... io... è stato qualche tempo dopo il mio infarto.»

Vargas chiese: «Mentre era in convalescenza?»

Gideon annuì.

Dissi: «Le posso dire che a me avrebbe dato fastidio, specialmente se fossi stato in convalescenza. Cavolo, per quanto mi riguarda, è un colpo basso. Dire che sarei stato incazzato sarebbe un eufemismo.»

Gideon prese un sorso d'acqua, ma rimase in silenzio.

Dissi: «John Barnet ha detto che quel pomeriggio Lei era arrabbiato, che stava facendo dei commenti e Marilyn Le ha detto di calmarsi. È andata così?»

«Ero felice? No, ma avevo imparato a... convivere con la situazione. Il mio terapeuta mi ha aiutato a capire quanto sia importante l'arte per me... mi rende felice... e a Keewaydin sono in pace. Ehm, quanto durerà ancora? Devo tornare.»

«Ha litigato con Marilyn quando Barnet ha lasciato l'isola?»

«Non abbiamo mai veramente litigato... Marilyn... non era il tipo, aveva molto autocontrollo.»

«E Lei invece?»

«Io ho tutte le fragilità umane.»

Un modo interessante di esprimersi, avrei dovuto ricordarmelo per quando avrei fatto un casino.

Vargas disse: «Date le circostanze spiacevoli del Suo matrimonio, non voleva divorziare?»

«Sì, ma Marilyn si opponeva al...»

Dissi: «E così l'ha uccisa.»

«No, no, non l'ho fatto... non ne avevo motivo.»

«Senta, Gideon, sappiamo tutto del fondo fiduciario e di come Marilyn avrebbe sofferto finanziariamente se avesse divorziato. L'unica via d'uscita per Lei era ucciderla.»

«Non è assolutamente vero. Anzi, era lei a voler divorziare. Mi ha preso di sorpresa l'altro giorno.»

«Davvero? E si aspetta che Le crediamo?»

«Ma, ma è vero... l'ha detto lei... circa due settimane fa.»

«Molto comodo.»

«Lei non... capisce. Voleva essere ven... vendicativa. Voleva che me ne andassi.» Gideon scattò in piedi. «Devo andare. Non posso restare.»

Guardai Vargas, che disse: «Lascialo andare, Frank. Sembra che stia avendo un attacco di panico.»

«E se stesse fingendo?»

«Potrebbe, ma se gli viene un altro infarto, questa stanza non basterà a contenere tutti i suoi avvocati.»

———

MENTRE ANDAVO A VEDERE un nuovo immobile in vendita a Pelican Marsh, continuavo a pensare che Gideon avesse finto il suo attacco. Rivelargli che sapevamo che aveva affrontato sua moglie e il suo amante, insieme alla nostra consapevolezza della penale che entrambi avrebbero subito in caso di divorzio, lo aveva messo alle strette. E poi se ne esce dicendo che sua moglie aveva accettato di divorziare? A meno che lei non avesse avviato le pratiche, non c'era modo di verificarlo. Erano solo parole e io non me la sono bevuta. Gerey disse di non saperne nulla, ma che avrebbe verificato con un paio di avvocati divorzisti della contea che lavoravano per i ricchi.

Ottenere i documenti del fondo fiduciario e soprattutto l'accordo prematrimoniale avrebbe potuto fornire un movente concreto. Il problema era che il procuratore era riluttante a chiedere a un giudice di firmare un'ingiunzione. Diceva che secondo lui non avevamo abbastanza elementi e che era preoccupato di violare la privacy della famiglia. Persino quando suggerii un ordine di silenzio e di limitare l'accesso ai documenti a lui e a me, non cambiò atteggiamento.

Avevo dimenticato quanto fosse bella la fontana all'ingresso di Pelican Marsh. La fontana circolare lanciava in aria montagne di densa acqua bianca e faceva da contrappunto alla guardiola, che pensai fosse una delle più belle della città.

L'immobile in vendita si trovava a Grand Isles, un complesso di case a corte. Non ero un grande fan delle case a corte, ma quando avevo iniziato la ricerca di un'abitazione, stavo pensando di prendere un cane, e un cortile interno aveva senso. Era stato stupido e impulsivo da parte mia pensare di prendere un animale domestico solo perché Kayla amava i cani. Avevo pensato e sognato come un diciassettenne. Come diavolo avevo permesso a quelle che, in fin dei conti, erano state solo due uscite con Kayla di influenzare il mio modo di pensare? lei era diversa, e io avevo grandi speranze, ma la realtà era che c'era ancora molta strada da fare se la relazione doveva andare da qualche parte, e al momento le cose non promettevano nulla di buono.

La casa aveva una metratura superiore a quella che volevo, ed era da ristrutturare, cosa che non ero sicuro di voler affrontare. L'agente immobiliare aveva detto che era il miglior affare nella zona di Pelican Marsh, e così eccomi lì.

C'erano laghi su entrambi i lati della strada, ma questa casa era la prima sulla sinistra dopo il cancello. Cominciai a riconsiderare la posizione e la faccenda dell'animale domestico e decisi di andarmene. L'agente immobiliare non era ancora arrivata, quindi feci un'inversione a U e me ne andai. Chiamai l'agente e le dissi che un'emergenza all'ufficio dello sceriffo mi impediva di presentarmi alla visita.

27

GIDEON BRIGHTHOUSE

Il muro alle spalle dei detective si stava avvicinando e delle macchie bianche danzavano sui loro volti. Non potevo restare lì; la stretta al petto si faceva sempre più forte, poteva essere un infarto imminente. Cercai di alzarmi, ma ero incollato alla sedia. La mia visione periferica si stava restringendo così in fretta che non sarei riuscito a trovare la porta. Dovevo andarmene. Non potevano costringermi a restare. Sarei morto lì dentro.

Afferrando il bordo del tavolo, mi staccai a forza dalla sedia. «Devo andare. Non posso restare.»

Stringendo la maniglia con le mani tremanti, fuggii nel corridoio. Era un labirinto. Mentre una vampata di calore mi risaliva la schiena, vidi una porta a vetri che conduceva al parcheggio e corsi. Lo spazio aperto rallentò il mio respiro, ma una palla di fuoco nello stomaco esplose, costringendomi a piegarmi in due e a vomitare.

Navigando attraverso il Gordon Pass Channel, superammo l'ingresso di Dollar Bay e Keewaydin apparve alla vista. Ogni poro del mio corpo si aprì, lasciando defluire la tensione che mi aveva attanagliato. Mentre il respiro tornava alla normalità, faticavo a restare sveglio, così mi alzai, esponendo il viso alla brezza. Mentre la barca manovrava per entrare in un posto barca, saltai giù prima che il capitano finisse di accostare.

Scesi dal molo con una corsetta e feci un paio di respiri profondi, assorbendo la serenità dell'isola. Keewaydin infondeva una pace migliore di una dozzina di Valium. Mi squillò il telefono. Era Gerey; voleva sapere com'era andato l'interrogatorio. Gli dissi che la polizia stava insinuando che fossi coinvolto nell'omicidio di Marilyn. Gerey promise di parlare con loro e di diffidarli dal diffamarmi.

La sua rassicurazione fu un sollievo, ma durò solo una decina di passi. Gerey rappresentava la famiglia Boggs. Io ero, nella migliore delle ipotesi, un lontano secondo. Probabilmente gli era stato detto da Paul di tenermi d'occhio, il fratello autoritario quanto il vecchio. Non avevo mai fatto veramente parte della famiglia e li vedevo di rado, a eccezione di Natale e delle riunioni annuali degli azionisti.

Ci fu un periodo interessante in cui il rapporto sembrò sgelarsi un po'. Marilyn si era vantata di come avessi praticamente scoperto Tracey Emin e del fatto che le sei opere sue che avevamo comprato si erano rivalutate di venti volte in un anno. I fratelli erano astutamente scettici, dicendo a entrambi che ero stato fortunato, ma chiedendo all'ufficio di famiglia una perizia con il pretesto di avere un'assicurazione adeguata. Quando la perizia arrivò, attestando un valore di quasi trenta volte superiore a quello che avevamo pagato, fecero una vertiginosa marcia indietro.

Erano così trasparenti quando mi contattarono per l'arte che era quasi ridicolo, ma non mi importava. Volevano creare una collezione in silenzio e rapidamente. Passai la maggior parte dei diciotto mesi a visitare nuovi artisti emergenti. Fu il periodo più divertente che avessi mai vissuto dai primi tempi del collezionismo. Avevo fatto un ottimo lavoro per loro, aggiudicandomi otto sculture di Matthew Barney e una mezza dozzina di dipinti di Elizabeth Peyton prima che qualcuno sapesse chi fossero quegli artisti.

Nonostante l'aiuto che avevo fornito, i fratelli rimasero distanti e ingrati. Una volta speso il budget che avevano stanziato, e nonostante l'aumento di valore, divenni persona non grata. Caddi in depressione. Marilyn pensava che mi fossi offeso, ma ciò che mi rattristava era non poter vedere le opere che avevo curato. Era lo scenario da incubo per antonomasia. I fratelli trattavano la collezione come un investimento e la conservavano in un magazzino di Boston. Quando dissi a Marilyn come mi sentivo, rise di me, e quando cercai di spiegarle quanto significasse per me, fece un commento denigratorio, dicendo che erano solo oggetti decorativi.

La dépendance della piscina era gelida. Alzai il termostato e mi lasciai cadere sul divano, ricordando a me stesso che per i Boggs era solo una questione di patrimonio. Scivolai nel sonno, chiedendomi se la famiglia avrebbe usato il suo peso per farmi incarcerare per la morte di Marilyn.

28

LUCA

L<small>A CENTRALE ERA IN PIENO FERMENTO</small>. I<small>L MIO UFFICIO ERA</small> accanto alla sala dove si teneva l'appello, e la voce baritonale del sergente Gesso era difficile da ignorare. Avendo bisogno di pensare, chiusi la porta del mio ufficio e controllai i messaggi. Dovevo considerare attendibile ciò che Barnet ci aveva detto riguardo al fatto che Marilyn volesse sbarazzarsi del marito. La famiglia era potente e aveva risorse finanziarie illimitate. Quella combinazione, potenziata da una forte dose di arrogante intelligenza, aveva condannato innumerevoli altri che credevano di poter architettare un crimine e farla franca.

Che Gideon avesse scoperto un complotto per eliminarlo e avesse reagito uccidendo la moglie? Poteva il caso essere così contorto? Era una reazione irrazionale, ma la maggior parte degli omicidi lo era. Come ne sarebbe venuto a conoscenza? Marilyn avrebbe potuto farselo scappare, o forse lo aveva provocato con quella minaccia? La famiglia era riservata e guardinga, ma, a detta di tutti, le scappatelle di Marilyn erano ben al di fuori dei canoni di comportamento familiari. Non sembrava usare la minima discrezione. Un sacco di gente, tra cui Gideon, sapeva delle sue avventure. Era possibile che lei lo avesse minacciato e che lui avesse reagito.

Se fosse venuto dalla polizia con una minaccia verbale, l'avremmo presa sul serio? Assolutamente no. A meno che non avesse avuto prove schiaccianti, sarebbe stata archiviata come una chiacchiera domestica, specialmente considerando le persone coinvolte.

Vargas aprì la porta. «Via libera, l'appello è finito».

«Magari Morgan gli dirà di abbassare i toni».

«Secondo me è diventato ancora più rumoroso per cercare di impressionarlo».

«La rivelazione di Barnet sul fatto che Marilyn volesse sbarazzarsi del marito rende ancora più importante ottenere l'accesso al fondo fiduciario».

«E perché? Suo fratello ha già ammesso che sarebbe stata penalizzata in caso di divorzio».

«Sì, ma primo, non sappiamo di quanto, e secondo, non sappiamo quello che non sappiamo. Chissà cos'altro c'è lì dentro? Anche se non c'era nessun piano per uccidere Gideon, potremmo scoprire molto da quei documenti. Ricorda, l'avidità è il movente più potente per un omicidio. Se me lo chiedi, qui è tutta una questione di soldi».

«Cosa sono, due parabole di Luca in un giorno?»

«Non sei d'accordo?»

«Probabilmente hai ragione, ma non rinuncio alla pista dell'amante respinto».

«Credo che possiamo presentare un mandato di comparizione per i tabulati telefonici e i computer di Gideon. La richiesta è supportata sia dal movente economico sia da quello del tradimento».

VARGAS TORNÒ dal secondo piano e fece il pollice verso.

«Dimmi che scherzi, Mary Ann».

Scosse la testa.

«È una follia. Come diavolo possono respingere la richiesta?»

«Ti dimentichi di chi stiamo parlando, Frank?»

«Pensi che Gerey sia arrivato al Procuratore?»

«No, non ne hanno bisogno. Il nome da solo incute timore. Ci andranno con i piedi di piombo. L'ultima cosa di cui hanno bisogno è farsi una cattiva pubblicità perseguitando un marito in lutto».

«È per il loro bene, per l'amor del cielo!»

«Se può consolarti, ha detto...»

Scattai in piedi dalla sedia. «Abbiamo fatto tutto al contrario. Dobbiamo prima mettere le mani sul fondo fiduciario».

«E come pensi di fare? Suo fratello Wesley non ha detto di no? Se non riusciamo a ottenere le comunicazioni di Gideon, come pensi che otterremo un mandato per un documento privato?»

«Ce ne darà accesso Gerey».

«Cosa? Ne sei sicuro?»

Presi il telefono e fissai un appuntamento per vedere l'avvocato della famiglia Boggs.

LO STUDIO WHITE, Gerey and Blackburn occupava un edificio a due piani in stucco bianco appena a nord di Golden Gate. L'insegna, nascosta nell'angolo sinistro di un piccolo parcheggio che serviva altri due edifici, si vedeva a malapena: ci voleva un microscopio per scorgerla. Due Mercedes ultimo modello incorniciavano la porta singola che dava accesso agli uffici, i quali sembravano più una casa che uno studio legale.

Quando entrammo, Gerey era seduto in un angolo lontano, intento a firmare dei documenti a un tavolo rotondo. Appose un altro paio di firme prima di alzarsi per salutarci, congedando con un gesto una segretaria che si era mossa verso di noi. Mentre ci stringevamo la mano, disse: «Accomodiamoci nel mio ufficio».

L'ufficio di Gerey era rivestito di un legno scuro che mi parve noce. Pesanti tende schermavano gran parte della luce. Gerey scivolò dietro a una scrivania imponente che dominava la stanza e io e Vargas ci sedemmo su poltrone a orecchioni in pelle verde.

«Come posso aiutarvi, detective?»

Dissi: «Stiamo seguendo un paio di piste e crediamo che il fondo fiduciario possa contenere indizi su chi ha ucciso la signora Boggs».

Un sorrisetto si formò sulle labbra di Gerey. «Indizi? La prego, non mi dica che il dipartimento dello sceriffo crede che un fondo fiduciario, redatto decenni fa, contenga informazioni sull'assassino».

«Mi lasci essere più specifico. Sappiamo già da Wesley Boggs, tra gli altri, che il fondo conteneva clausole che avrebbero penalizzato Marilyn Boggs in caso di divorzio».

Come un cobra, Gerey mi guardò dritto negli occhi, ma non disse nulla.

Dissi: «Vorremmo avere un quadro più chiaro di quali incentivi finanziari vi siano nel fondo».

«Il fondo fiduciario è un documento privato e non ha

alcuna relazione con il tragico omicidio di una delle sue beneficiarie. La famiglia non permetterà mai che venga reso pubblico».

Vargas disse: «Comprendiamo e rispettiamo la privacy della famiglia».

«Bene, allora siamo a posto. Sono lieto che siamo d'accordo su questo punto».

Dissi: «Un momento. Mi lasci essere diretto e mi scuso in anticipo se dovessi superare qualche limite».

Gerey strinse i braccioli della sua poltrona e disse: «Se desidera, faccia pure».

«Invece di considerare il nostro accesso come un'invasione della privacy (sarebbe comunque limitato solo a me e alla mia partner, con Lei presente), lo consideri come una possibile manna dal cielo».

«Manna dal cielo? Detective Luca, aveva promesso di essere diretto.»

«Se nel fondo fiduciario o altrove trovassimo qualcosa che riconducesse la responsabilità dell'omicidio a Gideon Brighthouse, sono certo che qualsiasi eredità a cui avrebbe diritto gli verrebbe sottratta, lasciando il denaro al resto della famiglia.»

Gerey unì le dita a cuspide, in silenzio.

Vargas disse: «In ogni caso, aiuterebbe a chiarire se Gideon Brighthouse sia un sospettato oppure a scagionarlo. Sono certa che la famiglia vorrebbe mettere a tacere le voci e i sospetti che la stanno trascinando nel fango».

Dissi: «Non abbiamo alcun interesse a vedere l'intero documento, solo le parti che riguardano Marilyn, Gideon e il loro matrimonio.»

Gerey si passò la lingua sui denti. «Prima chiariamo se il signor Brighthouse abbia un ruolo diverso da quello di un marito in lutto e meglio è. La famiglia ha bisogno di voltare pagina, e io acconsentirò a concedervi l'accesso. Tuttavia, tale accesso sarà strettamente limitato ai riferimenti all'accordo prematrimoniale, alle ripercussioni del divorzio e ai diritti in caso di decesso del coniuge.»

Dissi: «Va benissimo. È tutto ciò che ci interessa vedere.»

«Non permetterò che facciate alcuna copia. Potrete tuttavia prendere appunti, ma ne sarà vietata la pubblicazione. È chiaro?»

Porca miseria, come mi piacerebbe conficcargli un mandato di comparizione nel culo, a questo qui.

Vargas disse: «Va benissimo. Apprezziamo la sua collaborazione, signor Gerey.»

Gerey annuì e sollevò la cornetta. «Clara, per favore, chiami la signora Whitestone. Le dica che è sorto un imprevisto urgente e le sposti l'appuntamento in uno spazio libero la prossima settimana.»

Riattaccò e si alzò. «Vi suggerisco di tornare tra un'ora. Avrò già fatto redigere un accordo di non divulgazione per la vostra firma, e questo mi darà il tempo di esaminare i documenti per identificare le sezioni pertinenti.»

———

GEREY CI FECE ACCOMODARE in una sala riunioni con un tavolo ovale di noce scuro. Al centro era posato un raccoglitore bianco, spesso una decina di centimetri, con la scritta *Boggs Family* impressa in nero. Il mio pensiero passò da cosa contenesse a quanto si fosse fatto pagare Gerey per metterlo insieme.

Tre Post-it color neon spuntavano appena dopo la

copertina. Vargas e io ci sedemmo davanti al raccoglitore e Gerey lo fece scivolare tra di noi, aprendolo a una pagina con un Post-it rosa. Si trovava a circa un quarto del faldone.

«Sezione tredici B. L'accordo prematrimoniale dei Boggs. Dovreste essere al corrente del fatto che nella sezione undici C, mi pare, la sottoscrizione di questo accordo prematrimoniale è un prerequisito per la partecipazione al fondo fiduciario.»

Vargas chiese: «Tutti hanno lo stesso accordo prematrimoniale?»

«Per coloro che desiderano sposarsi, sì. Qualsiasi membro della famiglia che desideri beneficiare del fondo deve firmare questo esatto accordo. Non sono permesse deroghe.»

Poche pagine più avanti c'era un divisorio di plastica. Lo voltai e dissi: «La sezione dell'accordo prematrimoniale è di sole tre pagine?»

«Esatto. Breve e conciso. Come vi sarà chiaro, Martin Boggs disapprovava il divorzio. Troverete concisa anche la sezione sulle separazioni e i divorzi.»

Vargas tirò fuori il suo taccuino Moleskine e annotò i punti essenziali. Al momento di un divorzio approvato dal tribunale, sarebbe stato effettuato un pagamento una tantum di centomila dollari, insieme a uno stipendio annuale di quarantamila dollari ai coniugi dei beneficiari. I beni acquisiti durante il matrimonio sarebbero rimasti sotto il controllo e la proprietà del fondo fiduciario della famiglia Boggs.

Sembrava dura, ma potevo capire il punto di vista del vecchio: tenere alla larga i cacciatori di dote. Mi chiesi che patrimonio avesse Gideon quando si erano sposati. Era in politica, quindi se era come la maggior parte dei politici, avrebbe trovato un modo per accumulare una somma cospicua.

Sfogliai fino a metà del raccoglitore, dove un Post-it verde lime segnava la sezione 27. Erano in tutto cinque pagine. Vargas iniziò a prendere appunti, ma io dovetti leggere il testo legale due volte per farmi un'idea; se un beneficiario divorziava, i suoi benefici sarebbero stati ridotti del venticinque per cento. Era un prezzo dannatamente alto da pagare per uscire da un matrimonio. Stavo già cercando di calcolare a quanto ammontasse in dollari.

L'ultima sezione a cui potemmo dare un'occhiata era contrassegnata da un Post-it adesivo blu e si trovava quasi alla fine del documento. Riguardava il decesso dei beneficiari. C'erano parti della sezione tenute insieme da graffette e, quando chiesi spiegazioni, Gerey ci disse che trattavano dei non sposati, dei figli e dei neonati. Caspita, questi qui avevano previsto tutto.

Ci vollero pochi minuti di ricerca, ma la cifra valse la caccia. Un coniuge di un beneficiario deceduto aveva diritto a venti milioni di dollari.

Chiesi: «Sto leggendo bene? Uno come Gideon otterrebbe venti milioni?»

«Sì.»

«Caspita, con queste cifre c'è da meravigliarsi che il fondo non resti a secco.»

Gerey disse: «Le polizze vita su ciascun beneficiario coprono ampiamente il diritto del coniuge.»

Questo era interessante. Il fondo guadagnava dalla morte di Marilyn Boggs. Dovevo sapere a quanto ammontava l'assicurazione sulla vita e quanti soldi c'erano nel fondo fiduciario per capire se potesse rappresentare un incentivo per i beneficiari attuali e futuri, cioè i suoi fratelli e la loro prole. Se avessero guadagnato anche solo dieci milioni dal pagamento dell'assicurazione sulla vita ma il fondo fosse stato di un miliardo, sarebbe stato un granello di sabbia.

«A quanto ammonta il patrimonio totale del fondo?»

«Questa è un'informazione riservata e al di fuori dell'ambito del nostro accordo.»

«Il fondo faticava a continuare a sostenere i suoi beneficiari?»

Gerey si alzò. «Credo che siamo stati più che collaborativi, detective Luca. Devo concludere questo incontro.»

Fu una fine brusca, e mi chiesi se avessimo toccato un nervo scoperto.

29

LUCA

Il Capital Pawn si trovava in un edificio bianco isolato con uno di quei tetti dalle molteplici falde spioventi. Per qualche ragione, quello stile di tetto mi ricordava sempre l'Indonesia, anche se non c'ero mai stato. Il Capital Pawn aveva diverse sedi, ma questa si trovava a Lehigh Acres, su Homestead Road.

Era dall'altra parte della strada rispetto all'ufficio dello sceriffo della contea di Lee, e questo era il motivo per cui non gli veniva offerta merce rubata troppo spesso.

Era un negozio grande, un mini grande magazzino. Il lato destro era diviso in sezioni per l'elettronica, gli strumenti musicali e gli attrezzi. A sinistra c'erano elettrodomestici, articoli sportivi e armi da fuoco, dove un cliente stava imbracciando un fucile. Appesi al muro c'erano una trentina di fucili e almeno altrettante pistole. Anche se ero un floridiano da un paio d'anni, non riuscivo ad abituarmi al numero di posti in cui venivano messe in vendita armi da fuoco.

Proprio al centro, a indicare dove il Capital guadagnava

davvero, c'era una serie di vetrine che rivaleggiavano con il reparto gioielleria di Macy's. Dietro al bancone c'erano due uomini, uno in giacca e cravatta. Mi presentai e l'uomo in giacca e cravatta prese in mano la situazione, accompagnandomi rapidamente nel suo ufficio.

«Sa, non appena abbiamo ricevuto l'allerta da Collier, ci siamo assicurati che il personale fosse aggiornato su quanto stava accadendo.»

«Apprezziamo la collaborazione.»

«Il Capital si vanta di essere un cittadino modello.»

«Ha detto di avere un video?»

Lui prese un disco che si trovava al centro della sua scrivania e lo sventolò. «Ognuno dei nostri negozi è attrezzato per documentare i venditori e la merce che portano. Elimina un sacco di grattacapi quando e se vogliono riacquistare ciò che hanno impegnato.»

«Vorrei vedere quel filmato prima di sequestrarlo.»

Inserì il disco e mandò avanti veloce fino a un marcatore temporale delle 18:50. La qualità del video era molto migliore di quanto mi aspettassi. Un uomo alto, che sembrava ispanico, si avvicinò al bancone e parlò con una commessa.

Dissi: «Fermi un attimo. Chi è la signora?»

«Sally Kerchow.»

«È qui oggi?»

Scosse la testa. «Mi dispiace, oggi è di riposo.»

«Vorrei i suoi contatti. Potrebbe dover testimoniare. Faccia continuare il video.»

L'uomo nel video tirò fuori una piccola borsa dalla tasca anteriore e la posò sul bancone. Usò la mano sinistra. Sally aprì la borsa e tirò fuori un anello da cocktail. Tenne l'anello tra il pollice e l'indice e lo esaminò. Disse qualcosa all'uomo e tirò fuori una lente da gioielliere, se la mise all'occhio e vi avvicinò l'anello. Dopo aver ispezionato l'anello, lo rimise nella borsa. Ebbero una breve discussione. L'uomo si mise in tasca la borsa e se ne andò.

«Cosa gli ha detto?»

«Sally se ne intende. Lavorava nel reparto gioielleria di Saks. Ha riconosciuto subito l'anello. Non era il solito anello da cocktail. Le pietre erano fuori misura e la montatura era decisamente personalizzata. Gli ha detto che al momento avevano troppa merce in magazzino e di tornare il mese prossimo.»

«Lei o qualcun altro ha riconosciuto chi fosse? Era già stato qui?»

«Anche se abbiamo molti clienti abituali, nessuno lo conosceva.»

«Lo ha mostrato a tutti quelli che lavorano qui?»

«Certo.»

«Se non riusciamo a identificare questo tizio, potrei chiederle di far vedere questo video anche agli altri suoi negozi.»

———

I NOSTRI tecnici video impiegarono meno di mezz'ora a produrre cinque foto nitide dell'uomo che cercava di impegnare quello che era stato confermato come l'anello rubato a Marilyn. Tenevo le foto in mano come una scala reale. Nessuno alle Rapine riusciva a riconoscere quel volto, il che mi lasciava perplesso. Non era possibile che fosse la sua prima volta. Capisco la cosa di agire da soli se si commette una rapina per la prima volta, ma su un'isola? E anche se i Boggs non avevano alcuna sicurezza a Keewaydin, a meno che non lo si sapesse, si doveva dare per scontato che una casa di lusso come la loro avesse il meglio.

Quindi, di cosa si trattava? Era un omicidio su commissione? Pagato in gioielli? O un lavoro fatto da qualcuno dall'interno? In ogni caso, dovevamo muoverci con cautela. Non potevamo rischiare di far sapere a nessuno che avevamo una pista sul ladro e possibile assassino.

Appena Vargas fosse tornata, l'avrei mandata a Keewaydin, dato che aveva stabilito un certo legame con la governante. Con un po' di fortuna, la domestica avrebbe identificato l'uomo che aveva cercato di vendere l'anello da cocktail. Se non ci fosse riuscita, avremmo dovuto ampliare la ricerca pubblicando le foto, sacrificando così l'effetto sorpresa.

30

LUCA

Raul Sanchez aveva trentasette anni e viveva a pochi chilometri dal casinò di Immokalee. Era arrivato negli Stati Uniti dal Messico circa sei anni prima e aveva un permesso di soggiorno in regola. Sanchez, sulla cui patente risultava un'altezza di un metro e ottanta, non aveva precedenti penali negli Stati Uniti e lavorava per i Boggs da poco meno di due anni. Secondo Shell, la governante, era stato raccomandato dall'impresa di giardinaggio durante la ristrutturazione della piscina.

In piedi, fuori dalla sala interrogatori numero tre, mi ritrovai a desiderare di avere più informazioni su Sanchez. Erano passati due giorni da quando avevamo chiesto alla Polizia Federale Messicana notizie su di lui, ma non ci avevano ancora risposto. Tutto ciò che avevamo era il suo tentativo di piazzare un anello da cocktail. Forse avrei dovuto aspettare o chiedere al Dipartimento di Stato di fare qualche indagine.

Sarebbe stato utile avere Vargas ad aiutarmi con l'interrogatorio di Sanchez. Le avevo mandato un messaggio, ma non aveva risposto. Probabilmente era ancora bloccata in tribunale.

Mi ritrovai di nuovo a dubitare del mio istinto, cosa che non facevo mai prima che mi colpisse il cancro. L'insicurezza, sia fisica che mentale, si era insinuata nel profondo del mio essere. Sentivo di aver commesso un altro errore, ma ormai non avevo molta scelta; Sanchez stava a macerare dietro la porta.

Controllai di nuovo, ma non c'era ancora alcun messaggio da Vargas. Afferrai la maniglia e aprii la porta. Sanchez era seduto al tavolo d'acciaio come uno scolaretto. Girò la testa verso di me, rivelando un rozzo tatuaggio sul collo. Il disegno di un serpente urlava galera da ogni poro e mi rincuorò. Forse, dopotutto, non stavo perdendo colpi.

«Sono il detective Luca. Dirigo le indagini sull'omicidio di Marilyn Boggs.» Mi sedetti di fronte a lui e misi la cartellina al centro del tavolo.

«È un peccato quello che le è successo. Era una brava donna.»

Aveva un accento meno marcato di quanto avesse detto la signora del banco dei pegni. «Da quanto tempo lavora a Keewaydin?»

«Circa due anni. Ho ottenuto il lavoro quando ero con la Gonzalvo Landscaping. Stavamo facendo la piscina per loro.»

«Quali sono le sue mansioni lì?»

«Beh, a dire il vero, praticamente di tutto, sa, ciò che c'è da fare: curare il giardino e le aree della spiaggia, occuparmi di cose come la tinteggiatura e le piccole riparazioni. C'è sempre qualcosa da fare.»

«Con le dimensioni di quel posto, anche solo cambiare le lampadine terrebbe occupato qualcuno.»

«Ci sono dei soffitti molto alti. Devo usare una scala da dodici piedi per raggiungere i faretti.»

«Quanti manutentori ci sono?»

«Ci sono io, il signor Pena, che è il direttore, Pedro ed Emilio.»

«Quindi, quattro a tempo pieno?»

«Sì, riusciamo a fare tutto. Ma a volte dobbiamo chiamare aiuto da fuori quando si tratta di un lavoro grosso, come quando abbiamo sistemato il molo.»

«C'è stato bisogno di recente di chiamare personale esterno?»

«L'ultima volta, credo, è stato per il tetto della casa principale. Un paio di pannelli si stavano, tipo, arrugginendo. Erano difettosi o qualcosa del genere.»

«Quando è stato?»

«Ehm, forse cinque, sei mesi fa.»

«Conosce qualcuno che avrebbe potuto voler fare del male alla signora Boggs?»

Scosse la testa. «No, era una brava donna.»

«È quello che ci dicono. Portava un sacco di gioielli, mi risulta.»

Il suo pomo d'Adamo ebbe un sobbalzo mentre stringeva le spalle.

«Ha mai lavorato all'interno della casa principale?»

Scosse la testa. «No, ho lavorato principalmente in giardino.»

«Non ha detto di aver usato una scala alta per cambiare le lampadine?»

Le sue spalle si afflosciarono. «Ehm, è stato tanto tempo fa. Non di recente.»

«Capisco. Shell, la governante, ha detto che stava pulendo gli scarichi della doccia nella camera da letto padronale una settimana prima che la signora Boggs venisse uccisa.»

«Non c'entro niente con quella storia.»

«Non ho detto che c'entra. È stato nel bagno padronale di recente?»

«Mi ero dimenticato. Il signor Pena mi ha detto di pulire gli scarichi, perché la signora Boggs si lamentava che l'acqua non scendeva velocemente.»

«In quale altra parte della suite padronale è stato?»

La voce di Sanchez divenne un cigolio. «Da nessun'altra parte.»

«È stato nell'armadio della signora Boggs?»

«No, no. Non ci sono stato.»

Aprii la mia cartella e feci scivolare una foto verso Sanchez. «Cosa ci faceva al Capital Pawn?»

La prese con la mano sinistra. «Oh, sì, mia sorella. Ha trovato un anello e voleva venderlo.»

«E dove l'avrebbe trovato questo anello?»

«Credo abbia detto sull'autobus.»

«Ne è sicuro?»

«Non ricordo bene.»

«L'anello che ha cercato di piazzare apparteneva alla signora Boggs.»

«Ma che dice? Com'è possibile?»

«Come? Semplice, l'ha rubato dopo averla uccisa.»

«Ehi, non provi a incastrarmi per l'omicidio.»

«Ha preso l'anello ma non l'ha uccisa?»

«No, non l'ho fatto.»

«Andiamo, Raul. È molto più facile se dice la verità su tutta questa storia. L'abbiamo in pugno. L'abbiamo ripreso con la telecamera.»

«Okay, okay, ho preso l'anello.»

«Ora cominciamo a ragionare. Da dove ha preso l'anello?»

«Dal suo armadio.»

«È lì che si trovavano anche la collana e gli altri anelli?»

Le spalle di Sanchez si afflosciarono.

«Sappiamo degli altri gioielli, Raul. Gli altri anelli e la collana erano nell'armadio?»

Annuì.

«Dove si trovavano nell'armadio?»

«Erano su una mensola. C'era un mucchio di gioielli lì. Non pensavo si sarebbe accorta della loro mancanza.»

«La signora Boggs l'ha sorpreso a rubarli?»

«No.»

«Quindi, l'ha uccisa prima di derubarla dei gioielli?»

«Non l'ho toccata. Non farei mai una cosa del genere.»

«Sa cosa penso, Raul? Penso che Lei abbia visto i gioielli mentre puliva gli scarichi. Poi ha pensato che sarebbe stato facile ed è tornato per rubare qualche pezzo, ma la signora Boggs l'ha affrontato ed è andato nel panico.»

«No, no, non è vero e Lei lo sa.»

«Quello che so io è che Lei passerà un po' di tempo in prigione finché non avremo chiarito tutta questa faccenda.»

———

IL TRAFFICO su Bonita Beach Road era intenso ed ero di nuovo in ritardo. A un centinaio di metri da Livingston Road, un trillo annunciò l'arrivo di un messaggio. Morivo dalla voglia di vedere da chi fosse, ma non volevo neanche morire in un incidente. Svoltai a destra e mi diressi verso la corsia di svolta per Vasari, dove diedi un'occhiata: era da Kayla.

Superai l'ingresso di Vasari e accostai. Mi rincuorò vedere che il messaggio era più lungo di quanto mostrasse l'anteprima.

Feci un respiro e lo lessi. Poi lo rilessi. Kayla si scusava per non aver risposto, dicendo che era stata impegnata con il lavoro e con l'assistenza a sua madre. Poi diceva che sperava stessi bene e che mi prendessi cura di me. Che voleva dire?

31

LUCA

Mentre tornavamo in ufficio dopo pranzo, fummo intercettati da un agente in uniforme che ci disse che lo sceriffo voleva parlarci. Il nuovo sceriffo stava diventando una spina nel fianco. Meno male che era solo un sostituto temporaneo. Salimmo le scale fino al secondo piano e ci fecero subito cenno di entrare nell'ufficio del capo.

Frank Morgan alzò lo sguardo su di me e Vargas, ma poi tornò a sfogliare un fascicolo. Passò un minuto prima che parlasse.

«Siete andati a trovare Gerey senza chiedere il permesso?»

«Non capisco, c'è qualche problema, signore?»

«Dovrebbe saperlo, Luca.»

«Stavamo seguendo le procedure standard.»

«Standard? Vede, Luca, ecco dove le sue radici yankee la portano fuori strada.»

«Mi scusi, signore, ma non capisco. È stata solo una visita di routine.»

«Routine? Non c'è niente di routinario riguardo ai Boggs. Ha capito?»

Disse Vargas: «Sì, signore. Ci rendiamo conto di quanto sia delicato il caso».

Morgan si passò una mano sui capelli a spazzola. «Voglio che questo caso sia risolto, ma voglio che sia fatto con discrezione. L'ultima cosa di cui ho bisogno è un'orda di dannati reporter da Fort Myers che ci ronzano intorno.»

Disse Vargas: «Faremo del nostro meglio, sceriffo».

Morgan si sporse in avanti. «Gerey mi ha ragguagliato sul trust. Ci sono un sacco di soldi in gioco, no?»

«Tutti quei soldi sono un ottimo movente, se vuole la mia opinione.»

«Non la voglio. Cosa crede, che non riesca a vedere un fatto così semplice?»

Prima che potessi rispondere, Vargas disse: «Sarebbe d'aiuto se potesse parlare con il procuratore distrettuale per ottenere il mandato di comparizione che abbiamo richiesto».

Morgan si appoggiò allo schienale della sedia e sorrise. «Già fatto. Ora, andate di corsa da quegli avvocati in fondo al corridoio e vedete se hanno già un giudice che lo firmi.»

Dicemmo all'unisono: «Sì, signore».

Ci battemmo il pugno non appena uscimmo dall'ufficio di Morgan e ci dirigemmo verso l'ufficio del pubblico ministero. Il mandato di comparizione non era ancora tornato, così scendemmo nel nostro ufficio per ammazzare il tempo prima di dirigerci al molo della città di Naples.

Sorseggiando un caffè, aprii le mie e-mail e le feci scorrere. Un mittente balzò subito all'occhio. Premetti Invio.

«Ehi, Vargas, indovina cos'è arrivato?»

«I miei regali di Natale?»

«Il rapporto della polizia messicana sul nostro amico Raul.»

Vargas aggirò la mia scrivania e guardò una serie di foto segnaletiche.

«È lui, senza dubbio. Guarda la foto segnaletica del suo primo arresto. Aveva solo ventidue anni, e da lì si può vedere la sua discesa nella criminalità in immagini.»

«È come se si fosse fatto un tatuaggio per ogni arresto.»

«E sembra che facesse sempre più uso di droghe.»

«Sai una cosa? Oggi assomiglia di più a com'era vent'anni fa.»

«Forse si è ripulito.»

Vargas indicò e lesse da sopra la mia spalla. «Era anche conosciuto come Raul Sandez.»

«È membro della gang dei Latin Kings. Quegli scarti della società sono invischiati in qualsiasi cosa.»

«Mi sorprende che gli siano voluti due anni per rubare qualcosa.»

«Non sappiamo se sia vero o no. Forse nessuno se n'era accorto.»

«Non lo so, Luca, sei tu quello che dice che l'avidità trasforma i piccoli ladri in ladri più grandi e poi in detenuti.»

«È stato piuttosto acuto da parte mia, non credi?»

Vargas mi diede una pacca sulla testa. «Credo che andremo a trovare Sanchez o Sandez, ma dopo aver eseguito il mandato di perquisizione per Gideon Brighthouse.»

32

GIDEON BRIGHTHOUSE

Il rumore di una barca in avvicinamento mi svegliò. Raccolsi da terra la nuova biografia su Leonardo da Vinci e controllai l'orologio. Erano le cinque e venti. Aprii una delle porte scorrevoli che davano sulla terrazza e andai fino al bordo del patio, da dove si poteva vedere il molo.

Cosa? Una barca della polizia stava ormeggiando e tre persone erano sbarcate. Cosa volevano? Non posso affrontare tutto questo. Mi precipitai di nuovo dentro. Forse avrei dovuto far finta di non essere in casa, o di non sentirmi bene. Mi serviva un Valium, subito.

Mentre riponevo il flacone nell'armadietto dei medicinali, sentii bussare alla porta a vetri e una voce chiamare: «Signor Brighthouse? Polizia».

Voltandomi di scatto, vidi la cabina armadio della camera padronale. Era un buon posto per nascondersi, e stavo per entrarci quando sentii la governante dire che ero in casa. Feci un paio di respiri profondi e mi tuffai in bagno, schizzandomi dell'acqua sul viso.

La governante mi stava chiamando mentre saliva le

scale. Tamponandomi il viso con un asciugamano, uscii nel corridoio della camera padronale e le dissi che sarei sceso subito. Guardandomi allo specchio, feci cinque lenti e profondi respiri.

Mi fermai in cima alle scale. Il detective che somigliava a George Clooney teneva in mano il mio portatile e la sua collega stava frugando in un cassetto della mia scrivania.

«Mi scusi, per favore, lasci stare la mia roba».

«Spiacente, signor Brighthouse, abbiamo un mandato».

«Io... io non capisco. Chi... chi vi ha autorizzato a farlo?»

La detective donna sollevò un documento e rispose: «Il giudice Wilson.»

Cercando nella tasca posteriore dei pantaloni, tirai fuori il cellulare.

Il detective Luca disse: «Cosa sta facendo?»

«Chiamo il mio avvocato.»

«Non con quello». Allungò la mano verso il mio telefono e io scattai verso la terrazza. Un agente in uniforme si mise davanti a me, strappandomi il telefono di mano.

La detective donna tirò fuori un paio di manette mentre si avvicinava. «Signor Brighthouse, deve calmarsi e collaborare, altrimenti dovremo immobilizzarla.»

Mi aggrappai a una sedia mentre un'ondata di stordimento mi pervadeva.

«Io... io ho bisogno del mio telefono.»

«Può usare la linea di casa, ma dovrà aspettare che avremo finito.»

Le ginocchia mi tremarono e lei disse: «Per favore, si sieda e cerchi di restare calmo. So che è difficile per lei, ma non c'è alternativa.»

Afferrandomi il petto, dissi: «Io... ho bisogno del mio

Valium. Sto avendo un attacco. Il petto mi sta scoppiando. Fate presto, è nel mio armadietto dei medicinali.»

Gridò al suo collega di andare a prendere le medicine.

Respirando a fatica, dissi: «Dovete... andarvene. Prendete quello che volete. Ma uscite e... lasciate... lasciatemi in pace.»

———

L'EFFETTO del Valium alla fine svanì e mi svegliai sul divano. Erano le dieci e un quarto. Shell, la governante, stava guardando la TV nello studio e si accorse di me mentre andavo in bagno.

«Sta bene, signor Brighthouse?»

«Sì, sto bene.»

«Ne è sicuro, signore?»

«Sto bene. C'è stata la polizia prima?»

Annuì. «Non se lo ricorda? Deve stare attento con quelle sue pillole.»

Sforzai un sorriso. «Speravo fosse stato un brutto sogno.»

«Ci sono tramezzini al tacchino e frutta sul tavolo in cucina. Perché non mangia qualcosa?»

«Grazie, Shell.»

«Buonanotte, signore.»

Prima che fosse scesa dalla terrazza, avevo già mangiato mezzo tramezzino. Mi sentivo meglio. Afferrando l'altra metà, andai a vedere cosa si era presa la polizia oltre al mio cellulare e al portatile.

———

No! No! Ansimai e mi sollevai di scatto dal cuscino. Cosa sta succedendo? Era solo un sogno, grazie a Dio. Sembrava così reale. Credevo di stare davvero pugnalando Marilyn. Riuscivo a ricordare la resistenza mentre affondavo il coltello. Mi strofinai il viso.

La sveglia segnava le 2:35 del mattino. Mi sdraiai di nuovo. Dannazione, è stato spaventoso. Chiusi gli occhi, ma quando lo feci, apparve l'immagine di Marilyn distesa sul pavimento.

Mi alzai dal letto e feci i miei esercizi di respirazione per cercare di rilassarmi, ma il cuore batteva ancora troppo forte. Mi sedetti su una sedia e mi concentrai sul respiro, sentendo l'aria espandere il mio petto prima di espellerla. Dopo due cicli, ero di nuovo a quell'immagine. Mi riportai alla respirazione, ma dopo un altro ciclo, una Marilyn morta mi inondò di nuovo la mente.

Balzando dalla sedia, mi diressi in bagno e mandai giù due Valium. Camminai avanti e indietro per la stanza per dieci minuti, finché non iniziarono a fare effetto.

33

LUCA

J‍OAN H‍ATHAWAY MI ACCOLSE SULLA SOGLIA DELLA SUA CASA di Port Royal, a Gin Lane. Sembrava grande circa la metà rispetto alla maggior parte delle case circostanti. Ciononostante, valeva sui cinque milioni. La Hathaway mi piacque subito. Ero sicuro che si fosse fatta qualche ritocchino al viso, ma non aveva quell'aspetto artefatto.

Dalla porta d'ingresso si vedeva fino al retro della casa e alla baia. «Che bella casa che ha, signora.»

«Grazie, viviamo qui da un'eternità.»

«Come si chiama la baia là dietro?»

«Smuggler's Bay.»

La vista era magnifica. «Capisco perché siate rimasti qui così a lungo.»

Mi fece accomodare nel salotto di rappresentanza, cosa che mi spiazzò. Nonostante alle pareti fossero appesi tre crocifissi e due icone dall'aspetto antico, c'erano almeno sei statue di Buddha e un oggetto che sembrava il timone di una vecchia nave.

«Ho appena fatto la limonata. Vado a prenderla. Si accomodi dove vuole.»

Quando uscì, osservai da vicino il timone, cercando di capire cosa fosse. Forse proveniva da un'antica nave pilotata da uno dei loro antenati. Joan rientrò con un vassoio su cui c'erano una caraffa e dei bicchieri.

«Spero che non Le dispiaccia se glielo chiedo, ma che significato ha il timone? Proviene da una vecchia nave?»

Rise. «Mio marito è buddista e, come può vedere, colleziona manufatti. La ruota si chiama Dharmachakra e i suoi otto raggi rappresentano le otto nobili vie centrali del buddismo.»

«Oh, non lo sapevo.»

«Nemmeno io, finché non l'ha portato a casa. Io sono cattolica e l'unico modo per convincerlo a smettere di portare altri Buddha è stato appendere un crocifisso ogni volta che lo faceva.» Rise e versò da bere in due bicchieri, porgendomene uno.

«Grazie. Visto che di questi tempi parlare di religione è un tabù, veniamo a Marilyn Boggs. Stiamo cercando di scoprire il più possibile su di lei. Da quanto tempo siete amiche?»

«Ho quasi paura ad ammetterlo; basta dire "da un'eternità"?»

Sorrisi.

«Detective, Lei somiglia a George Clooney, soprattutto quando sorride.»

«Me lo dicono spesso. Quindi siete amiche da, cosa, vent'anni?»

«Almeno. Ci siamo conosciute al liceo, ma ci siamo perse di vista quando è andata a una scuola di perfezionamento. Caspita, sembra roba di un'altra epoca, non trova? Io e Marilyn ci siamo ritrovate quando è tornata e ha iniziato a lavorare alla United Way, nel periodo in cui ero presidente della sezione di Collier.»

«Le ha mai parlato delle sue difficoltà coniugali?»

Aggrottò la fronte. «Non mi sento a mio agio a parlare di questioni così private.»

Mi sporsi in avanti. «La prego, Joan, dobbiamo capire cosa stesse succedendo nella sua vita se vogliamo incastrare il bastardo che le ha fatto questo.»

«Capisco. Marilyn è sembrata felice con Gideon per un paio d'anni. Poi ha cominciato a fare commenti. È successo dopo che lui ha avuto un infarto. Diceva che era un caso disperato e che stava perdendo la testa. Mi dispiaceva per Gideon e le ho ricordato il vecchio detto.» Mimando le virgolette con le dita, continuò: «"Nella salute e nella malattia", ma quando l'ho fatto, lei ha risposto che la vita è troppo breve.»

«Le ha parlato delle sue relazioni extraconiugali?»

Annuì. «Non ha detto molto finché non ha iniziato a frequentare John Barnet. Allora era diventata come un'adolescente, cercava di dirmi cose che, francamente, non mi interessava sentire. Sono sposata con lo stesso uomo da trent'anni e non riuscirei a immaginare di fare quello che ha fatto lei, soprattutto con lui.»

«Conosceva Barnet?»

«Sfortunatamente.»

«Perché dice così?»

«Non è una persona affidabile, e questa non è solo una mia opinione.»

«Può spiegarsi meglio? Potrebbe essere importante.»

«Beh, in almeno tre occasioni ci ha fatto pagare più del dovuto. Era come se ci stesse mettendo alla prova e, quando l'ha fatta franca, ha alzato la posta. Il caso che mi è rimasto più impresso era per trentamila dollari. Sono un sacco di soldi, e noi siamo un'organizzazione di beneficenza con risorse limitate.»

«Cosa ha detto riguardo ai sovrapprezzi?»

«Quando ho contestato l'addebito eccessivo, ha detto che era stato un errore, che aveva una nuova ragazza che si occupava della fatturazione e che aveva confuso i conti di due eventi.» Bevve un sorso di limonata. «Gli errori capitano, ma ho visto parecchie ragazze in questa città farsi abbindolare da... dal suo tipo. Così ho controllato tutte le fatture di Barnet e, guardi un po', ne ho trovate altre due. Ciò che mi ha davvero infastidita è stato il fatto che ci stesse mettendo alla prova. La prima era di poco più di mille, e quando è passata inosservata, ha aumentato la successiva a quindicimila.»

«Come ha reagito la signora Boggs quando è successo tutto questo?»

La Hathaway strinse le labbra. «Lo ha difeso, ha detto che era stato un errore in buona fede. Ero sbalordita. L'ho avvertita che non c'era da fidarsi di lui.»

«Ha rimborsato i sovrapprezzi?»

Annuì.

Tirai fuori il mio taccuino. «Ho alcuni nomi delle sue amiche: Susan Malloy, Jessica Cloydon, Betty Sue Grapple e Maria Corsica. C'è qualcun altro con cui pensa che dovremmo parlare?»

«Marilyn aveva una vasta cerchia di amiche. Ha i nomi di quelle con cui era amica da molto tempo. Forse dovrebbe parlare con Patty Clermont. Dopo il divorzio di Patty, loro due si sono avvicinate molto.»

Annotai il nome. «Abita qui in zona?»

Joan annuì. «Dopo il divorzio, Patty si è trasferita a Moorings. Mi faccia prendere il telefono. Ho il suo numero.»

34

LUCA

QUANDO APRÌ LA PORTA, ESITAI UN ATTIMO PRIMA DI PARLARE.
Patty Clermont non assomigliava all'immagine che mi ero
fatto. Essendo un'amica di Marilyn, mi aspettavo una
persona più anziana, simile a Joan Hathaway. Patty Clermont, che saltellava sulla punta dei piedi con la coda di
cavallo che le oscillava da una parte all'altra, emanava un'e-
lettricità che non ci si sarebbe aspettati ai Moorings.

«Patty Clermont?»

«Sono io», sorrise.

«Sono il detective Luca, dell'ufficio dello sceriffo. Stiamo
parlando con le persone che conoscevano Marilyn Boggs. Il
suo nome ci è stato dato da una sua amica di lunga data.»

Spalancò la porta e la brezza le gonfiò l'abito di garza
bianca che indossava.

«Entra pure.»

La casa aveva un'ampia pianta open space che contra-
stava con la facciata più tradizionale. Mi chiesi quando
l'avesse ristrutturata. Man mano che ci addentravamo, la
musica di sottofondo si faceva più alta. Quattro porte scor-

revoli aprivano la casa su un piccolo giardino, dominato da una piscina rivestita da piastrelle in vetro. Una parete di vegetazione garantiva la privacy dai vicini, che si trovavano a pochi metri di distanza. Se questo posto avesse avuto una vista, sarebbe valso tre milioni, a patto di rifare la facciata.

Si tolse le infradito e si sedette su un divano di pelle grigia, raccogliendo le gambe sotto di sé, di lato.

«Mettiti comodo.»

Mi sedetti su una sedia rossa a schienale basso, fatta di velluto a coste, e dissi: «Da quanto tempo conosci Marilyn?»

Mi scrutò e si inumidì le labbra prima di dire: «Ci conoscevamo da molto tempo, ma non ci frequentavamo molto finché non abbiamo lavorato al Ballo per il Diabete Giovanile. Ci siamo divertite un sacco a organizzare l'evento, e la cosa è continuata. Poi ci siamo un po' perse di vista. Dopodiché, quando stavo attraversando un periodo difficile con il divorzio e tutto il resto, Marilyn mi è stata vicina. È stata davvero fantastica, mi ha fatta uscire di casa. Conosceva tutti.»

«Cosa sapevi della sua relazione con il marito?»

«Le cose non andavano bene.»

Si alzò, tirò in dentro la pancia e si lisciò la parte anteriore del vestito.

«Ho bisogno di un cocktail. Posso prenderne uno anche per te?»

«Mi spiace, ma sono in servizio.»

«Devi imparare a rilassarti, detective. A proposito, hai un viso che non mi è nuovo.»

Mentre si versava una vodka, chiesi: «Hai detto che le cose non andavano bene. Cosa intendi dire?»

Mi sfiorò le ginocchia tornando al divano. «Si erano

allontanati. È iniziato quando Gideon ha cominciato ad avere problemi.»

«Ti ha detto quali fossero questi problemi?»

«Era ansia, sai, attacchi di panico. E non voleva mai uscire di casa. Era quasi come se fosse un eremita. È pazzesco, se pensi che un tempo faceva politica.»

«Sapevi delle sue attività extraconiugali?»

Gettò la testa all'indietro, ridendo. «Quante parole per dire che aveva delle tresche. Sì, me ne ha parlato.»

«Cosa ti ha detto?»

«Che si stava divertendo, specialmente con quel tipo, John, il proprietario di quell'enoteca a Waterside. Era un vero cascamorto, la faceva sentire bene.»

«E tutto quello che ti ha detto su di lui e sulla loro relazione era che si stava divertendo?»

Sorrise maliziosamente. «Non dirmi che vuoi le parti piccanti, detective.»

«Siamo tutti adulti qui, signorina Clermont. Qualsiasi cosa mi dirai resterà strettamente confidenziale e verrà usata solo ai fini dell'indagine.»

Mi studiò per un momento. «Non sono sicura di capire cosa intendi.»

«Qualsiasi cosa fosse insolita, non dev'essere per forza di natura sessuale; semplicemente, qualsiasi cosa, anche la più piccola, che pensi potrebbe essere utile per tracciare un quadro completo di lei e di John Barnet.»

Ridacchiò. «Intendi dire se facevano cose tipo S e M?»

«Potrebbe essere qualcosa.»

«Beh, assolutamente no, Marilyn non avrebbe mai... o almeno non me ne ha parlato, di una cosa del genere. Insomma, è andata fuori di testa quando lui li ha filmati insieme.»

Mi sporsi in avanti. «Mentre facevano sesso?»

«Questo sembra aver catturato la tua attenzione. La pornografia ti eccita, detective?»

Una vampa di calore mi salì alle guance. «Niente affatto. È un dettaglio interessante. Hai detto che era andata fuori di testa.»

«Sei ancora più carino quando arrossisci.»

«Marilyn era arrabbiata per la ripresa, giusto?»

Dopo un rapido broncio, annuì. «Era arrabbiata perché lui l'aveva fatto senza il suo permesso.»

«Perché? Glielo avrebbe lasciato fare se lo avesse saputo?»

Mise i piedi sul tavolino da caffè, rivelando parte del suo servizio di porcellana. «No, no. Non le piaceva affatto l'idea. Lui le disse che l'aveva fatto per aggiungere un po' di pepe. Se lo chiedi a me, penso che fosse arrabbiata perché, in un certo senso, suggeriva che lui si stesse stancando di lei.»

Mi stava provocando, ma anche se avessi potuto oltrepassare il limite, e mio padre mi aveva detto di non cacare mai nel proprio giardino, non sarei mai andato con una come lei. Guardando oltre la sua testa, verso il giardino, chiesi: «Sembra che tu stia dicendo che la relazione stesse volgendo al termine. È qualcosa che ti ha detto lei?»

«Non direttamente, ma noi ragazze lo sappiamo quando le cose non vanno bene.»

Quindi, era da qui che veniva l'espressione «cavare le parole di bocca». «Hai qualcosa di più di una sensazione?»

Sorrise e si contorse come un serpente. «La sensazione è tutto. Non sei d'accordo?»

Ero sul punto di strangolarla. «Ho bisogno di capire cosa ti induce a credere che avessero problemi.»

«Circa un mese fa Marilyn è diventata molto silenziosa,

e non è da lei. Le ho chiesto cosa c'era che non andava, e ha detto niente. Ma sapevo che doveva essere lui, così le ho detto: «È John, vero?» Marilyn ha annuito, ma quando le ho chiesto se voleva parlarne, ha detto di no.»

«Nient'altro?»

«Beh, da allora Marilyn non è stata più la stessa. Sembrava distratta. Ho provato a parlarle, ma ha detto che non voleva parlarne.»

35

LUCA

Lo sceriffo Morgan si stava infilando uno stivale da cowboy quando Vargas e io fummo introdotte nel suo ufficio. Disse: «Mi scusi, signora, ma mi sembrava di avere un pezzo di vetro nel piede, invece non c'è niente».

Dissi: «Forse dovrebbe farsi visitare da un medico. Sembrerebbe che Lei abbia una verruca plantare».

«Una verruca plantare? È un'altra di quelle cose che voi yankee avete portato quaggiù?»

Vargas intervenne: «In realtà è piuttosto comune da queste parti, sceriffo. Forse perché portiamo spesso infradito e sandali».

Sollevando lo stivale, lui disse: «Beh, come diavolo me la sono presa? Questi me li porto quasi a letto».

Ci facemmo tutti una breve risata prima che Morgan dicesse: «Dobbiamo andarci con i piedi di piombo con il signor Brighthouse, o Gerey mi sguinzaglierà contro i suoi cani».

«Capiamo, signore. La detective Luca e io abbiamo

discusso la nostra strategia per l'interrogatorio, ma siamo disposte a sentire le Sue idee in proposito».

«Accidenti, siete voi le detective che si occupano di questo caso, e inoltre Luca ha esperienza nelle grandi città». Morgan appoggiò i gomiti sulla scrivania e ci guardò a turno prima di dire: «Voglio solo assicurarmi che misuriamo due volte prima di tagliare».

Io e Vargas annuimmo e Morgan aggiunse: «Non voglio che questo caso rimanga aperto quando subentrerà il nuovo sceriffo, quindi andate e fate quello che sapete fare».

———

GIDEON BRIGHTHOUSE e Peter Gerey aspettavano in un Ford Explorer nero parcheggiato nel piazzale sul retro. Un agente fu mandato a dire loro che eravamo pronte. Era da un'eternità che non mi capitava di non poter lasciare qualcuno a cuocere nel suo brodo prima di interrogarlo. Quell'interruzione della routine alimentò i semi del dubbio che mi frullavano in testa.

Come d'accordo, andai a incontrarli all'ingresso posteriore. C'era un uomo imponente come un orso che camminava con Gerey e Brighthouse. Cosa ci faceva lì? Era con Gerey? Era Bill Crowley, un avvocato penalista di grido. I semi del dubbio germogliarono. Mi chiesi se Morgan avesse spifferato a Gerey quello che avevamo scoperto.

La mano di Crowley inghiottì la mia quando ce la stringemmo. Mentre ci dirigevamo verso la sala interrogatori, tutti fecero conversazione tranne Gideon. Arrivammo alla porta e, mentre Crowley e Vargas entravano, presi da parte Gerey e gli chiesi: «Che storia è questa di Crowley?»

«Sa bene che il diritto penale non è la mia area di competenza, detective».

«Perché Brighthouse ha bisogno di un avvocato penalista tutto a un tratto?»

«Vorremmo evitare la possibilità di un malinteso».

«E così ingaggiate un pezzo da novanta come lui?»

«La famiglia ha Crowley sotto contratto da un decennio».

«Davvero? E che ne è stato del mantenere un basso profilo?»

«Le posso assicurare che non ci saranno fughe di notizie da parte della nostra squadra. E, detective, spero di non doverLe ricordare che il mio cliente è sotto la cura di diversi medici, sia generici che psichiatri. Mentre porrà le Sue domande, spero che terrà a mente che lo stato emotivo del mio cliente è precario».

«Finché collabora, non ci sono problemi».

«Bene. Vogliamo cominciare?»

Un irrequieto Brighthouse spolverò con la mano il sedile della sedia di plastica prima di schiacciarsi tra i suoi avvocati. Indossava un paio di pantaloni giallo chiaro e una camicia di lino blu, che davano un tocco di colore alla stanza scialba.

Facendo un cenno a Vargas, premetti il pulsante di registrazione e lei elencò i presenti, il luogo, la data e l'ora. Sbrigate le formalità, cominciai.

«Signor Brighthouse, in seguito a un mandato di perquisizione, abbiamo confiscato un telefono cellulare e un portatile che Le appartenevano, oltre a un iPad e un telefono appartenenti a Sua moglie, Marilyn Boggs. Lei era presente durante la perquisizione e Le abbiamo lasciato una ricevuta con l'inventario degli oggetti, corretto?»

Gli occhi di Brighthouse erano spenti e non rispose. Crowley gli diede una gomitata e gli sussurrò qualcosa all'orecchio.

«Ah, sì... è stato molto... sconvolgente».

«Sono questi gli unici dispositivi elettronici che possiede?»

Lui sbatté le palpebre un paio di volte. «Sì».

«Niente come un iPod o un lettore Kindle?»

«Preferisco... tenere in mano e leggere... un libro cartaceo. È più personale».

«Ha prestato i Suoi dispositivi elettronici a qualcuno, signor Brighthouse?»

«No».

Brighthouse bevve un sorso d'acqua.

«Quindi, nessun altro ha usato o ha avuto accesso al Suo portatile o telefono?»

«Per quanto... ne so io».

Gerey lanciò un'occhiata a Crowley, che disse: «Ci sono diverse persone che lavorano sull'isola, oltre alla defunta, che avevano accesso ai dispositivi elettronici del signor Brighthouse, tra gli altri suoi beni».

Vargas disse: «Prendiamo nota, sebbene l'isolamento di Keewaydin Island riduca drasticamente il numero di persone con possibile accesso».

Crowley replicò: «Riduce, forse, ma non elimina la possibilità».

Dissi: «C'è una ragione particolare per cui ha cercato "veleno" su Internet, signor Brighthouse?»

Brighthouse si irrigidì e allungò la mano verso l'acqua. «Veleno? Non... ricordo».

«Le rinfreschiamo la memoria, allora. Detective Vargas, può aiutarlo a ricordare?»

Vargas aprì il fascicolo che aveva di fronte. «Questa è una lista compilata dalla divisione informatica del laboratorio della scientifica della contea di Collier». Sollevò tre pagine. «Documenta l'attività di navigazione sul portatile confiscato durante la perquisizione a Keewaydin Island».

Dissi: «Ci sono oltre ottanta ricerche di veleni e una dozzina sugli incendi di natura elettrica. Sembra che il signor Brighthouse stesse cercando di decidere come uccidere Sua moglie».

Brighthouse cominciò a dimenarsi. Crowley gli mise una mano sull'avambraccio e disse: «Cercare su Internet non è un crimine».

Afferrai il fascicolo e sollevai un documento. «Non di per sé, ma ha anche visitato siti che specificavano la dose necessaria per uccidere un essere umano. E questa cronologia dimostra che ha fatto ricerche e cercato veleni letali in quantità più che sufficiente per uccidere Sua moglie».

Crowley diede una rapida occhiata alla ricevuta e disse: «È una bella storia, ma Marilyn Boggs è morta per ferite da taglio».

Lanciai i fogli verso di loro. «Dimostra un'intenzione premeditata di uccidere».

Crowley disse: «Se ha intenzione di accusare il mio cliente della morte di sua moglie, vorrei ricordarle che pianificare un omicidio e non portarlo a termine non è un crimine».

«Ne prendo atto, avvocato, ma non direbbe che, dato che abbiamo il corpo senza vita di Marilyn Boggs, il suo piano sia stato messo in atto?»

«Se ha delle prove che collegano Gideon Brighthouse alla morte, per accoltellamento, della sua amata moglie,

Marilyn, Le suggerisco di rivelarle. Altrimenti, credo sia ora per noi di andare.»

Dissi: «Sono sicura che Le piacerebbe sapere che, oltre a cercare un modo per bruciare viva sua moglie, il suo cliente ha fatto ricerche su vari veleni, persino quello del pesce palla, spingendosi fino a informarsi sui ristoranti giapponesi per inscenare il delitto. Direi che questa è certamente la prova che stesse cercando un modo per uccidere sua moglie senza rimanere implicato».

«Sa imbastire una bella storia, detective. Ma senza prove, non c'è niente che possa implicare il mio cliente, solo una bella favoletta.»

Crowley si alzò e Gerey scattò in piedi così velocemente da scuotere Brighthouse dalla sua apatia. L'ultima volta che era stato qui era fuggito; stavolta sembrava pronto per un pisolino. Crowley afferrò Brighthouse per un gomito e lo sollevò dalla sedia.

36

GIDEON BRIGHTHOUSE

CROWLEY ERA UN UOMO GROSSO CON LE MANI RUVIDE. NON mi piaceva quando mi dava una pacca sulla schiena o mi afferrava il braccio per dirmi qualcosa. Era così diverso da Peter Gerey che era difficile credere fossero entrambi avvocati. Non volevo un avvocato penalista. Mi faceva sembrare uno che aveva qualcosa da nascondere. Dissi a Gerey come mi sentivo, ma lui rispose che per proteggermi da un'accusa ingiusta avevamo bisogno di un avvocato con la sua esperienza. E fu così che mi ritrovai con Crowley.

Ormai non era più una sensazione; era la realtà. Stavo perdendo il controllo della mia vita. Tutti mi avevano detto di non prendere altre medicine, ma non avevo scelta. Non potevo rischiare un'altra crisi di nervi alla centrale di polizia, così, dieci minuti prima di lasciare Keewaydin, cominciai a sorseggiare da una bottiglietta d'acqua in cui avevo sciolto due Valium.

Era difficile concentrarsi. Cercai di ricordare cosa mi avessero detto i miei avvocati ieri. Non era stato facile aprirsi, specialmente con Gerey. La sua lealtà era chiaramente verso la famiglia, perciò stavo in guardia per vedere se si sarebbero coalizzati contro di me. Eppure, dovevo essere onesto e ammettere che il nostro matrimonio era terribile e che avevo fantasticato di vederla morta. Precisai subito, però, che non sarei mai stato in grado di farlo.

Credo che mi abbiano creduto davvero. Quando mi chiesero cosa potesse esserci sul mio portatile, dissi loro che avevo cercato informazioni sui veleni, ma che era successo nei periodi in cui ero depresso e pensavo di farla finita. Non dissero nulla, ma sapevo che non se l'erano bevuta. L'aspetto positivo fu che Crowley disse che pianificare di uccidere qualcuno non è un reato. Disse che, a meno che non ci fosse qualche prova che mi collegasse direttamente all'accoltellamento, non avevamo nulla di cui preoccuparci.

A quello pensavo mentre entravo nella stanza degli interrogatori. Era di un bianco accecante, come una tela vuota. Mi chiesi cosa avrebbe fatto Keith Haring di una stanza come questa. Sarebbe stato uno spettacolo da vedere. Che reperto ne sarebbe venuto fuori. Una stanza dipinta da Haring ti avrebbe immerso nella creatività. Crowley mi sospinse verso una sedia impolverata.

Dopo averla spolverata, mi sedetti e mi resi conto che l'interrogatorio era iniziato. Mettere a fuoco era difficile e la mia mente tornò a quando Crowley mi aveva chiesto se avessi materiale pedopornografico sul portatile o sul telefono. Mi considerava un pervertito depravato? Crowley mi diede una gomitata e ripeté la domanda del detective.

Come se potessi dimenticarmi della perquisizione. La testa mi pesava. Mi pizzicai la coscia e grattai un nodino sui miei pantaloni di lino. Mandai giù un altro sorso. Quanto sarebbe durata?

Il detective voleva sapere del mio portatile. Risposi, ma

poi Crowley si scagliò contro di loro. Mi sembrava piuttosto in gamba, ma poi cominciarono a fare domande sui veleni che avevo cercato. Questo non andava bene. Non sapevo cosa dire. Poi Crowley mi diede una pacca sul braccio e disse alla polizia che fare ricerche sul web non era un reato.

Il detective Luca si stava arrabbiando e lui e Crowley battibeccarono. Che sollievo. Era come se non fossi lì. Crowley era così veloce che facevo fatica a stargli dietro. Era incredibile e aveva la situazione sotto controllo. Presi un altro sorso quando lo sentii dire che era ora di andare.

Era già finita? Per quanto volessi che tutto finisse, ero stanco morto e avevo bisogno di riposare. Una stretta decisa sul gomito mi scosse e all'improvviso ero in piedi e mi dirigevo verso la porta. Non potevo crederci; avevamo finito.

Salii sul SUV e osservai i miei avvocati parlare attraverso il finestrino. Si strinsero la mano. Crowley si allontanò, mentre Gerey si sedette accanto a me.

Dissi: «Grazie per averlo ingaggiato. Oggi è stato magnifico».

Allacciandosi la cintura di sicurezza, Gerey disse: «La strada è ancora lunga prima che tutto questo finisca, Gideon».

Cosa intendeva con «la strada è ancora lunga»?

Poi Gerey mi guardò negli occhi e disse: «Capisco che queste situazioni siano stressanti per Lei, Gideon. Tuttavia, non si aiuta di certo se è imbottito di farmaci».

37

LUCA

Mentre andavo a interrogare Raul Sanchez, alias Sandez, cominciavo a pensare che non avrei mai comprato casa a Naples. Un'altra offerta, stavolta per un bilocale a Kensington, era stata nuovamente rifiutata perché troppo bassa. I venditori non avevano neanche fatto una controfferta, cosa che non capivo. Invece di prenderla sul personale, avrebbero potuto semplicemente controproporre. La posizione a Kensington era ottima, ma la casa necessitava di una ristrutturazione completa. Non me la sentivo e probabilmente non avevo nemmeno i soldi per un lavoro da cima a fondo.

Come potevano i venditori non vedere quanto la loro casa di venticinque anni avesse bisogno di essere ammodernata? Probabilmente perché in altre parti del paese il ciclo di ammodernamento era più lungo di decenni. La gente a New York tollera cucine e bagni di quarant'anni, ma non qui. Avevo solo un paio di mesi per trovare una casa e chiudere l'affare. Altrimenti avrei dovuto trovare un altro posto in affitto, dato che la sorella del mio padrone di casa si sarebbe trasferita nella mia villetta.

Vargas aveva detto che se mi fossi trovato nei guai avrei potuto stare nella dependance che aveva. Con un ingresso separato e un bagno privato, era una sistemazione perfetta per soggiorni brevi. Ma sarebbe stato strano stare nella sua proprietà e, sebbene non cucinassi molto, aveva solo un lavandino e un piccolo frigorifero.

Il mio cellulare vibrò. Cavolo, Vargas aveva un sesto senso.

«Dove sei, Frank?»

«Sto arrivando, mamma.»

«Sei in ritardo.»

«Ho fatto un salto a Bonita per vedere un paio di posti.»

«Qualcosa di interessante?»

«Non sono entrato. Volevo solo vedere i complessi residenziali e quanto fossero distanti. Ecco perché sono in ritardo. E la cattiva notizia è che sono troppo a nord per fare il tragitto ogni giorno. Inizio a sentire la pressione.»

«L'offerta per la dependance è sempre valida. Non è un problema.»

«Grazie. Apprezzo, ma vorrei risparmiarmi un altro trasloco, capisci cosa intendo?»

«Fidati, capisco benissimo.»

«Come sta il nostro ladro di gioielli?»

«Non è di lui che dobbiamo preoccuparci. Il suo avvocato sta diventando irrequieto, minaccia di annullare l'interrogatorio; ha detto che deve essere in tribunale a breve.»

«Sono a dieci minuti. Offri loro qualcosa da bere. Se si agitano, iniziate senza di me.»

L'allarme della vescica si attivò mentre percorrevo di

corsa il corridoio verso la sala interrogatori numero tre. Potevo rischiare di sedermi sul water cercando di far uscire la numero uno? Ci volevano sempre almeno dieci o quindici minuti, tempo che non avevo.

Guardai il monitor della telecamera; Vargas stava parlando. Mi sistemai la camicia, ricacciai indietro lo stimolo ed entrai. Raul Sanchez era a metà di una frase.

«Hanno fatto un errore, tutto qui. Il cognome di mia madre da nubile è Sanchez. Mio padre, che non ho mai conosciuto, aveva un cognome simile al suo, Sandez. Controllate i certificati di nascita, vedrete.»

Vargas disse: «Il detective Luca si è unito all'interrogatorio.»

Feci un cenno a Raul e a Joe Girona, un ragazzo nuovo dell'ufficio del gratuito patrocinio. Vargas disse: «Ha continuato a usare entrambi i nomi mentre era in Messico?»

«Senta, ero un ragazzo e non sapevo cosa fare.»

Il suo avvocato disse: «La legge messicana richiede l'uso sia del cognome da nubile della madre sia del cognome del padre. Il nome ufficiale di Raul in Messico è Raul Sanchez Sandez.»

Due cognomi? Com'era possibile? Guardai Vargas. Lei rispose: «Sono pienamente consapevole che, a causa del gran numero di ispanici con cognomi come Perez, Martinez e simili, il Messico richiede i cognomi di entrambi i genitori per distinguere le identità.»

Davvero? Come mai non l'avevo mai saputo?

Vargas continuò: «Forse il suo cliente può dirci perché aveva due patenti di guida messicane. Una rilasciata a Raul Sandez Sanchez e l'altra a Raul Sanchez Sandez.»

Raul parlò: «In Messico, le multe aumentano per ogni

contravvenzione. Quindi, per evitare di pagare troppo, avevo due patenti.»

«Capisco: era tutta una questione di multe per divieto di sosta, allora. Niente a che vedere con tutti gli arresti che stava accumulando?»

«Il mio cliente ha già risposto alla sua domanda.»

Dissi: «Lei era un membro della gang dei Latin Kings. È gente tosta.»

«C'è una domanda in questa sua affermazione, detective?»

Dissi: «Vuole vuotare il sacco? Cos'è successo a casa Boggs a Keewaydin?»

«Te l'ho detto, amico. Stavo pulendo lo scarico della doccia e ho visto tutti quei gioielli. So che non avrei dovuto prenderli, ma ero indietro con l'affitto. Vedi, mia madre si è ammalata e avevo bisogno di soldi.»

Ancora una volta, veniva tirata fuori la vecchia scusa della «mamma malata». Dissi: «Sa, Raul, la sua credibilità sarebbe molto più alta se non avesse questa.» Presi in mano la sua fedina penale messicana.

«Quello era il passato. Non faccio più quelle cose. È per questo che ho lasciato il Messico, per ricominciare da capo, per rigare dritto.»

«Ma è ricaduto nelle sue vecchie abitudini criminali, non è vero?»

«Mia madre...»

«Mi rendo conto che non è una scusa, ma sua madre, di fatto, sta lottando contro un cancro ai reni.»

«Ha ragione, avvocato, non è una scusa per aver ucciso Marilyn Boggs.»

«Non ho ucciso nessuno.»

Vargas disse: «La sua fedina penale dice che è stato arrestato per sospetto di omicidio.»

Sanchez scosse la testa. «Ma è stato quasi dieci anni fa.»

Dissi: «Stabilisce uno schema. Una volta che si uccide per la prima volta, non si sa dove si va a finire.»

«Il mio cliente ha ammesso di aver preso i gioielli. Quelle che abbiamo qui sono accuse di furto, niente di più.»

«Il suo cliente ha fatto la sua cosiddetta ammissione dopo essere stato colto a mentire. Come si può credere a quello che dice? Vuole sapere cosa penso? Penso che Raul Sanchez Sandez si sia reso conto di quanto i Boggs si fidassero di lui, e quando gli hanno dato un lavoro che lo portava nell'intimità della camera da letto, lui ha violato la fiducia che gli era stata data. Ha frugato tra le loro cose e ha architettato un piano per tornare a rubare i gioielli di lei e, quando l'ha fatto, Marilyn Boggs lo ha affrontato e lui l'ha pugnalata a morte.»

L'avvocato controllò l'orologio. «Il mio cliente nega qualsiasi coinvolgimento nella morte di Marilyn Boggs.»

Dissi: «Raul, come ha dichiarato la detective Vargas, Lei è stato arrestato ed è in stato di fermo per sospetto di omicidio. Trovo interessante che, secondo la Polizia federale messicana, la vittima sia stata uccisa con un coltello.»

«Non ho niente da dire. Quelle accuse sono state archiviate.»

«Archiviate? Non proprio. Si è dichiarato colpevole di favoreggiamento di un latitante, un teppista della sua gang.»

«Non vedo la rilevanza di un vecchio caso messicano.»

«Davvero, avvocato? Il suo cliente è stato accusato di omicidio in Messico, e la donna di cui ammette di aver rubato i gioielli è morta. Entrambe sono state pugnalate a morte. Per me è dannatamente rilevante.»

«Mi sembra che Lei stia pescando nel torbido, detective. Se ha qualcosa che provi le sue accuse, sentiamolo.» Si alzò. «Devo essere in tribunale tra venti minuti.»

Questo giovane avvocato era un osso duro. Sperai che lasciasse l'ufficio del patrocinio pubblico per guadagnare soldi veri, altrimenti me lo sarei visto perseguitarmi fino alla pensione.

38

LUCA

«Signor Pena, grazie per essere venuto a parlare con noi.»

«Farò tutto il possibile per aiutare a catturare la persona che ha fatto questo alla signora Boggs.»

Controllai gli appunti; il suo viso coriaceo era in linea con i sessantadue anni che gli attribuivano. Eduardo Pena era di corporatura robusta, non particolarmente muscoloso, ma solido come una roccia e non dimostrava molto più di quarantacinque anni.

«Lei lavora per i Boggs da molto tempo.»

«Sì, da quasi vent'anni ormai.»

Non mi guardava mai negli occhi per più di un secondo o due. Normalmente, la cosa mi avrebbe insospettito, ma con Pena sapevo che era un modo per mostrarsi deferente.

«È stato Lei ad assumere Raul Sanchez?»

Aggrottò la fronte. «Sì, ma mi era stato raccomandato da Frank Perez, un impresario che conosco da molto tempo. Perez si sente in colpa quasi quanto me per tutta questa faccenda.»

«Non si tormenti, Eduardo, Sanchez non aveva precedenti penali, perlomeno non negli Stati Uniti.»

«Vuol dire che aveva precedenti in Messico?»

«Temo di sì.»

«Ma aveva detto di essere venuto qui circa dieci anni fa.»

«Otto, in realtà, e o ha rigato dritto o semplicemente non si è mai fatto beccare.»

Pena scosse la testa. «Mi ha ingannato. Avrei dovuto capirlo.»

«Sanchez non le ha dato alcun motivo di preoccupazione? Nessun indizio che stesse tramando qualcosa di losco?»

«No, faceva il suo lavoro e se ne stava tranquillo. Sono quasi certo che piacesse persino alla signora Boggs. L'ho vista parlare con lui un paio di giorni prima che, che venisse uccisa.»

«Davvero? Parlava regolarmente con Lei?»

«No. Dico sempre ai miei uomini di non intralciare, di essere invisibili.»

«Ha idea di cosa potessero stare parlando?»

Scosse la testa. «Avrebbe potuto essere qualsiasi cosa.»

Gli porsi il mio biglietto da visita. «Mi faccia un favore e chieda al resto della sua squadra se sapessero perché stesse parlando con la signora Boggs. Se scopre qualcosa, mi faccia sa-»

«Certo, nessun problema.»

«Conosceva qualche suo amico? Ha portato qualcuno sull'isola?»

«No. Non è permesso avere sull'isola nessuno che non sia invitato dalla famiglia.»

«Sa qualcosa della famiglia di Sanchez?»

«Solo che sua madre era piuttosto malata. Penso fosse qualcosa ai reni.»

«Le viene in mente qualcosa di insolito, fuori dall'ordinario, non importa quanto piccolo, che riguardi Raul Sanchez?»

«Vorrei che ci fosse qualcosa, ma non mi viene in mente niente.»

«Se le dovesse venire in mente qualcosa, qualsiasi cosa, me lo faccia sapere.»

«D'accordo. Senta, non penserà che abbia avuto a che fare con il suo omicidio, vero?»

«Mi dispiace, Eduardo, ma non posso esprimermi al riguardo.»

———

VARGAS e io finimmo di raccogliere le deposizioni del personale della Paradise Granite. Una lastra di pietra grigia era caduta su un operaio, quasi troncandogli la parte inferiore della gamba. Sebbene il conducente del carrello elevatore avesse dichiarato che il pezzo era scivolato, altri due operai avevano supportato l'affermazione del ferito, secondo cui si era trattato di un atto intenzionale.

La visione del filmato di una telecamera troppo lontana dalla scena e in un magazzino scarsamente illuminato non ci aiutò a stabilire chi avesse ragione. Prendemmo il video, fiduciosi che il laboratorio sarebbe stato in grado di dirci se avevamo a che fare con un tentato omicidio, e ce ne andammo.

Mentre percorrevamo Shirley Street sulla nostra Crown Victoria nera, la conversazione passò rapidamente dall'incidente sul posto di lavoro all'omicidio di Marilyn Boggs.

«Cosa ti dice l'istinto, Vargas? Questo Sanchez non mi piace per niente, ma il marito aveva chiaramente un movente e stava pianificando di farla fuori.»

«Se non avessimo scoperto il coinvolgimento della gang messicana, avrei detto che Sanchez era solo un ladro. Ora non ne sono più così sicura.»

«So cosa vuoi dire.»

Fermandoci a un semaforo rosso all'angolo di Pine Ridge, Vargas disse: «Come dici tu, però, la maggior parte degli omicidi è commessa da qualcuno vicino alla vittima. Il matrimonio era a pezzi e il marito, non importa cosa dica, era stato umiliato, fatto passare per uno stupido.»

«Li ha affrontati il giorno in cui è stata uccisa.»

«E ha cercato modi per ucciderla.»

Dissi: «E il buon vecchio trust era pieno di venti milioni di ragioni per farlo.»

«Ci serve qualcosa che lo leghi all'accoltellamento. Una svolta di qualche tipo.»

«Quante volte l'abbiamo detto negli ultimi due anni? Ogni caso si arena. Non importa quale, tutti lo fanno. Faremo come sempre, ci staremo addosso e la svolta ce la creeremo da soli.»

«È falsa spavalderia quella che sento?»

Aveva ragione, ma a volte devi fingere per riuscire. «No, ci credo davvero.»

Guidammo in silenzio per cinque minuti, quando dissi: «Tornando a Sanchez, una cosa che mi tormenta è perché non ha rubato un sacco di gioielli, per non parlare di, cosa, cinquantamila dollari che erano in camera da letto?»

«Forse stava cercando di non perdere il lavoro, prendendo solo qualche oggetto, senza trasformarlo in un colpo grosso.»

«Se così fosse, non sarebbe durato. La sua avidità l'avrebbe spinto ad alzare la posta.»

«Non lo so, Frank. Forse ha commesso un sacco di piccoli reati per tutto il tempo in cui è stato negli Stati Uniti.»

«Beh, sarebbe il primo a tenere a bada la propria avidità per non farsi beccare.»

«Ma non l'ha fatto, si è fatto beccare.»

«C'è una cosa che mi tormenta. I cinquantamila dollari in contanti. So che questa gente gioca in un altro campionato, ma ho letto da qualche parte che Warren Buffett non si porta nemmeno il portafoglio. Perché mai qualcuno nel mondo di oggi, con bancomat, PayPal e bonifici, dovrebbe aver bisogno di così tanto contante?»

«Forse come protezione contro una catastrofe?»

«Non ci credo. Non sarebbero soli in caso di disastro; il family office ha probabilmente diversi bunker ben forniti predisposti in caso di calamità.»

«Non si può dire che non siano meticolosi.»

Mi spostai in una corsia di svolta e lei disse: «Che stai facendo?»

«Mi è appena venuto in mente qualcosa. Dobbiamo parlare con Sanchez.»

«Hai intenzione di mettermi al corrente, Frank?»

39

Luca

Fissando la lavagna bianca su cui tenevamo tutti i protagonisti del caso, continuavo a tornare sulla relazione extraconiugale. Come una piovra, aveva diversi tentacoli che avrebbero potuto condurre all'omicidio. Gideon l'aveva uccisa per gelosia, o per assicurarsi i venti milioni del fondo fiduciario? Marilyn voleva il divorzio, ma non voleva che il fondo ne risentisse; questo l'aveva spinta a cercare di uccidere Gideon e lui aveva reagito? Era stata una lite tra amanti con Barnet, sfuggita di mano?

Lessi i miei appunti. Riesaminare la relazione tra Marilyn Boggs e John Barnet sollevava un interrogativo sul suo andamento. Patty Clermont pensava che si fosse raffreddata e aveva persino detto che Marilyn era diventata reticente riguardo alla faccenda.

Farle qualche domanda mirata avrebbe chiarito la cronologia dei fatti, ma non volevo incontrarla di persona come avrei dovuto. Non era il mio tipo, ma avevo imparato a non rischiare; non era rimasta molta forza di volontà in questo quarantaduenne. Usare il telefono per un'intervista non solo non era da protocollo, ma mi lasciava senza alcun linguaggio del corpo da interpretare. E il suo corpo era una lettura da Premio Pulitzer.

Digitai il suo numero prima di cambiare idea.

«Signorina Clermont? Sono il detective Luca.»

«Oh, che piacevole sorpresa. Come sta il mio clone di Clooney?»

Astuto. Non l'avevo mai sentito dire in quel modo. «Vorrei farle una domanda.»

«Certo, sono libera domani sera.»

Le donne aggressive le chiamano cougar, ma questa Clermont giocava in un campionato a parte.

«Volevo chiederle di Marilyn e John Barnet. Quando ci siamo incontrati, ha detto che pensava che la relazione si stesse raffreddando. Ricorda?»

«Non dimentico mai un bell'uomo, specialmente quando si presenta alla mia porta.»

Era imbarazzante, ma leggermente rassicurante, averla inquadrata a pochi minuti dal nostro incontro.

«È importante che io capisca la cronologia, l'arco della loro relazione. Può farlo per me?»

«Qualsiasi cosa, detective, mi creda, qualsiasi cosa voglia.»

Il suono di un soffiatore per foglie arrivò attraverso il telefono. «Bene. Lei ha detto che Marilyn sembrava un'adolescente quando ha iniziato la relazione con Barnet. È esatto?»

«Marilyn era cotta a puntino. Era rinfrescante vedere qualcuno che si divertiva così spudoratamente.»

«Ha mai menzionato di voler divorziare da suo marito?»

«Non proprio. La questione non era Gideon. Sembra che voi uomini non capiate mai; la questione era lei.»

Che la Clermont fosse un'altra donna che il divorzio aveva trasformato in una femminista? «Può chiarirmi quel "non proprio"? Ne ha discusso oppure no?»

«Ho sempre considerato ogni discorso sul divorzio, che era piuttosto generico, come uno sfogo di Marilyn. Non un piano, solo una valvola di sfogo per lei.»

«Capisco. La sorprenderebbe sapere che Gideon sostiene che lei gli abbia detto di volere il divorzio?»

«Mi piace pensare che noi due fossimo molto unite, quindi non riesco a immaginare che non mi abbia detto una cosa del genere. Ma, in realtà, nulla mi sorprenderebbe, detective, a meno che non venisse qui.»

«Lei ha menzionato l'episodio in cui Barnet li avrebbe filmati mentre facevano sesso.»

«Non "avrebbe", l'ha fatto.»

«In precedenza, ha detto che pensava fosse per ravvivare la loro vita sessuale. Pensava che Barnet si stesse annoiando.»

«Potrebbe essere. Marilyn, dopo aver superato il fatto di essere stata filmata, ne era preoccupata.»

«Dopo l'episodio delle riprese, la relazione ha cominciato a scemare?»

«Marilyn era furiosa per essere stata filmata e, per circa una settimana, l'atmosfera si era fatta pesante. Ma Marilyn... non riusciva a rimanere arrabbiata a lungo. Era una delle cose che amavo e, francamente, ammiravo di lei. Era una ragazza speciale.»

Se uno fosse ricco quanto i Boggs, scommetto che farebbe fatica anche lui a rimanere arrabbiato.

«La relazione è tornata sui binari giusti?»

«Sì. Le cose sembravano andare di nuovo bene per loro.»

«Quanto è durato questo periodo felice?»

«Una settimana o due.»

«Poi ha detto che qualcosa in lei era diverso.»

«È cambiata, è diventata molto silenziosa e non voleva più parlare di Barnet. C'era qualcosa che la tormentava, e aveva a che fare con lui. Ne sono sicura.»

GIDEON BRIGHTHOUSE

Non appena Gerey scese dal SUV, rovesciai la bottiglia vuota e ne feci cadere le ultime gocce in bocca. Cosa intendeva dire con «la strada è ancora lunga»?

Quando tornammo sulla 41, il miraggio creato da Crowley si era dissolto. Ero nei guai. Appena arrivato sull'isola, avrei dovuto distruggere i funghi. Bruciarli sarebbe stato il modo migliore; nient'altro che cenere da poter mescolare nel golfo. Avrei dovuto fare attenzione a non inalare i fumi: poteva essere fatale. Che colpo di scena sarebbe stato!

Avrei dovuto sbarazzarmene prima che la polizia li trovasse. Non poteva succedere. Avrebbe dato loro una prova materiale e sarei stato spacciato. Non sarei mai sopravvissuto in una piccola cella; sarei morto d'infarto la prima notte. Maneggiare i funghi era pericoloso, ma dovevano sparire.

Quando l'autista ripeté che stava andando il più veloce possibile, mi balenò in testa l'idea di chiedere a Gerey che tipo di guai avrebbero potuto causarmi i funghi. Forse non avrei dovuto rischiare di sbarazzarmene, ma Gerey mi avrebbe tradito con la famiglia? Il segreto professionale glielo impediva, ma dato che erano i Boggs a dargli da mangiare, avrebbe trovato il modo di metterli al corrente.

E Crowley? Era un avvocato penalista, difendeva ogni sorta di persone, la maggior parte delle quali probabilmente aveva commesso i reati di cui era accusata. Era abituato a mantenere le informazioni riservate. Avrei potuto chiedere a lui. Ecco cosa avrei fatto.

Mentre ci avvicinavamo al molo, mi resi conto che Crowley era stato ingaggiato da Gerey e avrebbe dovuto riferirgli ciò che gli avrei detto. Il pensiero di avere a che fare con una sostanza così tossica mi provocò una stretta alle spalle che peggiorò mentre salivamo sullo yacht. Perché non avevo nascosto a bordo una seconda bottiglia d'acqua e Valium?

Il cuore cominciò a battermi forte quando mi ricordai che Gerey mi aveva detto di lasciar perdere i miei farmaci. Come avrei fatto a superare tutto questo? Stavo male. Tutti sapevano che non potevo reggere una situazione simile. Quanto mancava per arrivare a Keewaydin? Sporsi la testa oltre il bordo, ma non se ne vedeva traccia.

Mentre svoltavamo l'angolo dopo Galleon, riuscii a vedere Nelsons Walk e la punta nord-orientale di Keewaydin. Non mi era mai sembrata così bella.

41

LUCA

LESSI IL RAPPORTO E CAPII CHE AVEVAMO AVUTO LA SVOLTA che stavamo cercando.

I cervelloni della scientifica avevano identificato una transazione che Brighthouse aveva effettuato con un'entità russa chiamata Beatrice Solutions. Russia? Di nuovo? Quando l'azienda non aveva risposto al laboratorio, avevano richiesto assistenza alla Politsiya russa. Fui sorpreso che i russi avessero risposto così in fretta, confermando che la Beatrice aveva venduto e spedito una quantità letale di amanita falloide a Brighthouse.

Non si trattava più di un pio desiderio da parte di Brighthouse. Era passato ai fatti e aveva acquistato un veleno mortale per uccidere sua moglie. Una volta trovati i funghi, avremmo avuto la prova materiale del suo intento. Era qualcosa su cui lavorare, grazie ai cervelloni e, tra tutti, proprio ai russi.

Cercando «amanita falloide» su Google, capii perché Gideon li avesse scelti; erano i funghi più letali e assomigliavano a specie commestibili. L'amanita falloide cresceva spontaneamente in tutta Europa e le sue amatossine velenose erano in grado di resistere alle temperature di cottura.

Questi funghi erano una brutta bestia. Poche ore dopo l'ingestione, la persona avrebbe manifestato violenti dolori addominali, vomito e diarrea sanguinolenta. Poi il fegato, i reni e il sistema nervoso centrale avrebbero iniziato a collassare, portando al coma e alla morte. Che modo terribile di andarsene. Gideon doveva davvero odiare sua moglie.

Non potei fare a meno di pensare a come il padre avesse messo in moto tutto questo con le sue clausole sul divorzio. Come si sarebbe sentito il vecchio se avesse saputo che questo era il modo in cui suo genero progettava di uccidere la sua bambina?

Ero al telefono quando Vargas entrò con passo svelto in ufficio. Indossava dei pantaloni di velluto a coste che le mettevano davvero in risalto le forme. Stava per alzare la cornetta, ma le feci cenno di non farlo e terminai la chiamata.

Sventolando il rapporto, dissi: «Indovina un po' che cosa hanno scovato i cervelloni dell'informatica forense?»

«Brighthouse?»

«Esatto. Gideon, quel serpente, ha comprato dei funghi mortali da un sito web russo.»

«È passato ai fatti?»

«Alla grande. Questi funghi, chiamati amanita falloide, sono letali. Ne basta una quantità minuscola e sembrano funghi comuni.»

«Scommetto che ne avrebbe messi un po' insieme alle altre verdure che lei centrifugava.»

Odiavo ammetterlo, ma mi ero dimenticato del centrifugatore sul bancone.

«Proprio così. La poveretta non si sarebbe mai accorta di prepararsi da sola il suo cocktail della morte. Ci sono state un sacco di persone, anche famose, come Papa Clemente e un imperatore romano, che li hanno mangiati per sbaglio e ci hanno lasciato le penne.»

«Davvero?»

«È un modo davvero orribile di morire. Mi fa venire ancora più voglia di incastrare questo tizio.»

«È una sostanza illegale?»

«No, cresce spontaneamente in tutta Europa. Non è alterata, come la ricina.»

«Quella viene dalla pianta dell'olio di ricino, giusto?»

«Sì, dai suoi semi. Cavolo, vorrei tanto che questi funghi fossero illegali. Se lo fossero, potremmo portare Brighthouse qui e metterlo sotto torchio.»

«Pensi che possiamo escogitare un piano per fargli credere di aver violato la legge?»

«Mi piace l'idea, ma dubito che riusciamo a farla passare a Crowley e Gerey.»

LUCA

COSTEGGIANDO LE FONTANE DAI GETTI DANZANTI, GIRAI l'angolo, superai il negozio di Louis Vuitton, ed eccolo lì. Seduto, con un braccio appoggiato sullo schienale di una panchina, c'era Barnet. Una striscia di calzino giallo spuntava dall'orlo dei suoi pantaloni bianchi, in tinta con la camicia. A occhi chiusi, il viso rivolto verso il sole. Che cercasse nel sole un contrappeso ai suoi lati oscuri?

Lo studiai per un momento prima di notare lo striscione rosso dei saldi visibile oltre la sua spalla. Cinquanta per cento di sconto sui vini? Era una riduzione notevole; forse avrei potuto provare uno di quei vini di cui andava così matto.

«Signor Barnet?»

Togliendo il braccio dallo schienale della panchina, disse: «Cosa? Oh, ehm, salve».

«Si sta godendo un po' di sole?»

«Una breve pausa. È qui per fare acquisti?»

«Non proprio. Ha un paio di minuti?»

Barnet si guardò l'orologio. «Uhm, non so. Ho un appuntamento».

«Sarà una cosa rapida».

Barnet si alzò. «Possiamo parlare camminando? Niente contro la polizia, ma non fa bene agli affari».

«Capisco».

Ci dirigemmo verso Saks, con gli occhi incollati al fondoschiena di due donne cariche di pacchetti.

«Non mancano certo le donne che comprano borsette da duemila dollari».

«Mi piacerebbe tanto convertirle in collezioniste di Bordeaux».

«Vedo che sta facendo dei grossi sconti. Gli affari non vanno tanto bene?»

«Non vanno malaccio. Dobbiamo svuotare un po' il magazzino».

«Marilyn portava con sé molto contante?»

Barnet ebbe un'esitazione nel passo. «Contante? No, non credo. Ma non è che le frugassi nella borsa».

«Lei ha avuto un notevole giro d'affari con Marilyn, non è vero?»

«Non lo definirei notevole. Ma sì, Barnet's ha curato parecchi ricevimenti per Marilyn».

«Non ha curato tutti i suoi ricevimenti?»

«Mi piacerebbe crederlo. Barnet's le ha sempre offerto un servizio impeccabile, ma non si può mai sapere».

Mi dava sempre fastidio quando la gente parlava di sé in terza persona. Che significava? Un tentativo maldestro di darsi importanza? Potevo stare al gioco, però.

«Ci è stato detto che in un paio di occasioni Barnet's ha applicato un sovrapprezzo per i suoi servizi».

«Per quanto ci si impegni, non siamo immuni da qualche piccolo errore».

«Da quanto ho capito, era più che piccolo».

«Dovrei verificare i dettagli».

«Barnet's ha applicato sovrapprezzi ad altri clienti oltre a Marilyn Boggs?»

Barnet si fermò, guardò in entrambe le direzioni e disse: «Detective Luca, respingo l'insinuazione che il mio rapporto con Marilyn abbia a che fare con qualcosa di diverso da un nostro semplice errore».

«A quanto mi risulta, si è trattato di più di un errore. Anzi, le persone a conoscenza della circostanza credono che i sovrapprezzi siano stati orchestrati consapevolmente da Barnet's».

«Davvero? Se hanno le prove, perché non sporgono denuncia?»

«Lei sa benissimo che gli enti di beneficenza si metterebbero a rischio se rivelassero di essere stati truffati. Perderebbero la fiducia dei loro sostenitori».

«Detective, qui la devo fermare. Sta usando parole calunniose nei confronti di Barnet's e la cosa non mi piace».

Era falsa indignazione, ma non aveva senso metterlo troppo sulla difensiva.

«Giusto. C'è qualche motivo per cui Marilyn avrebbe dovuto avere cinquantamila dollari in contanti nel suo comodino?»

Fece una pausa, poi si accarezzò il pizzo. La domanda era se si trattasse di finta riflessione o se fosse reale.

«Come sa, sono estremamente ricchi. Non vedo perché avrebbe dovuto, ma in realtà non lo so».

«Qualcosa di illecito, come droga, che avrebbe richiesto contanti?»

Sorrise. «No, non con Marilyn. Forse pagava il personale in contanti. Dio solo sa quanto personale hanno».

«Le ha detto che le avevano rubato alcuni gioielli?»

«Sì. Aveva il cuore spezzato, soprattutto per l'anello che le aveva regalato suo padre».

«Le ha dato motivo di pensare che fosse ricattata?»

«Ehm, ricattata? No, perché lo dice?»

«Sto solo esplorando i possibili moventi».

«Mi sembra inverosimile. Forse il denaro era di suo marito. Ci ha pensato?»

Ma no, chi ci penserebbe mai? Cosa credeva questo Barnet, che fossi alle prime armi?

43

LUCA

FATTO IL SEGNO DELLA CROCE, TRATTENNI IL RESPIRO FINCHÉ le ruote non toccarono terra. Tornare a casa mi diede una carica immediata. Non so come funzioni, ma stare seduto per sei ore ti prosciuga. E, come se non bastasse, quel viaggio di sei ore più le tre di fuso orario mi avevano bruciato un'intera giornata. Ansioso di approfondire ciò che il detective Alonzo della LAPD aveva scoperto, mi chiesi se quella non fosse la svolta del caso.

Alonzo, sulla quarantina, mi sorprese. Appena ci eravamo conosciuti, lo avevo inquadrato come un tipo strano e distaccato. Ma mi dimostrò che mi sbagliavo e si rivelò un brav'uomo e un poliziotto ancora migliore. Ad Alonzo importava, e non si poteva chiedere di più.

Le informazioni che aveva scoperto sarebbero state di grande aiuto per tenere a bada Morgan. Era sorprendente che non avesse fatto storie quando gli avevo accennato che sarei andato a Los Angeles. Mentre sbarcavo, pensai che doveva essere perché sperava di affibbiare l'omicidio a un forestiero.

Vargas sarebbe venuta a prendermi. *Mamma mia, che differenza con il LAX*, pensai mentre attraversavo il terminal. L'aeroporto regionale Southwest era luminoso, arioso e aveva un'atmosfera rilassata. Non che io sia stato ovunque, ma l'aeroporto di L.A. aveva un forte odore di carburante per aerei che si accompagnava a una struttura antiquata. Chissà, l'odore poteva avere a che fare con la loro mancanza di umidità e pioggia.

Vargas accostò con un Explorer blu scuro. Lanciai la mia borsa da viaggio sul sedile posteriore e saltai a bordo. Lei disse: «Buon viaggio, eh?»

Annuendo, risposi: «Sono contento di essere tornato a casa, però. Abbiamo un sacco di gente che si è trasferita qui, ma la maggior parte non si porta dietro i propri problemi. Ma a L.A.? Là tutti hanno una storia sul perché ci sono andati. Te lo posso assicurare, avranno anche un clima migliore rispetto al posto da cui vengono, ma quei pagliacci hanno ancora gli stessi problemi.»

«Non per niente la chiamano La La Land.»

Mi resi conto che non mi era mancata solo casa: mi era mancata Vargas. «Non me lo dire, Mary Ann.»

«Al telefono hai detto che hai una nuova pista su Barnet.»

«Senti questa, Alonzo ha una sorella che è stata raggirata da un brasiliano su Match.com. Questo tizio ha finto di essere interessato a lei e ha detto che sarebbe venuto a trovarla. Poi, all'ultimo minuto, le ha raccontato una stronzata sul visto e le ha detto che gli servivano ventimila dollari o non avrebbe potuto lasciare il Brasile.»

«Non dirmi che glieli ha mandati.»

Annuii. «È difficile credere che quella merda succeda davvero.»

«Lo so, ma sembra che Alonzo abbia avuto una motivazione speciale per dare una mano a indagare.»

«Senza dubbio. Si è spinto ben oltre qualsiasi altro agente con cui abbia collaborato da quando ho il distintivo. Questo detective Alonzo era un po' strano, ma ha capito cosa stavamo cercando. Comunque, come ti avevo detto, Barnet era stato fermato per aver filmato almeno due donne con cui aveva una relazione.»

«Arrestato due volte?»

«Sì, ma le donne ritirarono le accuse.»

«Entrambe?»

«Sì, è quello che ha insospettito Alonzo. Avrebbe potuto fermarsi lì, ma invece ha scavato più a fondo. Ha rintracciato una donna, Nancy Grillo. Non è nella stessa categoria della Boggs, ma ha comunque un bel po' di soldi.»

«Ha detto che Barnet ha provato a ricattarla?»

«No, ma Alonzo pensa che ci sia sotto qualcosa.»

«E perché?»

«Lei e Barnet sono stati insieme per un paio di mesi, un po' come con la Boggs. Poi, secondo una sua amica, Barnet li ha filmati mentre facevano sesso, proprio come ha fatto con Marilyn.»

«Okay, ma questo non mi dice molto.»

«Ecco il punto: subito dopo averlo raccontato alla sua amica, lei è scomparsa.»

«È scomparsa?»

«Ha fatto i bagagli ed è partita. Alla fine, ha venduto la casa e tutto il resto. Si teneva in contatto con le amiche, ma non diceva mai dove si trovasse. Dopo che Barnet ha lasciato Los Angeles, ha fatto sapere alle sue amiche che si era trasferita a Vail.»

«Ci hai parlato?»

«No, è a Shanghai, non torna prima di altri dieci giorni. Alonzo pensa che con me potrebbe aprirsi.»

«E perché mai?»

«Ehi, possiamo semplicemente dire che è il mio stile?»

Lei aggrottò la fronte. «Se lo dici tu.»

Speravo che dicesse qualcosa di carino. «Non sono della LAPD. Non deve preoccuparsi di essere coinvolta in qualcosa laggiù o nel suo territorio a Vail.»

«Ma se avessimo bisogno che testimoni?»

«Scommetto che se otteniamo qualcosa da lei, faremo confessare Barnet.»

44

LUCA

R<small>INTRACCIAI</small> <small>L'AVVOCATO</small> <small>DI</small> S<small>ANCHEZ</small>, <small>IL</small> <small>CUI</small> <small>APPROCCIO</small> combattivo si era ammorbidito. Sommerso di lavoro, acconsentì a farmi vedere il suo cliente a condizione che registrassi l'interrogatorio e gliene inviassi subito una copia.

Sanchez indossava la divisa da carcerato zebrata e sfoggiava un'espressione torva. L'agente della penitenziaria lo ammanettò al tavolo d'acciaio grigio e si ritirò in un angolo della stanza.

«Dov'è il mio avvocato?»

Mi allentai la cravatta e slacciai il primo bottone. «È bloccato in tribunale».

«Non abbiamo niente di cui parlare senza di lui».

«Lui ha acconsentito a questo incontro». Tirai fuori il permesso firmato dal suo avvocato e glielo porsi.

Sanchez lo guardò. «Come faccio a sapere che non è un trucco?»

«Che ci creda o no, vede quelle telecamerine lassù? Viene documentato tutto, non è vero, agente?»

L'agente della penitenziaria confermò e noi iniziammo.

«Lei e la signora Boggs andavate d'accordo?»

«Ci lavoravo e basta. Non conoscevo la signora».

«Ha rubato solo un paio di gioielli?»

«Tre anelli e una collana, ecco tutto».

«Ma lì c'erano centinaia di gioielli. Tutti estremamente preziosi, e lei vuole farmi credere di aver rubato solo quattro pezzi?»

«È la verità, ho preso solo quelli».

«E perché? Perché ha ignorato un simile tesoro? Avrebbe potuto sistemarsi per tutta la vita impegnando tutti quei gioielli».

«Non volevo farmi beccare. Mi servivano solo un po' di soldi per aiutare mia madre».

«Molto nobile da parte sua, ma c'è una cosa che mi interessa. Con così tante cose tra cui scegliere, come ha scelto quali pezzi rubare?»

«Erano su una mensola».

«Lo sapeva che l'anello da cocktail rosso che ha preso era il preferito della signora Boggs?»

Scosse la testa.

«Che era un anello che le aveva regalato suo padre e l'unico a cui lei teneva davvero?»

«Non ne so niente».

«E si aspetta che io creda che la scelta del suo anello preferito sia stata del tutto casuale?»

«È la verità, lo giuro».

«Che carino, lei che lo giura. Ma la signora Boggs era una persona con risorse illimitate, con gioielli per un valore di oltre due milioni di dollari, e il pezzo che ha preso lei è l'unico che lei considerava insostituibile. Come le suona?»

«Ma è andata proprio così».

«Ha detto di non conoscere la signora Boggs. È esatto?»

«Sì, non conoscevo la signora».

«Ma l'hanno vista parlare con lei».

Esitò per una frazione di secondo. «Niente di che. Solo un «salve, come sta?»».

«Davvero? Solo normali convenevoli?»

Annuì. «Esatto».

«Sa cosa penso? Penso che lei stesse cercando di estorcere cinquantamila dollari tondi tondi alla sua datrice di lavoro».

«Di cosa sta parlando?»

«Sapeva che la signora Boggs era legata a un anello che le aveva regalato suo padre, e l'ha rubato. Non è riuscito a tenere a freno la sua avidità e ha preso anche un altro paio di pezzi. Sparito l'anello, è andato da lei, forse ha provato a fare la parte dell'eroe e ha detto che avrebbe potuto recuperarglielo se lei gli avesse dato cinquantamila dollari in contanti».

Scosse la testa. «No, è una follia».

«Crede? Allora perché Marilyn Boggs aveva cinquantamila dollari proprio nella camera da letto che lei ha svaligiato? I contanti devono essere stati messi lì dopo il furto, altrimenti li avrebbe presi. Mi dica, quale altro motivo avrebbe avuto la signora Boggs per tenere quella somma in camera sua?»

«Non lo so. Lo giuro».

«Raul, voglio credere alla sua affermazione di non sapere nulla di tutto questo. Ma c'è un piccolo problema».

«Quale problema? È la verità».

«Suonerebbe più veritiera se non avesse precedenti per

estorsione e ricatto. Vede», tenni in mano il suo fascicolo, «ha già esperienza in questo gioco, e come in passato, la beccheranno».

«Ho finito di parlare. Mi riporti nella mia cella».

45

LUCA

Era la seconda volta in poche settimane che mi trovavo nel West. Prima di partire avevo controllato il meteo a Vail, che dava una massima di 5 e una minima di -3 gradi Celsius, ma il termometro della macchina a noleggio segnava 23. Percorrendo la lunga strada d'accesso che partiva dall'aeroporto internazionale di Denver, mi ritrovai immerso in un paesaggio da cartolina; montagne dalle cime innevate riflettevano il sole contro un cielo azzurro e terso. Neanche l'ombra di una palma, ma il posto era bello e caldo.

Salendo lungo la Route 70, le montagne coperte di pini e pioppi tremuli diventavano sempre più grandi man mano che la valle e la sua autostrada si restringevano, e la temperatura scese sotto i 15 gradi. Attraversando la prima di diverse vecchie città minerarie, mi si tapparono le orecchie. Una leggera nevicata, che aveva iniziato a cadere, cessò non appena uscii dal tunnel Eisenhower.

Il sole cominciò a giocare a nascondino con le Montagne Rocciose e io alzai il riscaldamento. La temperatura scese sotto i 10 gradi e i cumuli di neve spalata ai lati della strada si fecero più alti. Le case sembravano appollaiate in punti irraggiungibili in auto. Come facevano ad arrivarci con tutta quella neve? Erano case enormi con pareti di vetro, proprio come in Florida. Dovevo ricordarmi di prendere una rivista immobiliare per vedere com'era il mercato da quelle parti.

Superata l'uscita per Vail, mi diressi verso l'Holiday Inn di Avon, dove le tariffe delle camere erano un quarto dei prezzi del Vail Village. La giacca più pesante che possedevo era un vecchio parka che tenevo da parte per quando andavo nel New Jersey. Mi infilai una felpa con il logo del Naples Surf Club e ci misi sopra il parka.

Il sole era scomparso e io procedevo lentamente sulle strade sdrucciolevoli. Avvicinandomi al Vail Village, vedevo migliaia di luci scintillanti. Dopo aver parcheggiato, mi incamminai verso quello che sembrava il centro del villaggio. Il posto pareva la Città del Natale in persona. Attraversando un ponte coperto, quasi mi aspettavo di essere accolto dagli elfi.

Le strade erano piene di sciatori e snowboarder in vari stati di euforia festosa. Fu facile trovare il Pepi's Bar and Restaurant. L'edificio color arancio sembrava trovarsi proprio nell'epicentro del Vail Village. La terrazza esterna del Pepi's era gremita, con una fila di speranzosi che sorseggiavano birra in attesa di un tavolo. Io ero più speranzoso di tutti loro messi insieme e non dovetti aspettare, dato che Nancy Grillo aveva prenotato un tavolo a mio nome.

La hostess mi accompagnò nell'Antler's Room, che sembrava uscita da *Tutti insieme appassionatamente*. Ero in Colorado o in Austria? Sedie non verniciate intagliate nel pino erano disposte intorno a tavoli coperti da tovaglie a quadretti. Centinaia di boccali di birra erano allineati sulle mensole e i camerieri indossavano costumi in lederhosen. La musica era tedesca o austriaca e l'atmosfera era di festa.

Dopo aver ordinato una birra, mi misi a osservare la gente. I camerieri servivano cibo che sembrava troppo ricercato per l'ambiente. Diedi un'occhiata al menù. C'erano un sacco di piatti di selvaggina ed era caro, ma con la differenza di fuso orario stavo morendo di fame. Nancy Grillo non sarebbe arrivata prima di altri quarantacinque minuti. Per allora, senza cibo, la birra mi sarebbe salita subito alla testa.

Non ebbi il coraggio di ordinare il gulasch ungherese, così optai per una ciotola di zuppa di piselli con dentro dei würstel. Era eccellente e sortì l'effetto desiderato. Mentre ordinavo la mia terza birra, una donna minuta come un uccellino si diresse verso di me. Indossava un cappello di pelliccia su misura che si abbinava ai suoi stivali e un cappotto di camoscio nero.

Mi alzai, ma lei mi fece cenno di sedermi e si sfilò la giacca. Era alta quasi quanto Marilyn Boggs. Mentre si toglieva il cappello, mi aspettavo un taglio pixie, ma aveva i capelli dorati raccolti sulla sommità del capo.

«La ringrazio per aver acconsentito a incontrarmi. Capisco il suo scetticismo, ma può fidarsi di me.»

Era inespressiva. «La mia privacy è importante per me. Non mi piace stare sotto i riflettori.»

Beh, se le cose stavano così, si era scelta una città pazzesca in cui vivere. «Mi creda, non ha nulla di cui preoccuparsi. Come le ho detto, cerco solo informazioni generali su John Barnet.»

La vidi trasalire al suono del nome di lui.

Un cameriere si fermò al nostro tavolo e prese la sua ordinazione: un bicchiere di Riesling.

Nancy abbassò la voce. «Ho una bella vita qui. C'è voluto un po' per abituarmi, ma si sorprenderebbe di quanto siano autentici i residenti della valle. C'è una notevole ostentazione di sfarzo durante la stagione sciistica, ma la gente del posto è alla mano e mi ha accolta come una di loro.» Fece un rapido sorriso che si sciolse in un'espressione accigliata quando disse: «Non posso ricominciare tutto da capo.»

Mi sporsi in avanti. «Le assicuro, Nancy, che qualunque cosa condivida con me resterà tra noi. Sarà usata solo per indirizzare la mia indagine nella giusta direzione.»

«Cosa ha fatto *lui* stavolta?»

«È questo il punto: non ne siamo affatto sicuri.»

«È una persona molto ingannevole e pericolosa. L'avevo rimosso dai miei pensieri finché quel detective di Los Angeles non ha cominciato a chiamarmi.»

«Mi dispiace dover rivangare tutto questo, ma è importante.»

Una cameriera si avvicinò al nostro tavolo ed elencò le specialità del giorno, ma nessuno le ordinò. Nancy ordinò il sashimi di tonno e io seguii il suo suggerimento, ordinando il carré d'agnello.

«Non voglio forzarla. Mi creda, sono grato di essere qui. Ma potrebbe parlarmi un po' di lei? Cosa fa nella vita?»

Spiegò che suo nonno era un pilota e possedeva una scuola di volo nella Orange County, a soli trentacinque miglia da Los Angeles. La posizione e le piste di atterraggio la rendevano una scelta perfetta come aeroporto secondario, e la Orange County l'aveva acquistata, ribattezzandola John Wayne Airport. Disse che suo nonno e suo padre avevano investito i soldi in immobili e che lei era l'unica beneficiaria del fondo fiduciario da loro istituito.

Era chiaro, anche se non volevo rigirare il coltello nella

piaga, che Barnet l'aveva presa di mira. «Immagino che Bar...»

Scosse la testa.

«Scusi, immagino che fosse a conoscenza della situazione finanziaria della sua famiglia?»

Annuì.

«Come lo ha conosciuto?»

Mentre assimilavo il fatto che si fossero conosciuti a un evento di beneficenza, un cameriere allegro ci portò i piatti e noi, o meglio io, ci buttammo. O ero molto affamato o era il miglior carré d'agnello che avessi mai mangiato. Mi guardai intorno e vidi almeno due persone che tenevano le costolette in mano come lecca-lecca, dandomi il permesso che cercavo per afferrarle e rosicchiarle.

Un millisecondo dopo aver posato l'ultimo osso, un cameriere apparve e sparecchiò il tavolo.

«Quell'agnello era ottimo. Grazie per avermelo suggerito.»

Nancy sorrise. Ciò contribuì ad addolcire i tratti del suo viso dalle proporzioni un po' goffe.

«Odio dover tornare su tutto questo, ma...» Alzò le mani in segno di resa.

«Non si preoccupi.»

Anche lei era curiosa. «L'ha vista?»

Finsi di essere confuso.

«La moglie.»

«Marilyn Boggs? Sì, ci ho parlato.»

«È alta quanto me, vero?»

«Già. Bassina.»

«E ha i capelli corti?»

«Un taglio pixie, mi pare si chiami così.»

Annuì. «Lui ha una vera ossessione per Audrey

Hepburn. Mi aveva convinta a tagliarmi i capelli e a vestirmi con le sue creazioni di Givenchy. Mi regalava fazzoletti di Hermès da legare al collo. Io non avevo personalità. Ero semplicemente la sua Audrey.»

Le si incrinò la voce e si asciugò un occhio con il dorso della mano. «Fui io a lasciarlo. Un giorno, dopo che eravamo stati insieme per due anni, tornai a casa dal parrucchiere e lo trovai a letto con un'altra donna, una che avrebbe potuto essere la mia gemella. Scoprii poi che non era la prima volta. Fece di tutto affinché non lo dicessi a nessuno, quindi non lo feci.»

«E non l'ha mai più rivisto?»

Scosse la testa. «Me ne sono andata. Ho chiuso con lui e con il mio passato. E sono venuta qui.»

«Deve averle fatto molto male.»

«L'ho superato.» Scosse di nuovo la testa e, questa volta, sembrava che stesse cercando di convincere sé stessa.

«Sono certo che l'ha fatto. Ma per essere stata con qualcuno per due anni, Lei ne sa molto poco.»

Abbassò lo sguardo. «Era una relazione a senso unico.»

Mi sporsi in avanti e parlai con il tono sommesso di un impresario di pompe funebri. «Un suo amico ha detto che le ha scattato delle foto senza il suo consenso.»

Serrò le labbra. «Incredibile.»

«Avrebbe potuto sporgere denuncia.»

«E finire sbattuta sui giornali? No, grazie.»

«Quindi ha deciso di andarsene? Non che venire a Vail si possa proprio definire una fuga.»

Lei scrollò le spalle e si studiò le mani.

C'era sotto qualcosa. «Capisco, ma la cronologia degli eventi mi confonde. La storia della macchina fotografica è successa circa tre mesi prima che Lei lasciasse Los Angeles.»

Nancy si mosse a disagio sulla sedia. «Io... dovevo organizzarmi.»

«Gli ha mai prestato o dato dei soldi?»

Si morse un labbro, ma fu salvata da un cameriere che portava i menu dei dessert. Ordinammo dei caffè e lei mi suggerì di provare lo strudel. Voglio dire, come si fa a non prenderlo in un posto come questo?

«Le ha chiesto un prestito?»

«Ancora non riesco a credere a quanto sia stata ingenua.»

«Quanto?»

Scosse la testa. «Prima diecimila, ma la volta dopo sono stati ventimila.»

«E glieli ha dati?»

«Sì, ma gli ho detto che quella era l'ultima volta. Ha chiesto ancora e ancora, ma io sono rimasta ferma sulla mia posizione.»

«Come andavano le cose nella vostra relazione quando ha deciso di tenergli testa?»

Sbuffò una risata. «Era proprio quello il punto: lui riusciva a compartimentalizzare le cose come se nulla fosse. Io invece ne ero molto turbata e ho cercato di mettere le distanze tra noi.»

Arrivarono i nostri caffè e il mio strudel e faticai a non avventarmici sopra. Dovevo mantenere il modus operandi e mi dissi che lo strudel sarebbe stato la mia ricompensa. Presi un sorso di caffè, mi sporsi in avanti e tentai la sorte.

«Sono certo che non ne sia a conoscenza, ma quello era il suo modus operandi. E quando una donna si rifiutava di stare al gioco, lui la filmava e la ricattava. È questo che è successo?»

Annuì e chinò la testa. Pregai che non si mettesse a piangere. «Avevo paura di lui. Non lo ha mai detto esplicitamente, ma alludeva sempre al fatto di aver fatto del male a delle persone in passato, e parlava di violenza fisica. Probabilmente avrei dovuto denunciarlo, ma ero spaventata e sono scappata.»

«Non c'è assolutamente nulla di cui vergognarsi. Francamente, sono orgoglioso di Lei. La maggior parte delle donne avrebbe ceduto, ma Lei ha fatto la cosa giusta.»

«Crede?»

«Ne sono certo. Lei lo ha mandato al diavolo e guardi dove vive ora. Se lo chiede a me, Vail è un milione di volte più bella di Los Angeles. E poi, guardi questo strudel, dico io.»

Strudel a parte, quando uscii nell'aria gelida della notte, i peli delle mie narici pizzicarono. Si stavano congelando! Ciò mi costrinse a riconsiderare il mio commento su Vail contro Los Angeles.

46

Luca

Dopo aver fatto appello a due tribunali diversi per invalidare il nostro mandato di comparizione, alla fine Verizon ha ceduto e ha acconsentito alla nostra richiesta di accedere all'account cloud di Barnet. Con Marilyn morta, il video che la ritraeva aveva molto meno valore, e immaginavo che probabilmente l'avrebbe cancellato dal suo telefono. Inoltre, chiedere o ottenere un mandato per esaminare il suo telefono l'avrebbe messo in allerta.

I cervelloni della scientifica informatica hanno scaricato otto video. Barnet sarebbe dovuto andare a lavorare per quello sporcaccione che possedeva la rivista *Hustler*. Non avevo alcun interesse per quella pornografia e sono passato dritto all'ultimo. Ho sgranato gli occhi. Indicava una durata di oltre dodici minuti. Anche se era una parte legittima dell'indagine, mi sono alzato e ho chiuso la porta del mio ufficio prima di premere play.

Più che a disagio, l'ho fermato dopo appena un minuto e venti secondi. Era innegabilmente Marilyn Boggs, e se non era consenziente, il video violava chiaramente la legge sul revenge porn, a condizione che fosse stato pubblicato su Internet. Mi sono chiesto se il fatto che fosse finito nel suo account cloud potesse essere considerato come una pubblicazione, perché la ricerca effettuata dai cervelloni non aveva prodotto alcun risultato.

Non era una sorpresa. Barnet non cercava di mettere in imbarazzo queste donne; a quanto pareva, voleva i loro soldi. Eppure, se fossimo stati a New York o nel Jersey e avessimo convinto una delle altre donne a sporgere denuncia per riprese non consensuali, avremmo potuto sbattere in cella il suo culo abbronzato.

Era una pista da seguire, poiché avrebbe fatto pentire Barnet delle sue perversioni, che avesse ucciso la Boggs o no.

————

IL CENTRO WATERSIDE Shops brulicava di clienti e turisti, ma dentro la Barnet's Wine & Spirits regnava la quiete. Una commessa dai capelli rossi mi ha sorriso quando entrai.

«Posso aiutarla a trovare qualcosa questo pomeriggio?»

Risposi: «Non ancora, grazie.»

«Faccia con comodo, mi faccia sapere se posso aiutarla. Mi chiamo Carla, sono la vicedirettrice.»

Dirigendomi verso la sezione italiana, ho notato che gli scaffali non erano completamente pieni. C'erano una dozzina di scomparti in ogni fila, ma solo la metà era occupata. Erano pieni zeppi l'ultima volta che ero stato lì.

Spostandomi verso la sezione francese e quella californiana, ho notato che erano ugualmente a corto di scorte. Era normale? I vini erano stagionali, e lui aveva appena fatto dei grossi saldi. Forse le nuove annate non erano ancora arrivate.

Facendo il giro del negozio, sono passato di nuovo davanti alla commessa che mi disse: «È sicuro che non posso aiutarla?»

«A dire il vero, stavo cercando un vino che mi aveva suggerito John, credo sia il proprietario.»

«Qual era il nome del vino?»

«È questo il punto: non riesco a ricordarmelo.»

«Rosso, bianco?»

Ho alzato le mani. «So che sembra pazzesco, ma mi ha dato un paio di suggerimenti che sembravano ottimi.»

«A John piacciono molto i Bordeaux. Era un Bordeaux?»

«No. Quello me lo ricorderei. Per caso è qui?»

Lei ha annuito. «È nel suo ufficio. Lasci che veda se è libero.»

Rimanendo in disparte sulla sinistra, ho osservato Barnet infilarsi la camicia nei pantaloni mentre usciva dal suo ufficio. Dando un'occhiata al negozio mentre camminava, mi ha visto e si è fermato prima di forzare un sorriso.

«Piacere di rivederla. Carla ha detto che cercava un vino di cui le avevo parlato. L'ultima volta che è stato qui, le ho consigliato un Barolo?»

«Non credo. Stava facendo una degustazione nella saletta sul retro con due donne.»

Lui ha sorriso. «Solo due?»

«Sì, ricordo che costava novanta dollari a bottiglia, e le ho detto che per me era troppo caro, che non avrei mai notato la differenza.»

«Oh sì, ora ricordo. Stavamo degustando un Borgogna. E non sottovaluti il suo palato. Più vini berrà, più facilmente coglierà le differenze tra di loro.»

Ho riso. «Se significa che devo spendere di più per una bottiglia, non sono sicuro di volere quel tipo di sensibilità.»

«Andiamo nella sezione dei Borgogna.»

Ha indicato una mappa multicolore sopra uno scaffale di vini.

«È importante capire che ci sono varie regioni all'interno della Borgogna. I vini sono molto diversi l'uno dall'altro, anche all'interno delle sottoregioni stesse.»

C'erano un sacco di nomi che iniziavano con Côte, ma l'unico che ho riconosciuto è stato Chablis. Quel tizio se ne intendeva davvero. Ha parlato senza sosta per quindici minuti, finché non ho sfilato una bottiglia da uno degli scomparti.

«Mi scusi, a volte mi lascio trasportare, ma è perché credo nell'importanza del terroir. Quella che ha in mano è una bottiglia eccellente, ma per lei potrebbe essere un po' cara, a settantanove e novantacinque.»

Ho reinfilato la bottiglia.

«Dia un'occhiata a questa.» Barnet ha preso una bottiglia da un cesto. «È di un produttore molto noto, Louis Jadot, i cui vini sono facilmente reperibili. Credo che abbiamo almeno quindici dei loro vini. Questo è un Côte de Nuits.» Barnet ha indicato la mappa. «È la regione dei rossi in alto. È quello che viene definito un vino *village*. Questo ha piacevoli sentori di ciliegie scure con una nota di fragola. È di medio corpo con una buona profondità. Non è terribilmente complicato, ma credo sia un'ottima introduzione, specialmente a meno di trenta dollari.»

Sentendo la descrizione, mi è venuta voglia di stapparlo lì per lì. «Sembra davvero interessante. Apprezzo che rispetti il mio budget. Nel mio settore non si guadagna molto.»

«Piacere mio. Guardi, prenda anche una bottiglia di questo. È un Volnay di Beaune, che si trova a sud di dove viene prodotto il Jadot.»

Mentre prendevo entrambe le bottiglie da lui, Barnet ha detto: «Mi faccia sapere come le sono sembrati. Abbiamo un sacco di vini a prezzi accessibili, quindi parli di noi ai suoi amici. Ora devo scappare. Grazie ancora per essere passato.»

«Può aspettare un minuto? Ho un paio di domande da farle.»

«Oggi non ho proprio tempo.»

«Sarà una cosa veloce.»

Barnet si è ripreso le bottiglie e si è diretto verso il bancone. «Batta queste. Andiamo un minuto nel mio ufficio. Voglio mostrarle una vista aerea della Borgogna.»

Mentre entravamo nel suo ufficio, Barnet ha indicato una fotografia appesa alla parete dietro la sua scrivania. Era una foto scattata di sbieco a un vigneto in Borgogna, dove i filari seguivano il contorno delle dolci colline. Non si vedeva anima viva e l'immagine emanava una bellezza naturale.

Barnet si è seduto dietro a una scrivania con almeno una dozzina di bottiglie di vino disposte a semicerchio. Tre bicchieri e un cavatappi erano pronti all'uso.

«Sta facendo una degustazione?»

Ha annuito. «Stavo giusto per iniziare quando è entrato.»

«È parecchio vino.»

Barnet allungò la mano sotto la scrivania e ne tirò fuori un secchio. «Serve a questo. Assaggio e sputo.»

«E con il resto della bottiglia che fa?»

Scrollò le spalle. «Se è qualcosa che mi interessa tenere,

mi assicuro di farlo assaggiare al personale. Così si fanno un'idea del vino; altrimenti finisce nello scarico.»

Annuii, rendendomi conto che c'era davvero un abisso tra un posto come questo e comprare il vino da Publix, come facevo di solito. Sarebbe stato interessante continuare a parlare di vino, ma era ora di andare avanti.

«A proposito, ho notato degli spazi vuoti sugli scaffali. Sembra che ci siano molte meno scorte.»

«Abbiamo un sacco di vino in arrivo. Francamente, non so dove lo metterò.»

«Bene. Senta, volevo esaminare con Lei un paio di questioni riguardo a Marilyn Boggs.»

Barnet si irrigidì, ritirando le mani dal tavolo.

«Aveva detto che il suo vino preferito era il Sauvignon Blanc.»

«Sì, le piaceva quello e anche i vini bianchi di Bordeaux, che sono fatti di Semillon e Sauvignon Blanc.»

«Ma il giorno del suo omicidio abbiamo trovato una bottiglia aperta di Pinot Nero sul bancone della cucina.»

«Forse lo stava bevendo con la persona che l'ha fatto.»

Le mie orecchie si drizzarono a quel "che l'ha fatto". Era il suo legame emotivo con Marilyn che gli impediva di accettare il fatto che fosse stata pugnalata a morte? O era una deviazione inconscia per addolcire l'atto violento? Prima che potessi dire qualcosa, aggiunse: «Probabilmente era Gideon.»

«A lui piace il Pinot Nero?»

«Credo di sì.»

«L'ultima volta che è stato con Marilyn, ha avuto un rapporto sessuale?»

«Andiamo, detective, non è un po' troppo personale?»

«Risponda alla domanda, per favore.»

Barnet scosse la testa. «Sì.»

Secondo l'autopsia, stava mentendo. Archiviando la menzogna in un fascicolo mentale, andai avanti.

«Gideon Brighthouse ha detto che voi due stavate litigando quando è entrato in casa il pomeriggio dell'omicidio.»

«Litigando? No, si sbaglia.»

«E allora di cosa si trattava?»

«Non ricordo di cosa stessimo parlando quando è entrato, ma di certo non stavamo litigando.»

«Ne è sicuro?»

«Detective, spero che non stia cercando di insinuare che stessimo litigando e... be', sa cosa intendo.»

«Io non tratto insinuazioni; il mio mondo si basa sulle prove.»

47

Un commesso bussò alla porta di Barnet e disse: «John, c'è un certo signor Farnham sulla linea uno. È furioso: qualcosa riguardo a un ordine di acquisto in anteprima».

«Non puoi passarla a Bridgette?»

«Ehm, l'hai licenziata.»

«Passami quella dannata telefonata!»

«Signor Farnham. Come sta?... Capisco, signore. Ho dovuto licenziare la direttrice del negozio... Sì, Bridgette. Ha fatto un vero pasticcio con il programma delle anteprime e mi ci vorrà un po' di tempo per rimettere le cose a posto. Non ha idea di come abbia confuso tutti gli ordini... Le prometto che La ricontatterò entro dieci giorni, al massimo... Dieci è proprio il limite. Devo mettermi in contatto con tutti gli châteaux. Non posso fidarmi dei registri che teneva... Grazie per la Sua comprensione, signore. Avrei dovuto pensarci bene prima di lasciare che qualcun altro gestisse gli ordini, ma Le posso assicurare che non succederà mai più.»

Barnet aprì il foglio di calcolo delle anteprime. La

colonna C mostrava il numero totale di casse: erano state vendute quasi ottanta casse della prossima annata di Bordeaux. Scorrendo fino alla colonna E, notò che il totale venduto ammontava a $113.450,00 e, nella colonna F, l'acconto del settantacinque per cento incassato era di $85.087,50.

L'arrivo del vino era previsto a partire da cinque mesi. Il suo problema era duplice: aveva ordinato poco più della metà del vino per il quale aveva venduto le anteprime, e tutti i soldi erano spariti. Se la bolla fosse scoppiata, avrebbe perso il negozio, insieme a tutto il resto che possedeva.

Barnet sapeva che avrebbe dovuto trasferirsi di nuovo, ma dove? Chicago era una buona piazza per il vino, ma il tempo era terribile. E Scottsdale? Bel tempo, ma non era una città per il vino e non era vicina all'acqua. La prospettiva di un trasloco lo spinse a chiamare un amico per uscire quella sera. Barnet sarebbe andato a caccia di un'altra ancora di salvezza e aveva in mente un paio di panterone.

———

Era la prima volta che Bridgette si trovava nell'ufficio dello sceriffo. La sicurezza l'aveva spaventata ma, una volta dentro, fu sorpresa di quanto fosse silenzioso. Il muro esterno del secondo piano era costellato di uffici. Ognuno, rispecchiando quello in cui si trovava, aveva una grande vetrata che dava sull'area comune, piena di gruppi di scrivanie una di fronte all'altra. Molte erano vuote, ma quelle che non lo erano erano occupate da un misto di agenti in uniforme e in borghese.

Il detective Wiley disse: «Bene, signora. Perché non mi dice il motivo per cui è qui?»

«John Barnet sta truffando i suoi clienti. Dovrebbe essere in prigione. Fa sembrare che...»

«Con calma, signora. Stiamo parlando di John Barnet del Barnet's Liquors?»

«Sì, quello che possiede il negozio di Waterside. Come lo conosce?»

«Cosa sostiene che stia facendo?»

«Non è una supposizione, lo sta facendo. Prende i soldi per gli ordini in anteprima, ma non compra il vino per soddisfarli.»

«Anteprime?»

«Nel settore vinicolo, si ha la possibilità di acquistare una nuova annata prima che venga immessa sul mercato. Vede, il vino riposa in botte per molto tempo prima di essere imbottigliato e messo in vendita. Quindi, se si acquista in anticipo, si ottiene un prezzo migliore e la garanzia di ricevere questi vini molto richiesti.»

«E come sa che Barnet non consegnerà i vini che sono stati ordinati?»

«Ho lavorato come direttrice del suo negozio per quasi tre anni.»

Dopo aver preso un appunto, Wiley disse: «Faccia con calma e mi spieghi cosa crede stia succedendo.»

«Non ci eravamo mai occupati di anteprime prima. Bleu Cellar aveva il monopolio del mercato, ma quest'estate gli affari andavano a rilento e John è venuto da me per avviare una campagna di anteprime per attirare un po' di clienti. Abbiamo ricevuto ordini, ma non era soddisfatto e ne voleva di più. Comunque, avevamo ordini per oltre centomila dollari, ma so che non ha ordinato tutto il vino.»

«E come fa a saperlo?»

«Ero io a fare gli ordini e, a peggiorare le cose, ha

venduto anteprime di produttori che avevano sospeso le forniture perché era molto indietro con i pagamenti.»

«Non è possibile che possa acquistare il vino dal mercato secondario?»

«È possibile, ma ci rimetterebbe dei soldi, sempre che riesca a trovarlo.»

«Cosa pensa che abbia fatto con i soldi, se non ha ordinato tutto il vino?»

«Sono serviti per lo più a coprire le spese. Il negozio non ha mai ingranato come pensava lui. Se lo chiede a me, era nella posizione sbagliata e l'affitto è fuori controllo. Waterside è pieno di negozi di stilisti di lusso. È una clientela diversa.»

«Crede che Barnet fosse sotto pressione economica e abbia usato parte dei soldi incassati per coprire le spese di gestione?»

«Sì, come uno schema Ponzi. Dunque, dovrei sporgere denuncia o qualcosa del genere?»

«Non è così semplice. Primo, se Lei non ha partecipato all'acquisto delle anteprime, non ha la legittimazione per sporgere denuncia. Abbiamo bisogno che lo faccia uno dei clienti.»

«Nessun problema, quanti ne vuole?»

«Ci sarà tempo, perché l'altro problema è che nessuno è stato ancora truffato.»

«Ma lo saranno.»

«Forse, ma Barnet potrebbe acquistare il vino che deve consegnare o anche solo rimborsare il denaro ai clienti.»

«E dove troverà i soldi per farlo?»

«Questo è affar suo. Quando dovrebbero ricevere il vino che hanno ordinato gli acquirenti?»

«Una parte dovrebbe arrivare negli Stati Uniti tra circa cinque mesi.»

«Dovremo aspettare e vedere come si evolverà la situazione e se Barnet sarà in grado di soddisfare gli acquirenti, in un modo o nell'altro. A questo punto, è troppo presto per fare qualsiasi cosa. Non è stato commesso alcun reato.»

«È pazzesco. Glielo dico io, John Barnet è un uomo molto pericoloso. Mi ha detto di aver picchiato un tipo così forte da farlo finire in terapia intensiva.»

«Quando sarebbe successo?»

«Non sono sicura, ma è stato quando era a Los Angeles.»

«È molto al di fuori della nostra giurisdizione, signora.»

«Sì, beh, ha fatto la stessa cosa a un esattore proprio qui a Naples.»

«Mi parli di questo.»

«C'era questo tizio, credo si chiamasse Vincent Ropo o qualcosa del genere, e veniva sempre al negozio per cercare di riscuotere i soldi che Barnet doveva a un'azienda vinicola cilena. John non pagava, diceva che il vino era avariato, ma sapevo che mentiva. Non aveva i soldi. Comunque, questo Vincent veniva almeno due volte a settimana. Poi, all'improvviso, ha smesso di venire.»

«Forse Barnet ha pagato il conto o l'azienda vinicola ha dato per perso il debito.»

Bridgette scosse la testa. «Ho chiesto a John cosa fosse successo e lui ha sorriso con un'aria così perfida che ho capito subito che aveva aggredito quel poveretto».

48

LUCA

Attaccai il telefono proprio mentre Vargas piombava in ufficio e disse: «Credo sia ora di trascinare qui Barnet per quattro chiacchiere.»

«Perché? Cos'è cambiato?»

«Era l'ex direttrice del negozio di Barnet. Ha detto che Barnet non ha i soldi per rifornire il magazzino. È indebitato con un paio di distributori per una grossa cifra ed è indietro con l'affitto.»

«È lei che voleva sporgere denuncia per frode?»

«Sì, non capisce ancora perché stiamo lasciando che tutta questa truffa dei futures sul vino si sviluppi. Le ho detto la stessa cosa che le ha detto Wiley: Barnet magari sta pianificando, ma non ha ancora fatto niente.»

«Proprio come Brighthouse?»

«A questo ti risponderò appena possibile. Per ora, sappiamo che Barnet ha bisogno di soldi: un movente perfetto per un ricatto, non credi?»

«Scusami, ma non capisco proprio perché Marilyn non

avrebbe reagito, specialmente con tutte le risorse che hanno i Boggs.»

«È tutta una questione di reputazione. Chissà cos'altro poteva avere Barnet su di lei.»

«Ma non aveva altro. Dai tabulati della Verizon sappiamo che aveva solo quella cosa su di lei.»

«Avrebbe potuto averla salvata su un disco fisso, una chiavetta o qualcosa del genere.»

«Senti, io penso che tutta questa faccenda delle riprese sia disgustosa, con o senza consenso, ma nel mondo di oggi potrebbe fare notizia in una giornata di magra.»

«Non abbiamo a che fare con gente comune. Potresti avere ragione, ma conta quello che pensava lei, non quello che pensiamo noi o gli altri. Chissà, probabilmente il vecchio ha una sezione nel testamento fiduciario al riguardo.»

«Potresti averci visto giusto, Frank. Forse c'è una specie di clausola che riguarda il danno alla reputazione della famiglia o qualcosa di simile.»

«Se è così, il vecchio doveva essere una specie di narcisista. Pensi davvero che credesse che tutti fossero concentrati sui Boggs e su quello che facevano?»

«Sono sicuro che aveva a che fare con la gestione del denaro della gente e con la necessità di avere una reputazione immacolata, altrimenti sarebbe stato difficile per le persone affidargli i propri soldi.»

«La gente deve davvero smetterla di preoccuparsi di quello che pensano gli altri.»

«Lo so. A proposito, prima che me ne dimentichi, ha chiamato il viceprocuratore distrettuale Lindsey per Sanchez. Vuole sapere cosa sta succedendo. Voleva contattare l'Immigrazione per farlo deportare invece di processarlo, se non intendiamo accusarlo di omicidio.»

«Ma che diavolo gli prende? Sanno che Sanchez è uno dei nostri principali sospettati nel caso Boggs.»

«È quello che gli ho detto. Probabilmente stanno spingendo per smaltire i casi, per ridurre gli arretrati. Per far bella figura con le statistiche.»

LUCA

METTENDO UN CAFFÈ SULLA MIA SCRIVANIA, PRESI UN pennarello e andai alla lavagna. Disegnai tre cerchi e ci scrissi dentro una G, una B e una S.

«Cominciamo con Gideon.» Sotto la G cerchiata scrissi: Vicino alla vittima, ha trovato il corpo, Movente - Soldi, Aveva pianificato di uccidere, Nessun precedente penale.

«Nient'altro?»

Vargas disse: «Prende dei farmaci e sono del tipo che rende violente alcune persone. Potrebbe essere stata una furia indotta dai farmaci.»

Aggiungendo *Sotto farmaci* alla lista, presi un sorso di caffè e dissi: «Passiamo a Barnet per il momento.»

Sotto la B, scrissi: Vicino alla vittima, presente il giorno dell'omicidio, movente - vendetta? - nessun precedente, ma prove di tentata estorsione.

Vargas disse: «Non ci credo alla pista della vendetta. Semmai, avrebbe potuto essere un litigio sfuggito di mano. Forse Barnet stava minacciando Marilyn per farsi pagare e le cose sono degenerate.»

«Stavano litigando, secondo Brighthouse, e anche se Barnet ha detto di aver fatto sesso quel pomeriggio, dall'autopsia non è emersa alcuna prova a riguardo.»

Cancellando vendetta, inserii *litigio/scontro al suo posto*. «Non c'è niente di concreto, ma Grillo e il direttore del suo negozio credono entrambi che Barnet abbia un lato violento.»

«A meno che non troviamo delle prove, sono solo voci.»

Dissi: «Lo so. Non dimentichiamoci che il Pinot Nero è il vino preferito di Barnet.»

«Non ci sono prove che sia stato lui a bere il vino della bottiglia trovata sulla scena.»

«Infatti non lo vede sulla lavagna, no? Ora, passiamo a Sanchez.» Scrissi mentre parlavo. «Era sull'isola il giorno dell'omicidio. Ha ammesso di essere entrato in casa per rubarle i gioielli. Fu visto parlare con la signora Boggs. Il movente, se ce n'era uno, era nascondere il suo ricatto, proprio come Barnet.»

«E Sanchez ha precedenti penali seri prima di venire negli Stati Uniti.»

Afferrando il caffè, mi sedetti. «Rimanendo su Sanchez, non c'è dubbio che non sia uno stinco di santo. Solo non so se abbia l'intelligenza o il fegato per architettare un piano di ricatto.»

«Ma non dimentichi che sarebbe stato un colpo solo. Una volta che lei avesse pagato qualsiasi cifra lui avesse chiesto per riavere l'anello, non avrebbe più avuto nulla con cui ricattarla. È molto più facile rispetto a qualcosa di continuativo.»

«Probabilmente, ma chi avrebbe potuto dire che lo aveva preso e l'aveva contattata?»

«Avrebbe potuto dire che qualcuno, forse un membro di una gang, sapeva che lavorava sull'isola e lo aveva avvicinato.»

«Come avrebbe fatto il ladro a sapere cosa rubare? Con tutti quei gioielli in camera da letto, se ne esce con un paio di pezzi e uno di questi è il suo preferito? Non ci credo.»

«Chi sapeva che era il suo preferito? Barnet e Brighthouse dovevano saperlo. Pensa che potrebbe esserci un collegamento tra Sanchez e uno di loro?»

Era qualcosa che non avevo mai considerato. Vargas stava diventando un detective migliore di me.

«Dovremo dare un'occhiata a questa cosa. Ma se si rivelasse essere Sanchez, penso che l'abbia sorpresa durante il furto e sia andato nel panico. Torniamo a Gideon per ora. Che avesse pianificato di uccidere la moglie è inconfutabile, anche se non illegale. L'ha pugnalata a morte? Era sull'isola e ha trovato il suo corpo, o forse ne ha denunciato il ritrovamento? Il suo movente? Evitare un divorzio che lo avrebbe lasciato come noi comuni mortali. Ma avrebbe ottenuto milioni se lei fosse morta.»

«Sembra il nostro numero uno.»

«Potrebbe esserlo. Questo Barnet mi sta simpatico come un mal di denti. È un bastardo viscido e avido di soldi. Sappiamo che ha almeno tentato di ricattare una donna con lo stesso profilo della Boggs.»

«E sappiamo che era con lei solo poche ore prima che venisse trovata morta. Il capitano dello yacht che lo ha riportato sulla terraferma ha detto che erano partiti verso le tre, che era prima del solito.»

«La domanda è perché? È stato solo un litigio innocuo? Perché non lo avrebbe detto e basta?»

«Poteva riguardare i soldi che le stava spillando e voleva mantenere la cosa segreta.»

«Probabilmente sì, ma c'è un bel salto dal ricatto all'omicidio. Di solito non succede.»

«Niente di questo caso è normale.»

«Non permetterò che questo caso si aggiunga ai duecentomila omicidi irrisolti degli ultimi sessant'anni.»

———

PER LA PRIMA volta dopo mesi, un incubo sul caso Barrow mi svegliò, infrangendo un'altra delle mie rosee aspettative. Cosa mi aspettavo? Un ragazzino si era ucciso perché non avevo fermato il tentativo di incastrarlo. Essere un novellino non era una scusa. Avrei dovuto imparare a conviverci, come aveva detto Vargas. Sapevo che aveva ragione e feci scivolare le gambe giù dal letto. L'orologio segnava le 5:12 e la gola mi dava fastidio. Andai in bagno e, mentre aspettavo che la pipì fluisse, ripensai al caso Boggs. Dopo essermi liberato, decisi di prepararmi una tazza di tè e di leggere l'intero fascicolo del caso.

Dopo aver tagliato un limone e averne spremuto metà nel mio tè, afferrai il fascicolo del caso Boggs, alto quindici centimetri, e mi sedetti. Il primo documento al suo interno era il rapporto della scientifica sulla scena del crimine: una lunga lista che identificava il cosa e il dove di una collezione di peli, fibre, impronte latenti, un'impronta di scarpa e il sangue, tutto proveniente dalla vittima.

Le identità dei campioni di peli e delle impronte non erano sorprendenti. Oltre alla vittima, la maggior parte dei peli e delle impronte digitali apparteneva a Gideon

Brighthouse, John Barnet e tre donne delle pulizie. Mi ricordai del mio interesse iniziale per un pelo identificato, ma gli esami lo collegarono a un uomo che consegnava le composizioni floreali ogni settimana.

Il rapporto sulle fibre era una lunga lista, ma non spiccava nulla di insolito. Se avessimo avuto un sospettato certo, speravamo di poterlo usare per collegare la sua presenza alla scena. Non sarebbe stata una prova schiacciante, solo una prova a sostegno.

Bevendo l'ultimo sorso di tè, passai alle prove materiali raccolte sulla scena: il bicchiere di vino vuoto e una bottiglia quasi vuota di Kistler Pinot Noir. Chi aveva bevuto il vino? Era ancora da determinare. L'unica cosa interessante del frullatore Omega era l'intenzione di Gideon di usarlo come sistema per somministrare il veleno dei funghi.

La prova regina era il coltello usato per uccidere Marilyn Boggs. Il rapporto diceva che era della Zwilling, di fabbricazione tedesca e, ovviamente, costoso. Il suo manico nero in legno era stato ripulito dalle impronte e la lama seghettata era lunga quattordici pollici. Non c'era da stupirsi che avesse trapassato la povera donna da parte a parte. Il sangue trovato sul coltello apparteneva a Marilyn Boggs. Sganciai la foto del coltello e la supplicai di parlarmi.

Nel riagganciare la foto, ebbi un'illuminazione. Balzai in piedi e andai al bancone dove si trovavano il mio limone e il coltello. E infatti c'era una goccia di succo di limone che era scivolata dalla lama sul bancone. Afferrai il fascicolo del caso e tornai al rapporto della scientifica.

Non era stata trovata alcuna goccia di sangue da nessuna parte, nemmeno nel punto in cui era stato rinvenuto il coltello. L'assassino l'aveva pulito o indossava dei guanti. La lama era stata lasciata intatta. Non l'aveva neanche sciacquata, dato che nel lavandino non erano state trovate tracce di sangue.

Controllai l'ora: erano solo le 6:18. Maledizione, mancavano due ore buone prima che potessi togliermi quel prurito.

50

Luca

IL MEDICO LEGALE SHIELDS ALZÒ LO SGUARDO DAL MONITOR E scosse la testa.

«Non ho tempo, Frank.»

«Sarà una cosa rapida, lo prometto.»

«Lo sai, dici sempre così e poi non è mai vero.»

«È importante, dottore.»

Guardando l'orologio, disse: «Hai cinque minuti.»

«Grazie. I coltelli seghettati hanno tutti quei piccoli denti, quindi se ne venisse usato uno per accoltellare qualcuno, quando lo estraggono, si porterebbe dietro del sangue?»

«Ci sono molti fattori, a partire dall'arco descritto durante la pugnalata. Se la vittima fosse a terra o significativamente reclinata, la gravità giocherebbe un ruolo.»

«Ok. E la differenza di sgocciolamento tra una normale lama liscia e una seghettata, se usate in un accoltellamento?»

«Vittima in piedi, seduta? Ferita profonda o no?»

«In piedi. L'aggressore è più alto della vittima, ed è la ferita più profonda possibile, dritta nel petto, come nel caso Boggs.»

«In quel caso è stata usata una lama lunga e seghettata. Stiamo parlando di quell'omicidio?»

«Sì.»

«Sto generalizzando, Frank, perché anche l'abbigliamento della vittima ha un suo ruolo...»

«Ma indossava una camicetta leggera, l'ha vista.»

Annuì. «È stato piuttosto insolito non trovare schizzi di sangue sulla scena del crimine. Un coltello a lama liscia tenderebbe a far scorrere il sangue, generando uno sgocciolamento più ampio, a macchia. Una lama seghettata ha molti punti di contatto. In realtà ha un'area di contatto minore rispetto a una lama liscia, e i punti di contatto sono più fini, il che significa che meno sangue si raccoglierebbe su ciascun punto di contatto.»

«E per quanto riguarda lo sgocciolamento?»

«C'è la tendenza a produrre goccioline di sangue più piccole.»

«E dove cadrebbero queste goccioline?»

«Non è una scienza esatta, Frank. La forza e la velocità dell'affondo e dell'estrazione giocherebbero un ruolo importante nel determinare dove il sangue, se ce ne fosse, cadrebbe. E non abbiamo ancora menzionato l'angolo della pugnalata.»

«Può alzarsi, dottore?»

«Cosa?»

«Mi assecondi un secondo e aggiri la scrivania.»

Mentre Shields aggirava la sua scrivania, afferrai una matita che c'era sopra.

«Dottore, lei è un po' più alto di me, quindi prenda questa matita e faccia finta che sia un coltello seghettato. Dunque, Marilyn Boggs è stata pugnalata più o meno qui, recidendole l'aorta. Penserei che questo avrebbe generato molto sangue.»

«Naturalmente.»

Piegai leggermente le ginocchia. «Tenga la matita vicino alla gomma.»

Afferrando la matita, gli guidai la mano fino al punto in cui Marilyn era stata pugnalata.

«Ok, ora immagini di estrarre la lama e lo faccia con la matita.»

Il coroner tirò indietro bruscamente la lama immaginaria, e quando fu vicino al suo orecchio, dissi: «Fermo! Vede dove si trova?»

Il coroner si rilassò e lasciò cadere la mano lungo il fianco. «Adesso vuoi sapere dove potrebbe essere finita una goccia di sangue? Ammesso che ce ne fosse una.»

«Esatto.»

«Beh, non c'era alcuna traccia di sangue sul pavimento o sui mobili. È possibile che, quando il coltello è stato estratto di scatto», mise il pugno vicino all'orecchio, «una o più gocce di sangue siano schizzate via dal coltello e sull'aggressore.»

«Sulla sua camicia?»

«No, non credo. Mentre estraeva il coltello tirandolo verso di sé, durante quell'arco, se qualcosa fosse caduto dalla lama, la gravità avrebbe avuto un ruolo. Penso che se fosse successo, ed è un'ipotesi azzardata, sarebbe finito sui suoi pantaloni, o sulla gamba se avesse indossato dei pantaloncini.»

«Grazie, dottore, lei è un salvavita.»

«Quando dici così, intendi di nuovo?»

Appena arrivai nel parcheggio, mi arrivò un messaggio da Vargas. Era andata a trovare Sanchez, offrendogli un accordo per le accuse di furto con scasso se fosse riuscito a darci qualcosa di tangibile contro Barnet o Brighthouse. L'idea era buona ma non aveva funzionato, dato che Sanchez aveva negato di aver mai incontrato Barnet e aveva detto di non aver mai parlato con Gideon se non per un saluto. Vargas gli aveva creduto. Non c'era alcuna connessione e la teoria del complotto era sfumata.

———

Lo sceriffo Morgan stava brontolando mentre io e Vargas entravamo nel suo ufficio, rendendomi grato del fatto che lei fosse con me.

«Buon pomeriggio, sceriffo», disse Vargas.

«Signora, Luca. Avete qualcosa per rallegrarmi la giornata?»

Dissi: «Stiamo esplorando un modo per portare a conclusione il caso Boggs, signore.»

«Era ora.» Facendo un cenno con la mano, disse: «Ditemi tutto e fate in fretta. Ho un impegno di pubbliche relazioni alla Barron High School.»

Dissi: «Sulla scena del crimine non c'era sangue, a parte quello sul pavimento sotto la vittima e sull'arma del delitto stessa. È piuttosto insolito.»

«Ve ne rendete conto solo ora?»

«No, no. Non è che sia insolito, ma dobbiamo esplorare la possibilità che del sangue possa essere caduto sui vestiti dell'assassino.»

«E non pensate che se ne sia sbarazzato?»

Vargas disse: «È possibile, sceriffo, ma il coltello aveva una lama seghettata, che tende a produrre minuscole goccioline di sangue. Forse l'assassino non si è nemmeno accorto che una minuscola goccia di sangue gli è finita addosso.»

Morgan si passò una mano tra i capelli a spazzola. «Quindi, stiamo scommettendo su: primo, che una goccia di sangue sia caduta sull'aggressore, e secondo, che lui o lei non se ne sia accorto? Mi sembra campato in aria.»

«Potrebbe essere un'ipotesi azzardata, ma il medico legale ritiene che non sia solo possibile, ma probabile.»

Morgan appoggiò un gomito sulla scrivania. «Shields ha detto questo?»

Dissi: «Sì.» E poi feci un piccolo passo indietro. «Anzi, abbiamo ricostruito l'accoltellamento più volte e lui è del parere che sia assolutamente nel campo delle possibilità.»

«Quindi, siete venuti qui per chiedere un mandato?»

Vargas disse: «Sì, vorremmo richiederne tre.»

«Tre? Mi sembra un po' avido.»

«Non crediamo, signore. Abbiamo tre possibili sospetti: John Barnet, che era lì il giorno dell'omicidio; Raul Sanchez, il ladro di gioielli, che è in custodia; e Gideon Brighthouse.»

«Se acconsento, quale sarà l'ambito di applicazione?»

Dissi: «Chiederemo che tutti i capi di abbigliamento siano prelevati e analizzati.»

«Lascerete il signor Brighthouse senza niente da indossare, nemmeno le mutande?»

Vargas disse: «Signore, ci limiteremmo agli indumenti esterni: camicie e pantaloni.»

«Cosa indosseranno mentre voi fate le analisi?»

Vargas disse: «Il detective Luca e io ne abbiamo discusso a lungo, signore. Il nostro piano è di portare il luminol con noi quando eseguiremo il mandato, sempre che Lei sia d'accordo. Poi spruzzeremo cinque o sei cambi d'abito e, se risulteranno puliti, li lasceremo lì. Dopodiché, procederemo rapidamente ad analizzare il resto dei vestiti.»

«Apprezzo la sua premura, Mary Ann, ma a nessuno di voi due è venuto in mente che uno come Gideon Brighthouse probabilmente possiede più vestiti di noi tre messi insieme? Come pensate di analizzare un tale volume di indumenti, per non parlare degli altri, in così poco tempo?»

Dissi: «Possiamo esaminare prima i capi del signor Brighthouse.»

«Mi ritroverò Gerey tra i piedi. Chissà, potrebbero persino andare dalla stampa a raccontare qualche scemenza sul fatto che gli abbiamo preso tutti i vestiti. Deve esserci un altro modo. Provate con gli altri due e vedete se trovate qualcosa, lasciate Brighthouse per ultimo.»

«Avevamo considerato questa possibilità, ma temiamo che se Brighthouse venisse a sapere dei test, distruggerebbe ogni prova.»

Morgan disse: «Sempre che non l'abbia già fatto.»

«Potremmo istituire un blocco attorno a Keewaydin, sa, controllare tutto ciò che entra ed esce, assicurarci che non vengano accesi fuochi sull'isola...»

«Maledizione, Luca, pensa che questo sia il Venezuela o qualcosa del genere?»

Lanciare un'idea folle fa sempre sembrare migliore l'alternativa. «Mi scusi, signore, ma non c'è un modo semplice per farlo.»

Vargas disse: «Temo che il detective Luca abbia ragione,

signore. Ci dispiace metterla in una posizione scomoda, ma riteniamo che sia una linea d'azione necessaria che può aiutarci a chiudere il caso rapidamente.»

Morgan si appoggiò allo schienale della sedia e mise uno stivale da cowboy sul bordo della scrivania. «Devo pensarci su un attimo.»

LUCA

Nessuno della squadra era in divisa. Eravamo appena scesi dalla barca quando vidi Gideon alzarsi da una chaise longue. Guardò nella nostra direzione e corse dentro la pool house.

«Muoviamoci! Non voglio dargli la possibilità di distruggere alcuna prova».

Corremmo in sei verso la pool house. Aperta una porta scorrevole, facemmo irruzione nell'edificio come una squadra d'assalto. Gideon non era al piano terra. Feci le scale a due a due e bussai rapidamente a una porta prima di spalancarla.

Gideon era sotto le coperte del suo letto. A occhi chiusi, respirava profondamente, spingendo la testa nel cuscino mentre inspirava e piegandola in avanti quando espirava. Vargas si fece largo sulla soglia, dicendo: «Va tutto bene, signor Brighthouse. Stia tranquillo. Nessuno le farà del male. Oggi non deve neanche rispondere a nessuna domanda».

Ci avvicinammo al suo letto. Gideon aprì gli occhi, ci

guardò e li richiuse di scatto. Sparsi sul comodino c'erano tre flaconi di medicinali, senza tappo, e un bicchiere d'acqua. Li raccolsi: Valium, Xanax e Ativan. Li mostrai a Vargas, facendole cenno di parlare.

«Gideon, quante medicine ha preso?»

Continuò a respirare profondamente, un buon segno, dato che quei farmaci compromettono il sistema respiratorio.

«Devo chiamare un medico?»

Rimase lì, inspirando ed espirando come un monaco buddista.

«Se non mi dice cosa ha preso, sarò costretto a portarla in ospedale per assicurarci che stia bene».

«Lasciatemi in pace, sto cercando di meditare».

«Ha preso più della dose prescritta?»

«Perché non potete semplicemente... lasciarmi in pace?»

«Quante pillole ha preso?»

Mentre mostrava due dita, ordinai al resto della squadra di cercare qualsiasi indumento al piano di sotto.

«Ne è sicuro?»

Annuì. «Cosa volete da me?»

Diedi il mandato di comparizione a Vargas, che disse: «Abbiamo un'ordinanza del tribunale per esaminare i suoi vestiti».

Lui aprì gli occhi. «I miei... i miei vestiti? Perché?»

Vargas si sedette sul letto e gli spiegò cosa stava succedendo, mentre io andavo nell'armadio. Fu come entrare nel meraviglioso mondo dei colori pastello. Quasi tutto ciò che quell'uomo possedeva era di un colore pastello. Era bizzarro.

Allargando le braccia al massimo, mi spinsi in una sezione di abiti appesi, ne afferrai un mucchio e scesi le scale. Non avrei mai coinvolto Gideon nella scelta di cosa avrebbe dovuto indossare.

Ordinai agli uomini della scientifica di analizzare i vestiti. Loro aprirono i kit di luminol, e io portai gli altri due agenti nella casa principale. Ricordai loro di lasciare tutte le giacche e i completi e di mettere in sacchi di plastica nera quello che rientrava nei parametri.

La scientifica impiegò solo quarantacinque minuti per dare il via libera alla prima mandata di vestiti che avevo portato giù. Chiesi loro di continuare le analisi finché non fossimo stati pronti ad andarcene.

Un'ora dopo, lasciammo l'isola con meno di quanto mi aspettassi. Gideon sarà anche stato il re dei colori pastello, ma non era certo un fanatico della moda. Anzi, possedeva più paia di pantaloncini che di pantaloni e, curiosamente, aveva pochissimi calzini.

————

UNA VOLTA TOCCATA LA TERRAFERMA, gli uomini della scientifica presero i sacchi da Keewaydin. Io e Vargas, insieme ai due agenti, partimmo a tutta velocità verso casa di Barnet. Poco prima di arrivare al grattacielo in cui viveva Barnet, arrivò una chiamata: il gruppo che era andato da Sanchez aveva già finito di inventariare ciò che aveva prelevato da casa sua.

Situato su Gulf Shore Drive, l'edificio aveva un buon indirizzo, ma non era esattamente di prima classe. Barnet aveva in affitto un trilocale al secondo piano. Entrammo nell'atrio mostrando i distintivi e spiegando al portiere il motivo della nostra presenza. Vargas gli mostrò il mandato di perquisizione e lui fece una telefonata al suo capo. Il portiere aprì un cassetto con la chiave e tirò fuori un mazzo di chiavi. Cercò di consegnarcele, ma gli chiesi di accompagnarci come testimone.

Prendemmo le scale e, quando il portiere aprì la porta, mi diressi dritto verso la camera da letto principale. Superando un letto sfatto e un paio di mutande, andai verso l'armadio. Era una cabina armadio. Esaminando l'armadio mezzo vuoto, cercai i pantaloni blu e la camicia bianca che Gideon ricordava Barnet avesse indossato. Ce n'erano diversi che potevano corrispondere. Ne tirai fuori alcuni e li ispezionai, ma nessuna corrispondenza perfetta. Li riappesi e osservai il resto: la maggior parte dei capi era di lino. Controllai alcune etichette: su tutte c'era scritto "made in China". Ci avrei scommesso, in quel momento, che non ce n'era neanche uno costoso di Capri, in tutto l'armadio.

Prima di lasciare la suite padronale, entrai in bagno, dove un asciugamano sfilacciato pendeva dal bordo della vasca. Sul ripiano c'erano solo una spazzola per capelli e un tubetto di dentifricio. Aprii il cassetto del mobiletto e, tra la cianfrusaglia, c'era una confezione di Just for Men. Trovarla mi diede una certa soddisfazione.

L'appartamento aveva molte finestre ma nessuna vista, a meno che non piacesse guardare dritto contro una siepe di mangrovie. Avrei voluto cercare un annuncio di vendita nell'edificio, ma me n'ero dimenticato. Avrei voluto sapere a che prezzo venisse scambiato un posto del genere. Nella stanza principale c'era un divano dall'aspetto elegante che aveva tutta l'aria di essere scomodissimo. Un tavolino da caffè in lucite aveva sopra una ciotola di conchiglie e un sottobicchiere con l'immagine di una vite. C'era un solo tavolino d'appoggio, e la sua parte inferiore era piena di copie di *Wine Spectator*.

Un muretto separava una zona pranzo, dove un tavolo di lacca nera sosteneva una grande bottiglia di vino. Era più grande di una magnum, vuota, ed era stata firmata da un gruppo di persone.

La cucina abitabile aveva un lavello con piatti sporchi da un paio di giorni. Sul bancone c'era un calice da vino che sembrava identico a quello trovato in casa Boggs. Gli feci una foto con il cellulare.

Guardandomi intorno, non riuscii a trovare alcuna cantinetta per il vino, a parte un piccolo frigo da incasso che si trovava in un ripostiglio. Non sapevo perché, ma lo aprii e tirai fuori due bottiglie prima di rendermi conto di non sapere cosa stessi guardando. Il portiere mi seguiva come un'ombra, tamburellando sul suo telefono.

Mentre gli agenti caricavano i sacchi, entrai nella seconda camera da letto. Era un disastro. Sapevo che quando non si ha un garage serve un posto dove riporre le proprie cose, ma questo era ridicolo. Spostando un paio di scatoloni, raggiunsi l'armadio. Dentro nient'altro che altre scatole. Avrebbe messo un paio di pantaloni macchiati di sangue in una di queste scatole?

Saremmo stati nel nostro diritto di perquisirle, ma il pensiero di dover esaminare tutte quelle scatole mi faceva rabbrividire. Passai un dito su un paio di esse e in entrambe le occasioni mi ritrovai con la punta del dito sporca. Ancora incerto sul da farsi, chiesi a Vargas e lei convenne che non aveva senso.

Feci un ultimo giro dell'appartamento prima che ce ne andassimo con tre sacchi di vestiti.

LUCA

IL LABORATORIO DELLA SCIENTIFICA SEMBRAVA UN CENTRO DI raccolta di indumenti per l'Esercito della Salvezza. Due dozzine di sacchi di plastica neri, etichettati con il nome del rispettivo proprietario, rivestivano un'intera parete. Due tecnici lavoravano metodicamente su un sacco contrassegnato con il nome Brighthouse. Tiravano fuori un capo d'abbigliamento, ne annotavano le informazioni identificative su un tablet e lo spruzzavano di luminol. Poi passavano lentamente una luce nera sull'indumento, cercando di vedere se appariva un bagliore blu, a indicare la presenza di sangue.

Era un processo noioso e presi in considerazione l'idea di chiedere a Morgan di assegnarci un'altra squadra. Stavo diventando impaziente, così mi tolsi la retina per capelli e i copriscarpe e uscii a prendere un caffè. La caffetteria era tranquilla e diedi un'occhiata alla sezione immobiliare che qualcuno aveva lasciato lì. Mentre annotavo i dettagli di un annuncio a Pelican Marsh, un agente di pattuglia si avvicinò al mio tavolo.

«Detective, la vogliono al laboratorio della scientifica.»

«Cosa succede?»

«Non so niente, mi hanno solo detto di trovarla.»

Lasciando lì il caffè, scattai davanti all'agente verso le scale. Inciampai e scesi barcollando. Poco prima del pianerottolo, inciampai di nuovo e stavo per sbattere la faccia a terra. Allungai la mano, afferrai il corrimano e mi raddrizzai, ma mi stirai la spalla.

Mi massaggiai la spalla mentre aprivo la porta del laboratorio, entrando in un piccolo atrio per i vari laboratori della scientifica. Bussai alla finestra per farmi aprire, ma la donna dietro il divisorio si indicò la testa. Aprii un cassetto di un armadietto in acciaio inossidabile, indossai una retina per capelli e dei copriscarpe e mi fecero entrare nel laboratorio di fluidi corporei.

«Cosa succede?»

«Abbiamo due riscontri.»

«Due? Su Brighthouse?»

«Esatto.» Il tecnico afferrò una lampada. «Sono da questa parte.»

Lo seguii fino a un tavolo d'acciaio dove erano stesi un paio di pantaloncini rosa pastello e dei pantaloni verde lime. Due cerchi di gesso erano stati disegnati su entrambe le gambe destre. Accese la lampada e la tenne sopra il cerchio sui pantaloncini rosa.

«Veda il bagliore.»

«È a malapena visibile.»

«Lo so, ma è questo che lo rende uno strumento importante. Qui c'è un residuo più grande che è stato rilevato.»

Tenne la lampada sopra un segno sui pantaloni.

«Sembra quasi una macchia strofinata.»

«Forse era una goccia che è colata un po' prima di essere assorbita.»

«O del sangue che ha cercato di pulire via?»

«Lo scopriremo abbastanza presto.»

«Quanto presto?»

«Il test per determinare se è sangue umano è rapido. Se lo è, allora dovremo fare una comparazione del DNA per vedere se corrisponde a quello della sua vittima.»

———

La definizione di "rapido" del tecnico era molto diversa dalla mia. Che fosse un ragazzo del Profondo Sud? Mentre aspettavamo, io e Vargas cercammo di stabilire se una serie di rapine notturne fosse opera della stessa banda. Nell'ultimo mese, otto minimarket della contea erano stati assaltati, cinque di questi con una pistola e gli altri con dei coltelli.

Studiammo i filmati della videosorveglianza. Indossando i passamontagna era impossibile distinguere alcun tratto del viso, anche se in un caso sembrava che il ladro avesse i baffi.

Vargas disse: «Sembra che ci siano due o forse tre autori diversi.»

Non la pensavo così, ma Vargas era in palla e io no, il che mi rendeva esitante a contraddirla. I criminali che usavano le pistole erano una categoria a parte, e quelli che brandivano coltelli quasi mai passavano all'altra. «Può darsi.»

«Vorrei avere un altro monitor per confrontare questi filmati.»

«Perché non facciamo stampare delle immagini al laboratorio e gliele facciamo ingrandire?»

«Buona idea.»

Un punto per Luca.

Riguardammo il video e prendemmo nota dei timestamp che offrivano le migliori opportunità di confronto. Vargas portò le informazioni e il video al laboratorio e io sfogliai un lungo memorandum sulla crisi degli oppioidi. A Collier c'erano dei tossicodipendenti e, per quanto possa sembrare strano, eravamo fortunati che la maggior parte di loro fosse benestante e non avesse bisogno di ricorrere alle rapine per finanziare la propria dipendenza.

Due medici, che a East Naples si spacciavano per gestori di cliniche del dolore, erano stati arrestati, intaccando le scorte, ma un canale da Miami aveva colmato il vuoto. Il memorandum identificava la banda che si riteneva stesse dietro al traffico di pillole, spiegando che usava una combinazione di auto e barche per consegnare la droga.

Questi tipi erano furbi, pensai, quando squillò il telefono della mia scrivania. La telefonata dal laboratorio era promettente e mi sollevò il morale. Mentre riflettevo ed elaboravo la notizia, grattandomi una pellicina, Vargas tornò. Lanciai un'occhiata all'orologio.

«Ci sono volute quattro ore e abbiamo ottenuto un risultato contrastante. Una delle macchie non era altro che rafano.»

«Rafano? Come ha fatto a risultare sangue?»

«Ho chiesto la stessa cosa, ma il laboratorio ha detto che provoca un falso positivo. Comunque, sembra che l'altra macchia sia sangue umano. Ora dobbiamo solo vedere se è di Marilyn Boggs.»

———

MORGAN VOLEVA VEDERMI, e avrei preferito che l'avesse chiesto prima di ricevere la chiamata che diceva che avevamo due possibilità con Brighthouse.

Con un'espressione accigliata e una delle sue cravatte a laccio, Morgan grugnì in direzione di una sedia.

Prima ancora che potessi sedermi, mi chiese: «Gerey minaccia di sporgere denuncia per molestie.»

«Forse dovremmo dirgli che abbiamo rilevato la presenza di sangue su due paia di pantaloni del suo cliente.»

«Sangue?»

«Non avrei dovuto parlare troppo presto. Mi scusi, capo. La scientifica ha identificato due indumenti con quello che credono possa essere sangue umano.»

«Quanto diavolo ci vorrà prima che lo sappiano?»

Pregai che non facesse una telefonata per mettere fretta, smascherando la mia bugia. «Dovremmo saperlo da un momento all'altro. Sono sicuro che uno dei due risulterà positivo ed è tutto ciò di cui abbiamo bisogno.»

«Non così in fretta, Luca. Dovranno fare un'analisi del DNA per determinare a chi appartenga. Potrebbe essere il suo stesso sangue, e probabilmente lo è.» Tamburellò con l'indice sulla scrivania. «Ho una brutta sensazione al riguardo. Non avrei dovuto lasciarmi convincere da lei.»

Volevo ricordargli che era stata Vargas a convincerlo, non io. «Non so quanto possa aiutare, ma abbiamo ancora circa due dozzine di indumenti del signor Brighthouse da controllare, insieme a quelli di Barnet e Sanchez.»

«Questa storia si sta trascinando troppo a lungo, Luca. Ho bisogno che questo caso sia risolto. Non lascerò un caso irrisolto al mio successore.»

53

LUCA

L'ANSIA MI STAVA DIVORANDO. PRESI IN CONSIDERAZIONE l'idea di intrufolarmi nel laboratorio della scientifica e portare avanti le lancette dell'orologio. Sarebbe stata la cosa più folle che potessi immaginare di fare, anche se niente in confronto a quello che avrebbe potuto fare Gideon.

L'incontro era fissato per le quattordici, ma già pochi minuti dopo le tredici ero sulle spine. Il messaggio di John Forman diceva che aveva i risultati su Brighthouse e qualche altro sviluppo di cui discutere. Riascoltai il suo messaggio una manciata di volte, ma non riuscii a leggere tra le righe. Perché il tempo non passava mai in fretta quando lo si desiderava?

Alle tredici e cinquanta uscii, percorsi il parcheggio in tutta la sua lunghezza e tornai indietro. La lancetta dei minuti era ancora a un pelo dal dodici. La receptionist aveva iniziato a ignorarmi da mezz'ora, così bussai al vetro. Lei lanciò un'occhiata all'orologio e aggrottò la fronte prima di aprirmi con il cicalino e farmi entrare nella sala conferenze.

Continuai a girare intorno al tavolo rotondo che troneggiava nella stanza senza finestre, afferrando lo schienale di una sedia, quando le vertigini iniziarono a farsi sentire. La porta si aprì ed entrò Forman, facendole svanire.

Mi salutò, scostò una sedia e posò un fascicolo sul tavolo laccato. «Non si siede, Frank?»

Mi lasciai cadere su una sedia e appoggiai i gomiti sul tavolo. «Il Suo messaggio... mi ha lasciato sulle spine».

«Sulle spine? Non ricordo di aver detto nulla di misterioso. Questo caso deve proprio metterla a dura prova, Frank. E anche lo sceriffo, a quanto pare. Ci si è buttato a capofitto».

Quindi, dopotutto Morgan stava ficcanasando, o abbaiando nei paraggi. Tutto senza dire niente al suo detective di punta. La cosa minò la mia già vacillante fiducia.

«È un caso importante, John. Tutto qui. Che cosa ha?»

«Abbiamo un totale di sei riscontri».

«Wow. Sei macchie?»

«Non è insolito, considerato il numero di indumenti analizzati».

«E la macchia di sangue trovata sui pantaloni di Brighthouse?»

«I risultati del DNA corrispondono alla vittima, Marilyn Boggs».

«Quindi è fatta, abbiamo incastrato Brighthouse».

«Non ancora. Stiamo eseguendo un test per datare la macchia. Questo sangue potrebbe essere lì da due anni».

«Ne dubito. Quanto ci vorrà?»

«Una settimana o giù di lì».

«Sta scherzando, spero».

«Le sembra che stia scherzando?»

Feci spallucce. La risposta era no; Forman probabilmente non aveva mai raccontato una barzelletta in vita sua.

«Nel frattempo, approfondiremo le altre macchie».

«Quali sono le probabilità, John? Voglio dire, abbiamo il sangue di lei sui vestiti di uno dei maggiori sospettati».

«Erano sposati, giusto? Chissà come o quando sia finito lì. Abbiamo già percorso questa strada almeno una dozzina di volte da quando sono qui. È per questo che facciamo quello che facciamo».

Aveva ragione. Lo sapevo, ma sentivo che il caso si stava trascinando. Potevo vedere il traguardo, e ora mi stavano dicendo che dovevo fare una sosta ai box?

«Giusto. Ha detto di avere altri riscontri».

«Sì. Tutti confermati come sangue umano». Aprì il fascicolo. «Abbiamo trovato tre macchie su tre paia di pantaloni identificati come appartenenti a Sanchez. Due paia di pantaloni da lavoro tipo chino: una sulla coscia destra e un'altra sul risvolto sinistro. La terza era sulla zona dello stinco sinistro di un paio di jeans».

Cercando di calcolare rapidamente le probabilità che una di quelle potesse essere della Boggs, rinunciai e chiesi: «E Barnet?»

«Sono state identificate due macchie di sangue umano nell'inventario di Barnet». Sollevò un foglio di carta. «Una sulla parte destra della vita di una camicia, e un'altra sulla coscia destra di un paio di pantaloni».

Mi sporsi in avanti. «Di che colore?»

«Colore?»

«La camicia e i pantaloni di Barnet?».

———

Arrivai in ufficio un'ora e spiccioli prima del solito. Pensai che, con i risultati del caso Boggs in arrivo oggi, avrei fatto meglio a riordinare le scartoffie di qualche altro caso. Come un'ombra, Vargas arrivò cinque minuti dopo di me.

Mentre posava la borsetta, disse: «Non sono riuscita a dormire stanotte».

«Chi ci è riuscito?»

«Cosa ti dice il tuo famoso istinto?»

Feci spallucce e lei disse: «Chiama i giornali. Luca non ha un'opinione».

Sorrisi. «Ce l'ho, ma sono combattuto. Sentiamo la tua».

«Deve essere Gideon Brighthouse. Il, per così dire, "marito amorevole" che ha complottato per uccidere sua moglie. Potrebbe essere stato Sanchez, tornato per rubare altri gioielli; lei lo ha sorpreso e la situazione è degenerata. Ma più ci penso, più torno sempre a Brighthouse».

«Per me è un'altalena tra Barnet e Brighthouse. Non credo sia stato Sanchez, ma non posso scagionarlo per via della sua affiliazione a una gang messicana».

«Ma Barnet è un cretino che va a caccia di donne come fa lui. Però c'è un bel salto dall'essere un Romeo viscido a un assassino. Almeno Sanchez ha un passato di violenza legato alle gang».

«Vero».

54

LUCA

Appollaiato sul gradino più alto della panchina, ero pronto come non mai. Il caso Boggs era più ingarbugliato di un gomitolo. Quest'ultima faccenda delle macchie di sangue era come il gioco della talpa.

A dispetto di ciò che diceva Vargas, non avevo intenzione di correre rischi con il nostro interrogatorio. Credevo che il mio rituale pre-interrogatorio funzionasse, ma che fosse o meno solo una mia fissazione era irrilevante. Se non avessi fatto aspettare e contorcere il sospettato, la mia sicurezza ne avrebbe risentito. Per questo interrogatorio avevo deciso che, invece di ballare un lento per estorcergli le informazioni, il mio approccio tattico sarebbe stato più simile a un pogo.

Vargas percorse il corridoio indossando una camicetta bianca a balze che non le avevo mai vista addosso. Non ero sicuro che fosse appropriata per il compito che ci attendeva. Poi, un pensiero mi folgorò. *Non dirmi che ha un altro appuntamento stasera?* Mi sembrava che le cose stessero andando troppo veloci con quel tizio, Damien. Era irlandese?

«Stai bene.»

Vargas sorrise. «Detto da te, è un gran complimento.»

«Ma che dici? Ti faccio sempre dei complimenti.»

«Tranquillo, Frank. Scherzavo. Rilassati.»

Non so perché, ma le parole mi uscirono da quella mia boccaccia. «Hai un altro appuntamento con quel Damien?»

Lei si girò di scatto. «Quel Damien non è affar tuo.»

Volevo sprofondare. «Scusa. Non volevo che suonasse così.»

«Scuse accettate. Sei pronto?»

Il fatto era che non ero pronto. Avevo bisogno di qualche minuto per ricompormi. «Se non ti dispiace, devo andare in bagno.»

Lei sorrise. «Fai con comodo, Frank. Vado a prendermi un caffè o qualcosa del genere.»

Mentre andavo in bagno, mi chiesi cosa volesse dire. Conosceva il mio problema con la pipì: mi ci voleva un sacco di tempo. Non poteva starmi prendendo in giro, vero? Vargas era la persona più comprensiva che avessi mai conosciuto. Ed era una a cui era facile confidarsi; non mi giudicava mai. Non poteva che intendere di non avere fretta.

Mentre sedevo, aspettando che la pipì fluisse, pensai di sorprendere Vargas con qualcosa tipo una bella cena al Bleu Provence per festeggiare la risoluzione del caso Boggs. L'avevo sentita dire che le piaceva quel posto dove l'aveva portata Damien. Ah, sì? Aspetta solo di andare al Bleu Provence.

———

TENENDO la porta aperta per Vargas mentre entravamo nella sala interrogatori due, soffocai un sorriso. La stanza era perfetta: senza finestre ed era lo spazio più piccolo che avevamo. Mentre ci sedevamo, feci un cenno al di là del tavolo. Vargas sfoderò uno di quei suoi sorrisi disarmanti e premette il pulsante di registrazione. Recitò le formalità di rito e si voltò verso di me.

Dissi: «Quando è stata l'ultima volta che ha avuto un rapporto sessuale con Marilyn Boggs?»

Lo shock si dipinse sul suo volto abbronzato. «Che razza di domanda è?»

«Risponda alla domanda.»

«Non sono affari suoi.»

«È qui che si sbaglia. In una precedente deposizione, ha detto di aver avuto un rapporto con Marilyn Boggs il giorno del suo omicidio. Conferma tale dichiarazione?»

L'abbronzatura di Barnet perse qualche sfumatura. «Beh, io... non credo.»

«Signor Barnet, le ricordo che la sua precedente dichiarazione è ammissibile in un'aula di tribunale.»

«Non credo che lo abbiamo fatto.»

«Sta mentendo adesso o ha mentito prima? Quale delle due, signor Barnet?»

«Non sto mentendo. È solo difficile ricordare, tutto qui. È passato un po' di tempo.»

Vargas disse: «Io mi ricorderei l'ultima volta che ho avuto un rapporto sessuale con qualcuno, specialmente se quella persona fosse morta lo stesso giorno.»

Era un'osservazione azzeccata, ma non mi piaceva sentirla da Mary Ann.

Barnet chiuse gli occhi e si accarezzò il pizzo prima di dire: «Credo che abbiamo avuto, uhm, un rapporto quel pomeriggio. La morte di Marilyn è stata molto dura per me. Forse il mio cervello sta cercando di rimuovere le cose.»

«Quindi, ha avuto un rapporto sessuale con Marilyn Boggs il giorno in cui è stata trovata morta?»

«Sì.»

«Interessante, signor Barnet. Sa perché?»

Una mosca avrebbe fatto un'alzata di spalle più evidente della sua.

«Perché l'autopsia non ha mostrato alcuna prova di un rapporto sessuale.»

«È impossibile.»

«Niente affatto: niente sperma, niente abrasioni, infiammazioni, nulla.»

«Non so come sia possibile.»

Mi girai verso Vargas. «Che ne pensi? Magari ha un affarino davvero piccolo.»

Barnet scosse la testa.

Vargas disse: «La ragione per cui non avete avuto rapporti quel pomeriggio è forse perché stavate litigando?»

«Marilyn e io non stavamo litigando.»

«Abbiamo un testimone che ha dichiarato il contrario.»

«Testimone? Gideon non è un testimone. È lui che ha fatto questo, se chiede a me.»

«Non lo stiamo chiedendo a lei, signor Barnet.»

«Le sto solo dicendo quello che penso.»

«Sa cosa penso io? Penso che lei abbia provato a spillare altri soldi alla signora Boggs e ne sia nata una discussione. Era stufa di darle soldi.»

«Darmi soldi?»

«Risparmiamoci le frottole, Barnet. Sappiamo che le ha spillato soldi in passato.»

«E cosa ve lo fa credere?»

Mi sbilanciai. «Marilyn si è confidata con un'amica. Anzi, con due di loro.»

«Era un prestito, tutto qui. Non c'è niente di male.»

«E non c'era niente di male neanche quando le ha fatto pagare un prezzo gonfiato?»

«Le ho già detto che è stato un errore di qualcuno del negozio ed è stato rimborsato. Per quanto riguarda il prestito, Marilyn stava cercando di aiutarmi a superare un momento difficile.»

«E quando si è rifiutata di continuare a sostenere il suo stile di vita e i suoi affari in fallimento, lei l'ha minacciata, non è vero?»

Il labbro superiore di Barnet divenne lucido. «Non è vero.»

«L'ha filmata in atteggiamenti sessualmente compromettenti e ha minacciato di mettere in imbarazzo lei e la sua famiglia, non è vero? Ha cercato di ricattarla.»

La paura balenò sul viso di Barnet. «Non farei mai una cosa del genere.»

«Vuole dire che non farebbe mai più una cosa del genere?»

Ci fu una leggerissima pausa prima che dicesse: «Più?»

«Sì, più. Abbiamo due donne disposte a testimoniare che l'ha fatto.»

«Non è stato due v-»

Barnet si interruppe bruscamente, rendendosi conto di aver ammesso di aver ricattato almeno una volta.

«Lei pensava di poter costringere Marilyn a darLe dei soldi con la prepotenza. Ha pensato che avesse così tanti soldi che non avrebbe rischiato l'imbarazzo per il filmato, ottenuto illegalmente, che Lei ha girato.»

Barnet rimase in silenzio.

Vargas disse: «Lei era a conoscenza della clausola sulla reputazione nel fondo fiduciario, non è vero?»

«Non ho idea di cosa stia parlando.»

Dissi: «Quando Marilyn Boggs ha resistito al suo tentativo di ricatto, Lei ha discusso con lei. Quando non ha voluto cedere, l'ha minacciata con un coltello da cucina, non è così?»

«No. Non l'ho mai fatto.»

«Se non l'ha mai fatto, come spiega il sangue trovato sia sui pantaloni che sulla camicia che indossava il giorno in cui è morta?»

«Non c'era sangue sui miei vestiti.»

«Non secondo il laboratorio della scientifica.»

«Come?»

«Esatto, John. Il laboratorio ha identificato il sangue di Marilyn Boggs sui suoi pantaloni e sulla sua camicia.»

«Ma è impossibile.»

Feci scivolare sul tavolo due foto con le annotazioni del laboratorio. «Al giorno d'oggi riescono a individuare una traccia microscopica di sangue. È davvero incredibile.»

Barnet si afflosciò e scosse le foto.

«Quella mocciosa mi si è scagliata contro con un coltello. Io ho solo reagito. Non avevo scelta. Io... non volevo pugnalarla; è stato un incidente.» Gettò indietro le foto. «Avrebbe dovuto semplicemente darmi i soldi di cui avevo bisogno. Non potevo perdere il negozio. Marilyn lo sapeva.»

«Perché non ci racconta cosa è successo?»

Barnet fece un respiro profondo ed espirò. «Ero in un mare di guai durante la bassa stagione. È stato terribile. Avevo bisogno di soldi per mandare avanti la baracca, sa, per guadagnare tempo finché le cose non fossero migliorate. Ma la mocciosa viziata non ha voluto aiutarmi, anche se per lei non era niente.»

«Quando ha rifiutato, Lei l'ha minacciata con i video a luci rosse?»

Barnet fece spallucce. «Non avevo intenzione di farci nulla. Era solo un modo per spaventarla. Ma Marilyn è andata completamente fuori di testa. Invece di darmi semplicemente i soldi di cui avevo bisogno, ha fatto la Wonder Woman e ha afferrato un coltello dal bancone.» Scosse la testa. «Avreste dovuto vederla, lì in piedi con il coltello in mano. Le ho riso in faccia. Poi lei, lei è scattata, ha iniziato a urlare e mi è venuta addosso così.» Barnet tenne la mano all'altezza dell'orecchio. «Allora le ho afferrato il polso, deviando il coltello, ma poi lei mi ha dato una ginocchiata dritta nelle palle.»

«È stato allora che l'ha pugnalata?»

«È stata legittima difesa. Glielo assicuro. Neanche nei miei sogni più sfrenati avrei mai pensato che l'avrebbe usato. Non riesco ancora a crederci.»

55

VARGAS VIVEVA IN UN BEL COMPLESSO RESIDENZIALE chiamato Marbella Lakes, sulla Livingston. Mentre imboccavo il suo vialetto, la leggerezza che sentivo allo stomaco si intensificò. L'ultima volta che mi ero sentito così era stato con Kayla da Baleens. Quello era un vero appuntamento; questa era solo una cena per festeggiare, no?

Mary Ann sorrise mentre saliva in macchina. Indossava quei pantaloni tipo velluto a coste che mi piacevano. Lo sapeva e li aveva messi apposta? Il suo profumo era una fragranza floreale che mi faceva pensare al nettare.

Chiesi: «A che ora hai staccato?»

«Sono andata via verso le quattro. L'ufficio del procuratore voleva che ripassassi il fascicolo di Sanchez con l'ICE.»

«Lo rimpatrieranno?»

«Già. Non ha senso spendere soldi e tempo per processarlo, per non parlare del costo di mantenerlo in prigione per dieci anni.»

«Forse. Capisco, ma la cosa non mi convince del tutto. Se commetti un crimine, devi scontare la pena.»

«È un mondo imperfetto, Frank.»

«A chi lo dici. E che mi dici di Brighthouse? Trama per uccidere sua moglie e, alla fine di tutto questo, si becca venti milioni.»

Mary Ann disse: «Non riesco ancora a credere che gli stavamo quasi addossando l'omicidio. Senza la tecnologia di oggi, non avremmo mai saputo che il sangue sui suoi pantaloni era vecchio di due anni. Ti immagini sbatterlo dentro per qualcosa che non ha fatto?»

Non avevo bisogno di immaginarlo. Il caso Barrow mi aveva perseguitato per quasi dieci anni e mi tornò in mente.

«Mi dispiace, Frank. Mi ero dimenticata di Barrow.»

Sapeva anche leggere nel pensiero?

«Non fa niente. Non penso più tanto a quel caso. Mi hai aiutato a capire che dovevo lasciarmelo alle spalle.»

«Sono contenta che tu abbia avuto il coraggio di andare avanti.»

Coraggio? Io?

«Non parlerei di coraggio, ma cambiamo argomento, ok? Stasera si festeggia! Non posso ancora credere che tu non sia mai stata al Bleu Provence.»

Lei sorrise. «È emozionante andare in un posto nuovo. Grazie per aver organizzato.»

«Ti piacerà da morire.»

«Ne sono sicura.»

«Sai, Mary Ann, sei molto carina stasera.»

———

SPERO che ti sia piaciuto leggere **L'omicidio Della Serenità** tanto quanto a me è piaciuto scriverlo. Se così fosse, apprezzerei molto se volessi scrivere una breve recensione su Amazon o sul tuo sito di libri preferito. Le recensioni sono le migliori amiche di un autore e anche solo una o due righe sono d'aiuto. Grazie, Dan

Dan è un autore di bestseller per USA Today e Amazon che ha scritto la sua prima storia all'età di dieci anni e ama raccontare storie o barzellette.

Dan trae le idee per le sue storie esplorando la domanda: e se?

In quasi ogni situazione in cui si trova, Dan si chiede cosa succederebbe se accadesse questo o quello. E se questa persona morisse o facesse qualcosa di insolito o illegale?

Questo suo continuo lavorio mentale fornisce a Dan abbondante materiale da intrecciare in storie interessanti.

Amante di libri e film con colpi di scena e difficili da prevedere, Dan costruisce le sue storie in modo da impedire ai lettori di indovinarne lo svolgimento. Scrive ogni giorno, forzando le parole a uscire quando necessario, e a oggi ha scritto più di venticinque romanzi.

Non è una questione di voler scrivere, per Dan è semplicemente una necessità.

Dan crede fermamente che le persone possano realizzare i propri sogni se si concentrano e agiscono, ed è proprio ciò che incoraggia a fare.

Il suo detto preferito è: «Il prezzo della disciplina è sempre inferiore al costo del rimpianto»

Dan ricorda alle persone di eliminare la negatività dalle proprie vite. Crede che sia contagiosa e consiglia di stare alla larga dalle persone negative. Sa che avere una mentalità autentica e positiva dà la sensazione che la vita sia truccata a proprio favore. Quando si sente giù, si dice: «Non si può avere una bella giornata con un brutto atteggiamento».

Sposato, con due figlie e un Maltese bisognoso di atten-zioni, Dan vive nel sud-ovest della Florida. Originario di New York, Dan ha insegnato nei college locali, scrive romanzi e suona il sassofono tenore in diverse jazz band. Beve anche decisamente troppo vino e non si prende mai, e poi mai, troppo sul serio.

Pubblica una newsletter bimensile con articoli, i suoi scritti e offerte speciali e occasioni imperdibili.

Iscriviti su www.danpetrosini.com

www.ingramcontent.com/pod-product-compliance
Lightning Source LLC
Chambersburg PA
CBHW071059250626
47159CB00002B/518